唐宫十六案

明崇俨

下

锦翼——著

江苏凤凰文艺出版社
JIANGSU PHOENIX LITERATURE AND ART PUBLISHING

目录

银伥 255
续命 285
李弘 323
推背图 363
玉京出缺 401
含沙记 439

○银依

秋风秋雨洛阳城，黄花黄叶朱雀街。

督无咎披着蓑衣，戴着斗笠，打马走过。

秋风飕飕，街上人烟稀少，他的马跑得飞快。

大理寺抽调他去巩县查案，这个小县库内二十万贯钱一夜之间消失不见，皇帝陛下震怒，将县内大小官员全部下狱，责成大理寺抽调人手查清此案。

督无咎便是人手之一，此刻大理寺卿在定鼎门等着他。

明崇俨祝他功成名就，虽是调侃，督无咎却豪气干云，这是他扬名立万的好机会。

忽然，他远远看见有个人站在朱雀大街上。此人一身灰衣，直直地站立，像一根树桩，双目看着马匹飞驰而至，身体不为所动。

督无咎轻转马头，想要绕过去。

无论他往哪个方向转，这人身形不见动，却还是在马前。

督无咎暗骂一声“该死”，猛勒马匹，急急刹住。

这才看清，这个人是个和尚，也就三十岁的样子，面容端正，白面无须，督无咎的马在他面前人立而起，他却不为所动。

督无咎急道：“和尚，你要干什么？”

这和尚道：“那里有人伤人，督少府管不管？”

“哪里？”

和尚转身就走，督无咎犹豫一下跟了过去。

就在淳化坊后面，三个壮汉正围殴一个人，一面打一面骂道：“你还告不告？”

那人已经被打倒在地，嘴里却毫不屈服，叫道：“丹心白刃酬明主，我有一口气就要告下去。”

“好，那就让你没有气。”壮汉抽出一把羊角匕首就要捅下。

督无咎不等下马，弹弓已经拿在手中，一枚铁丸打出，正中那人手腕，痛得他手一抖，匕首落地。

督无咎骂道：“贼人安敢在天子脚下行凶！”

随即又是几枚铁丸打出，分别打在三人身上，这三人本来还要跟督无咎斗上一斗，但见来人几丈之外就能打得自己躲闪不及，自知不是对手，立刻四散逃开。

那和尚过去，将地下人扶起来。

这人长得又高又瘦，纵眉立目，一脸冷峻地看看那和尚，看看督无咎，转身就要走。

那和尚赶忙追了过去，低声说着什么。

督无咎本来得意扬扬要接受崇拜的，见此态度，一阵懊恼，跳上马匹也要走去。

忽听有人喊道：“骆御史”转身看去，就见贺知章骑着一头驴赶了过来。

难得他还能骑在驴上，毫无醉意。

那被打的人快步迎了过去。

督无咎内心暗笑：“难怪此人不懂事理，原来是贺知章的好友。”忽然发现那和尚也不见了，于是对贺知章拱了拱手，也不说话，打马离去。

一　煮鹤

明崇俨身上衣衫已湿透。

他不知道自己身在何方，四顾是淫雨笼罩下的荒野孤山。他也不知道自己去往哪里，只是茫然地往前走。

山重水复，不知道行了多久，天也不黑，雨也不停，明崇俨正在心烦。他转过一道弯，眼前蓦然一亮，面前暖阳高照，百花盛开，宛若天堂。

两边花丛中走出十几个妙龄少女，衣着华丽，体态娇媚，人未到便觉花香扑鼻。

少女们将明崇俨围住，一齐躬身施礼道："明府怎么才来？"

"这是哪里？"

明崇俨话音刚落，有人笑道："这是我石崇的金谷园啊。"

石崇？金谷园？明崇俨吃惊地看着来人，他身材高大，脸如朗月，一身名贵绸缎，但服饰大异于当下。

"我怎么到了晋朝？"他心下一惊，面不改色，拱手道，"石公召我何事？"

石崇道："素慕明府高雅，想听明府教诲，所以不揣冒昧请明府到敝园一叙。"言语间躬身做了个请的动作。

原来石崇这么彬彬有礼，明崇俨举步往前。

他早闻金谷园繁华，可惜从晋到唐三百多年，只剩下残垣断壁了。

信步而行，时而修竹茂林，曲径通幽；时而繁花似锦，小桥流水。亭台轩榭之处，必有少女歌舞奏乐，天空白鹤与娇莺飞舞，眼前花香共舞蝶袭人，明崇俨宛若在梦中。

行了一阵，杨柳依依中隐约可见一座翠绿的小楼。

明崇俨蓦然记起一个人，笑道："这是绿珠楼？"

石崇点头，笑而不语，谦恭地领着他上楼。

今日此行，居然能见到大名鼎鼎的绿珠，明崇俨心头一阵激动，脚步不由得都快了。

刚走到楼下，就听楼上有人笑道："是明府来了吗？"

明崇俨抬头看去，一个十七八岁的少女，正低头往下看，她的头发没插发笄，斜垂在一边，衬得面容如粉雕玉琢般，她的眼睛如一泓清泉，波光流荡，明崇俨看一眼内心便有些醉了。

石崇笑道："绿珠也早就想见您了。"

明崇俨正要上楼，忽然一阵银光闪动，晃了一下他的眼睛，仔细看去，这楼下堆的居然是各色金银财宝，那光芒正是珠光宝气在闪耀。

石崇笑道："绿珠说珠光宝气能美人颜面，我就堆放在她面前。"

石崇豪奢，明崇俨自然知道，只是没想到他居然能如此随意。

明崇俨随他走上二楼，走进室内。这里却十分简陋，几张坐榻，两张桌几，正中却摆着一个丹炉，淡淡紫烟缭绕而出。

绿珠从内室慢慢走出，她的头发已然盘起，高高的发髻衬得面容更是娇媚。她光着双脚，绣袍之下，白如霜雪的一双玉足时隐时现，明崇俨不禁看得发痴。

石崇道："明府，我这金谷园送你可好？"

明崇俨一愣。

石崇又道："我将这金谷园送你，只求明府今日助我炼丹。"

"炼丹？"明崇俨看一眼那香炉，顿时明白了，摇头道，"我不懂炼丹。"

石崇道："你不用懂，只要明府在这里帮我守着，无论发生什么事都不要说话就行了。"

"哦？"明崇俨顿时来了兴趣，笑道，"小时候，我师父让我和一个小和尚比定力，便是在一间暗室内，看谁先害怕得叫出声来……"

明崇俨话没说完，忽听有人大叫："明府，明府你居然昼寝，真是朽木不可雕也，酒香当头浇也……"头上便有一股酒香流下。

他猛地睁开眼睛，就见贺知章拎着酒壶站在自己床前。

原来是一个梦。

看窗外，秋风秋雨，不知什么时辰。

贺知章说他来了一个多时辰了，喊了明崇俨十几声都不见他醒，反倒见他脸上有一股诡异的笑意，于是就将酒淋在他头上。

明崇俨擦了一下，放到嘴里品品说："好酒。"

贺知章笑道："喝了我的酒，要帮我办事。"

"办什么事？"

贺知章对外喊："进来吧。"

外面走进来一个瘦瘦高高的人，纵眉立目，一脸冷峻，上下打量明崇俨一番，看得明崇俨颇不舒服。

贺知章道："这位是骆观光。"

"骆宾王！骆御史！"明崇俨赶忙起身，这个名字可是如雷贯耳，他上书状告宰相李义府贪墨，虽然无果，但是他言辞如刀，处处振聋发聩，举朝震动，皇帝都劝李义府要有所收敛。

但是看他一身素衣，明崇俨疑惑道："骆御史被罢官了？"

贺知章叹息一声："朝廷袒护李义府，说骆观光哗众取宠，罢了他的御史。这还不算，李相国派人跟踪，意欲杀之而后快。刚才幸亏督少府，要不他就丧命了。"

明崇俨顿时明白为什么贺知章今天没有醉意了，他是要把这个人送到洛阳县衙保护起来。但见骆宾王的目光里满是怀疑，显然是对自己不信任，当即起身对骆宾王深深一躬道："骆御史在我县衙，明某定当鼎力保护。"骆宾王目光中的疑惑慢慢消解了，明崇俨又道，"还请骆观光谅解，要请您住进牢房里，那里最安全。"

骆宾王拱手作谢，又道："骆某人只求为国锄奸，不问其他，烦请给我纸笔，我要接着写奏章。"

贺知章赶忙道："你不是都写过了吗？皇帝陛下和皇后娘娘感念李义府当年功

劳，不会听你的。”

“我这次说别的事情。”骆宾王道，“前两天巩县县衙库银不是丢失了吗？我怀疑是李义府所为。”

刚刚送走督无咎，明崇俨自然知道这事，疑惑道：“巩县县衙库银被盗难道不是县令所为？”

骆宾王摇头道：“我认为没有那么简单，若是县令所为，为何库银到现在还没有追查出来？想必是李义府偷窃，然后让这县令顶罪。”

明崇俨想想也有道理，问道：“你有证据吗？”

“没有。”骆宾王摇头。

贺知章与骆宾王是诗友，听他俩这般正经对答，早耐不住了，“咕咚咕咚”地灌下去两大口酒，道：“不说那个了，咱们喝酒。”

二 惊梦

当天晚上，明崇俨睡下，还想继续做那个梦，却再也见不到石崇了。

次日晨起，秋雨已停，碧空如洗，天高云淡。

院子里的古槐一夜落尽叶子，后院好像铺上了一层毯子。

明崇俨喜欢这种感觉，不让差役打扫，脱了鞋光着脚在落叶上踩来踩去。

正自欣喜间，忽听头顶一阵鹤鸣。

已是深秋时节，怎会还有鹤飞衡阳？

抬头看，果然是鹤。

红顶、黑颈、白羽，有三四十只，排成一排，划开清淡无云的天空。一阵盘旋，往南飞去。

明崇俨心头一动，他跑回屋，抱出自己的琴来，手刚放到琴弦上，却听见一阵“咚咚”的鼓声。

这是县衙的鸣冤鼓被敲响了。

明崇俨先看见司马承祯，这位小道士居然站在堂上，一脸哭笑不得的表情。

明崇俨正奇怪司马承祯怎么不到后堂去找他，就听有人号啕大哭道：“明府啊，你要为我做主。”

低头看去，脚下跪着一个人。

明崇俨赶忙将他扶起来，这是一个侏儒，站起来也就到明崇俨腰间。

这侏儒指着司马承祯道：“他放走了我的鹤，请明府让他赔我钱。”

原来这位小道士是被告。

明崇俨笑道：“司马观主，这是怎么回事啊？”

司马承祯将明崇俨拉到一边，低声道：“贺知章要我带他去买鹤，我就带他去了北市，他到那儿一看人家的鹤都关在笼子里，就说这等灵禽，怎么能如此对待，上去便将人家的三十多只鹤全给放走了！”

“原来天上那些鹤是这么来的，”明崇俨几声大笑，“这个贺季真昨天还焚琴煮鹤，今天又成这等风流名士。”

他看看司马承祯一脸苦相，又疑惑道：“他放走的鹤，为什么你赔钱？”

司马承祯苦笑道：“他跑掉了。”

“你为什么不跑？”

“他也跑了！”那侏儒在旁边指着司马承祯叫道，“但是他跑的时候将钱囊丢了，里面有几个铜钱……”

“那不是丢的，那是我特意给你的赔偿。”司马承祯打断他。

“那里面一共也就两贯钱！怎么够赔偿我那三十只鹤？”侏儒不屑地说。

明崇俨却越听越好奇，低声问道：“你居然跑不过一个小短腿？”

那侏儒却听见了，不等司马承祯说话，就道：“我自然跑不过他，我在路边哭呢，来了一个和尚，问清原委，他说他能从钱上的香味嗅出主人在哪里。”

“钱上的香味？”明崇俨笑了，“不就是铜臭吗？”

“切……”那侏儒哼了一声，“您身居高位，自然觉得是铜臭，我们升斗小民，闻起来可都是钱香啊。”

“好，好……所以你就这么找到他了？”

“对！”那侏儒看出明崇俨和司马承祯二人相熟，唯恐明崇俨偏袒司马承祯，放声大哭道，“明府若是不管，我要找御史告状了。”

明崇俨咳嗽一声，忍住笑容，严肃道：“谁说本官不管？我现在就判司马承祯赔钱。”

“明府这里真是秦镜高悬啊。”那侏儒不哭了，对司马承祯道，“道长，拿钱吧，三十只鹤，每只十贯钱，一共三百贯！”

三百贯！这么多！明崇俨也吓了一跳。

司马承祯嗫嚅道：“我只有那两贯钱，剩下的望明府借我。”

明崇俨苦笑一声，朝廷此番从长安搬迁洛阳便是因为长安旱灾入不敷出，到了洛阳又修建宫殿，国帑空虚，官员的俸禄都是减半发放，上次飞头蛊事件，皇帝又停他半年俸禄，哪里还有钱借给他。

这时有个衙役走了进来，递给明崇俨一张请柬。

明崇俨打开来看，当即笑了，说：“我们有钱了。”

司马承祯和那侏儒都笑了：“在哪里？”

明崇俨道：“不过，要你去挣。”

司马承祯挠挠头，不知明崇俨葫芦里卖的什么药：“我一时片刻怎么挣来三百贯？”

“你是道士，去画符捉妖啊。”

“给谁？”司马承祯眼前一亮，随即又摇头，“不管给谁，也给不了这么多钱。”

“如果这个人是李义府呢？”

李相国李义府，除了皇帝、皇后，他就是大唐最有权势的人了。当年皇帝想要废掉王皇后，立武媚娘为皇后，举朝反对，唯独李义府力挺皇帝。最终反对的人死的死，流放的流放。李义府平步青云，武后更是对他心有感念，处处加以维护。尤其当下皇帝身体不好，朝事处处依赖武后，李义府更是得意，官居中书令，官吏铨选、国帑收支全在他手里。因此他的贪墨之名虽然尽人皆知，却谁也动不了他分毫，骆宾王的文字再有力量，皇帝也只是劝说李义府要有所收敛，但李义府居然敢顶撞皇帝说："谁说我贪污了？"

司马承祯有点儿不相信："他怎么会找人画符捉妖？"

"因为他家里有妖。"明崇俨将请柬递给他。

司马承祯打开来看，写的是李府乔迁，请洛阳令和司马观主到府上一聚，根本没提捉妖的事，他不由得苦笑一声，道："这是向你索要钱财呢，洛阳城人都知道，相国的府邸新落成，恭贺之人络绎不绝，据说见面礼至少五百贯，李相国才会赏脸一见，五百贯以下只能喝水，三百贯以下连水都没的喝，一百贯以下根本不要。"

明崇俨摇头道："别人去是送礼，我们去是为他捉妖。"

"为什么？"

"这李相国眼高于顶，对三品以下的官员从来不下请帖，我一个五品官，你一个小道士，他为什么要下帖？显然有求于我们，我们不带贺礼，也能进他府中。"

司马承祯听他分析得有理，点头，随之又疑惑道："他能给我们三百贯？"

明崇俨摇头道："这就看你司马道长的本领了。"

司马承祯还没有说话，那侏儒忽然道："我今天也要去拜访李相国，倘若你们二位能挣来钱财，当场给我好了。"

"你去干什么？"明崇俨和督无咎奇怪道。

"我去卖鹤！"

"你的鹤不是都被放跑了吗？"

这侏儒抿嘴一笑，也不回答，转身离去。

看着这侏儒离去，司马承祯连连摇头叹息，说道："我昨晚做了一个十分奇怪的梦，就知道要倒霉。"

明崇俨心里一动，问道："莫不是梦见了石崇？"

司马承祯吓了一跳："明府怎么知道？"

明崇俨更是吃惊，他自己没有做完的梦，却跑到了这小道士身上。他定定心神继续问道："是不是石崇要你帮他炼丹，只要闭嘴不言就是了？"

司马承祯的眼睛差点儿睁得像嘴那么大，惊问道："你怎么知道……"

"因为我也做了同样的梦！"明崇俨道，"但是我做到这里就醒了，后面是什么我就不知道了。"

司马承祯说道："后面那个绿珠端着酒杯劝我说话，我不喝酒也不说话，突然走过来一个金盔金甲的将军，生得有一丈多高，责骂绿珠'你连让人开口都做不到，有什么用'，一刀将绿珠身首异处……"

后面这么有趣，明崇俨顿时来了兴致，摆出酒水，让司马承祯坐下说。

司马承祯继续说道："那将军身后还跟着一队人马，不知怎么就到了楼上，我隔着窗户看过去，整个金谷园内全是执戈披甲的军士。那将军责问我为什么不说话，我还是闭口不言，将军就让士兵们朝我射箭，箭支如雨一样射到了我身上，虽然痛彻心扉，但我遵守诺言就是不说话，后来那些士兵就走了……"

明崇俨喝了一杯酒赞道："司马道长可真是勇士啊。"

"这还没完呢。"司马承祯摇头道，"那将军刚走，又来了一群猛虎、狮子、蝮蛇和毒蝎，争先恐后地扑向我，有的还在我头顶跳来跳去。我就是不说话，过了一会儿，这些东西也不见了。那个大将军又回来了，居然押着我的父母，他们说我不开口求饶，就杀了我的父母，他们用刀砍他们，用箭射他们，用油锅炸他们，我的父母发出凄厉的喊叫，但我就是不说话，我知道这些都是假的。"

明崇俨点点头道，"我年轻的时候师父也让我和一个小和尚比定力，跟你所见的情况差不多，我也是不说话，因为我也知道这些都是假的，但那小和尚就被吓跑了。"

"我这还没完……"司马承祯苦笑一声，"那将军见我不说话，就手起刀落，将我斩为两段……"

"啊……"明崇俨吓了一跳，"这可比我小时候所见的厉害多了……"随即又道，“快说，快说。”

司马承祯接着道：“他们带着我的魂魄去了地府，见了阎王，阎王问我话，我还是不说，结果阎王用三昧真火烧我，把我放到石磨上碾轧，我忍着没有说话。阎王爷实在没办法了，就让我转世投胎当个女人……”

明崇俨不由得伸出拇指夸奖道：“司马道长，你好厉害啊，连阎王爷都服了你，然后呢？”

司马承祯接着道：“我出生在一个小康家庭，生下来就多病，天天扎针吃药，还经常从床上跌下来，我都一声不吭，大家都以为我是个哑巴，我长到十八岁的时候，父亲将我嫁给了一个读书人，第二年就生下了一个男孩。我丈夫说你能不能跟我说句话，我自然还是一言不发，结果这个读书人说我看不起他，这孩子不要也罢，拎起我的孩子就摔到了石头上，顿时脑浆迸裂……”

“啊！”明崇俨都叫了出来，“好狠。”

司马承祯苦笑一声：“我也终于忍不住叫了出来，声音还未落，眼前的一切就都不见了，那丹炉里有一只仙鹤飞了出去。石崇叹了口气说，‘就差一下了，怎么还是弄不成……’然后我就醒了。”原来自己那个梦后面还有这么多有趣的事情，明崇俨暗暗责怪贺知章惊扰了自己的好梦，但他实在想不明白为什么梦见的都是石崇，难道是因为最近要破财？

三　相府

李义府的宅邸在积善坊内，前临洛水，右依天街，他家出入不走坊门，对着天街单开一个门，供李府的车马出入。

虽然已经过了午时，门前依然车马云集，院里鼓乐连天，都是来贺喜的宾客。

有人在门口高声喊道：“今日下午李相国只接见懂方术的人。”

门前的车马慢慢散去，只剩下十几个人。

门前的家丁又喊道：“大家拿出请柬，可以进去了。”

忽然有个人道："我没有请柬，我也想进去，怎么办？"

循声看去，竟然是那个卖鹤的侏儒。

家丁看他一眼，面露不屑道："你有什么本领，也要进去？"

那侏儒道："我来给相国府献鹤！"

另一个家丁猛然记起来什么，笑道："我知道了，你是北市卖鹤的，我们相国让我去买过两只。"

那侏儒赶忙道："当时不知道是相国府需要，所卖的鹤品相不高，今天我送来十只红顶白鹤。"

家丁顿时有了兴趣，道："你的鹤呢？"

"这里，这里。"侏儒从身后拿出一个笼子，里面装着一只鹤，长得又瘦又小，羽毛颜色暗淡，顶上更无红冠。

家丁生气道："你这明明是一只，哪里来的十只？"

"这一只是鹤媒。"侏儒拍拍笼子，这鹤在笼子里一声长鸣，真是如金声玉振，令人神清气爽。那侏儒仰天道："鹤来，鹤来。"

果然天空之中，远远出现几个白点，迅疾而至，是十只白鹤。在众人头顶盘旋一阵，落在了那侏儒面前。

那侏儒又拍拍笼子，笼子里的那只鹤，又是一声鸣叫，这十只鹤俯首聆听，如临长官。

最后十只鹤齐声鸣叫，一起飞起，往相府高墙内落去。

侏儒得意道："从此这十只鹤就在相府安家了。"

看着这个侏儒，明崇俨猛然记起司马承祯说他梦里最后一只鹤冲天而起，自己做梦那晚廊下便摆着一只鹤，司马承祯的道观内也买了鹤，最近为何这么多鹤？一定有蹊跷。

那家丁见侏儒能将这等神鸟驯到这个地步，点头称赞道："好，你进去吧。"

侏儒得意地就要往里走。

忽听身后有个声音道："贫僧也想去看看。"

那侏儒回头看去，是个和尚，他惊喜道："大师是您？"

那家丁打量这和尚一番，问道："你有什么本领？"

不等和尚言语，这侏儒先道："他能嗅出钱香来。"

明崇俨和司马承祯互看一眼，原来是这个和尚引着他找到司马承祯的，明崇俨看着这和尚，感觉有些面熟，似乎在哪里见过。

却听那和尚道："不过是雕虫小技。"他看一眼那家丁的脚底下说道，"从这里下挖一锹土，有先秦刀币一枚。"

两个家丁互看一眼，叫人拿来铁锹，轻轻铲下去，就听"当"的一声，一枚刀币露了出来。

众人一阵窃窃私语，司马承祯低声道："要能习得这法术，何愁那三百贯？"

明崇俨却看那和尚一脸邪恶，不屑道："不义之财，未必是福。"

那家丁一脸吃惊，低声问那和尚，道："大师，哪里还有钱，能否告知？"

和尚笑道："我要献给相国的。"

两个家丁赶忙闭嘴，躬身请人。

这时从里面走出一个管家模样的人，叱问道："怎么回事，还不进去？相国都等在那儿了。"

两个家丁赶忙招呼众人进去。

家丁引着他们一路往前。

这时所有鼓瑟吹笙的音律突然停了，偌大的相国府变得十分安静。

那前面引路的家丁也一脸紧张，走路都小心翼翼的，司马承祯也不由得紧张起来。

他们穿过前厅，来到正堂，一群人中间簇拥着一个一身紫袍的中年男人。

那家丁上前躬身禀报，看来他就是李义府了。

李义府扫一眼众人，点点头算是招呼。

明崇俨略有些失望，他原以为李义府会对自己和司马承祯礼贤下士，然后请自己随便一出手为他解决问题，想不到这么冷淡。再看看这里十几个人，人家压根儿也没有把自己放在眼里，给自己送帖子也不过是多请一个人罢了。

正胡思乱想着，忽听李义府低声道："快看，他来了。"

这位不可一世的相国一脸惊愕，手向前指着，微微发抖。

顺着他手指的方向看去，他指的是正房的厅堂，迎面挂着一幅王羲之的字。别的什么也没有。

"你们看到了吗？"李义府声音颤抖着问。

众人一起摇头。

"她人就在那里，你们怎么看不到呢？"李义府生气道，"你们一个个儿不是道行高深吗？怎么谁也看不到？"

众人都瞪大了眼睛看，还是空空如也，不禁面面相觑，不知如何是好。

刚才面熟的和尚径直走到厅堂里问道："是在这儿吗？"

李义府惊叫道："对，她就在你面前。"

和尚又往前走了两步，李义府脸都变色了说："你的手从她的身体里穿过，她就像一团烟一样消散又凝聚了。"

众人更加吃惊，司马承祯和明崇俨左看右看，还是什么也看不到。

那和尚道："为我拿纸笔来，相国描述，我来画下。"

立刻有家丁拿来纸笔和各色颜料。

李义府为他描述道："这是一个十八九岁的女孩子，身材高挑，相貌十分漂亮，一袭飘逸的红衣，长发垂腰，她脚上没有穿鞋，双脚白如霜雪，就在那里跳舞，红衣、皓肤、乌发一起飘动，她的容貌十分漂亮，她的脸美得如同……"

听他说着，那和尚笔下不停，一个美艳绝伦的少女形象跃然纸上。

明崇俨只看一眼，内心一阵狂跳，这正是那天晚上梦里所见的绿珠啊，司马承祯也轻轻"啊"了一声，明崇俨赶忙摆手让他不要声张。

却听李义府也惊叫道："就是她，就是她，她叫绿珠，那天我做梦梦见自己被石崇请到金谷园，要我帮他炼制仙丹……"

明崇俨和司马承祯都大吃一惊，司马承祯想要说些什么，明崇俨让他安静。

那李义府接着说："我说我不会炼丹，石崇只要我在炼丹的时候不要说话，无论看见什么都不要说话就行了。若是他的丹成，他就把金谷园的一切包括绿珠都给我，说完他就消失不见了，那绿珠……"他一指那幅画又道，"就是她，问我是不是想看她跳舞，我不说话，只点点头，绿珠说：'你若不言语，我怎知你想不想呢？'于是我说：'想。'结果话音没落，就见一只仙鹤从那丹炉中飞出，天崩地塌，一切不见，我就醒了过来，次日便见有人在这正堂之内跳舞。起初我以为是新买的舞女，但是我一旦靠近，就不见了踪影，问别人谁也看不见，唯独我能看见，不知道这是什么妖物？"

又听他提到鹤，明崇俨立刻记起刚才在门口，那家丁说曾在侏儒那里买过鹤。

那和尚突然叫道："我知道这是什么了！"

"什么？"李义府赶忙问道，众人都一起看向那和尚。

"这是厄丝，这是相国的厄丝凝结，厄丝就是厄运之丝，相国如今如日中天、名满天下，也谤满天下。"

说得李义府连连点头："对，对，前几天有个叫骆宾王的御史还诬告我，皇帝陛下还警告我呢。"

这和尚道："正因如此，相国身上的厄运之丝也是越来越多，从你心底透出来，自然相国您一人能看见，其他人都看不见，她这是在提醒您要注意水满则溢，月满则亏啊。"

李义府也听得一身冷汗："那我该怎么办？"

那侏儒忽然接口道："下次再在梦里见到石崇，不管看到什么你都不要说话，相国的财运和官运自然就如同石崇一样，富可敌国。"

"真的？"李义府连拍巴掌，他看看那眼前的绿珠，又疑惑道，"可是我最后不会落得跟石崇一样的下场吧？"

那侏儒又道："这绿珠便是石崇的厄丝，他看不透才会落此下场，若是相国任这绿珠勾引，不为所动，便能破除厄运。"

听他说得头头是道，明崇俨看着这个侏儒，越发感觉他不一般。

那和尚颇为吃惊地看着侏儒，大概他也没料到这个三寸丁还会抢他的风头。

“看来是上天在考验我。”李义府被侏儒说得连连点头，他看看正堂，显然那女孩还在跳舞，懊恼道，“可是我依然没有架住勾引，这厄丝已经来了。”

那侏儒看看和尚，就闭口不言了。

和尚这才道：“厄丝刚起，破除也不难。”这和尚笑道，“只要相国在三天之内积攒二十万贯钱放在此处，自然就可压住这厄运。记住，不可是你府库中的钱财，必须是你新积攒的钱财。”

明崇俨听得心头一阵火起，暗道：“这是什么混账逻辑？这不是让李义府继续贪墨吗？”

“三天？”李义府犹豫了一下，“有点儿难啊。”

“没什么难的。”这和尚得意道，“我此番就是来给相国府送钱的。”

有家丁低声给李义府讲了两句这和尚有嗅得钱香的本领，李义府眼睛都瞪大了，赶忙作揖道：“请大师帮我。”

那和尚道：“就在你这门口朱雀大街的地下，埋着二十万贯，相国今晚就派人挖出来吧。”

李义府大吃一惊，道：“真的？”

那和尚点头，有点儿得意地道：“我玉空来自长安西明寺，是万回和尚座下弟子。”

“万回！玉空！”明崇俨突然记了起来，这和尚就是当年和自己在暗室比定力的小和尚。

李义府连忙作揖道：“原来是万回大师的弟子玉空大师。”他像抓住了救命稻草，对众人道：“万回大师弟子在此，你们领了赏钱都走吧。”

明崇俨转身要走，玉空和尚却到他面前深深鞠躬道：“见过明府。”

原来他也认出了自己，明崇俨却不想理他，微微颔首，转身要走。

这玉空和尚身形不见晃动，又拦在了明崇俨的面前，道：“明府，我还想和你比一次定力。”

这人可真是心胸狭窄。

有个家丁喊道：“来，来，诸位来领钱吧。”

几个家丁推着一辆车过来了，那车上堆得满满的都是铜钱。

司马承祯高兴道：“还真给钱啊。”

那家丁鄙夷地看他一眼，从车上抓起两贯钱扔了过来，正落在明崇俨和司马承祯面前说：“嗟，拿去吧。”显然把他俩当成打秋风吃白食的了。

司马承祯犹豫了一下，还是要弯腰去捡，被明崇俨一把拉住。

那家丁走到玉空和尚面前客气道：“大师，相国赐您五百贯，给您送到哪里去？”

那侏儒在旁边语带讥讽道：“哎呀，五百贯啊，怎么不给司马道长？他可是为了还债到这里来的。”

司马承祯涨了个大红脸。

那侏儒又看向玉空和尚，满是佩服地道：“大师，这五百贯对你也没有意义啊，你随便一扫就能看出地上的钱财……”

那和尚却摆手道：“虽然埋在地下，也不是没有主人，有缘之人便是主人，如门口的二十万贯，相国便是有缘之人，无缘之人天天走过也不会知道。我只和这五百贯有缘。”

这话说得云里雾里的，显得他高深莫测，明崇俨越发觉得这玉空和尚不要脸。

那家丁大失所望，他本来还等着玉空说不要呢。

有个家丁上前问道：“给您放到哪儿？”

玉空和尚“哎呀”一声说：“我居无定所，这银钱无处存放啊，要不找个地方给我埋了，等我有了寺庙，再挖出来用。”

几个家丁不敢相信自己的耳朵，一起围过来问：“埋到哪儿？”

玉空和尚想了想说：“那就埋到北市门口吧。”

“北市门口？那里人来人往会被人偷走的。”众人不敢相信自己的耳朵。

玉空笑道："没事，那就立一块牌子，写上'此地无钱五百贯'。"

家丁还要说什么，玉空道："不必多说，去吧，埋到北市门口。"

明崇俨内心暗暗吃惊，这玉空要做什么？

却见那侏儒手里拎着三四吊钱匆匆从身边走过，仿佛不认识明崇俨和司马承祯一样。

司马承祯低声笑道："他是不是急着要去挖钱？"

明崇俨却没有笑，只道："你说这和尚为什么要把钱放到北市门口？"

司马承祯犹豫了一下说："莫非青蚨钱？"

"不像。"明崇俨摇头。

他和司马承祯刚要走，玉空和尚不知何时又到了两人面前，道："明府不会做了大官，就不认识贫僧了吧？当年我们两家师尊要我二人比定力，我败北之后，日日惦记着要再和你比一次。"

明崇俨摆手说："小时候只是个游戏，何必当真，今日见大师法术高强，已经赢了我。"

玉空摇摇头道："法力是法力，我想和你比的是定力。"

明崇俨被他纠缠得无奈，只好道："改日我去你寺庙里拜访你。"

他原本随口一说，玉空却大吃一惊，低声道："明府怎么知道我们西明寺要在洛阳再建一座？将来贫僧要在这里当主持的。"言语中透露着得意。

"哦！"明崇俨笑了一笑说，"那就等大师的寺庙建好之后吧。"

"好！"玉空哈哈大笑，"到时候我把地址给你。"

明崇俨面无表情地点点头，道："就这样说定了。"

他一路走一路琢磨这些事情，玉空和尚的话、地下的钱，还有三个人相同的梦，代表着什么？脚下慢了不少，半个多时辰才到县衙门口，有个衙役禀报道："明府，出事了，北市门口有人埋钱，那些商贩争相挖掘哄抢，都打了起来，不良帅带着人过去了。"

明崇俨点点头，心想：“这算什么事呢，可怕的恐怕还在后面呢。”

四　银饵

“那堪玄鬓影，来对白头吟。露重飞难进，风多响易沉。”

明崇俨一进后堂就见贺知章拿着一张纸在大声吟诵，骆宾王就坐在他旁边，贺知章将他从牢房请了出来。

见到明崇俨，贺知章笑道：“骆观光新得佳句，甚好，甚好。”

“自哀自怨的雕虫小技而已。”骆宾王叹息一声，“我更看重这篇诉状。”

明崇俨拿起诉状粗看一遍，惊问：“谁告诉你李义府要挖断朱雀大街？”

司马承祯接过诉状，上面不再陈诉李义府的贪墨罪状，而是告他聚集术士，毁掉朱雀大街，破坏洛阳王气，有不臣之心。

司马承祯也吓了一跳，他看着骆宾王：“你今天下午去了相府？”

骆宾王摇头道：“我被相府的人殴打那天，一个和尚告诉我要这么写。”

“那和尚是否三十多岁，白面无须……”明崇俨将玉空和尚的相貌描述一遍。

骆宾王点头道：“就是他。”

明崇俨恍然明白，玉空和尚今天下午所做的一切都不过是在为李义府挖坑，即便李义府家中没有请方士，玉空和尚也会前去告诉李义府他家门口地下埋着二十万贯。

万回和尚什么时候这么有正义感了？明崇俨暗暗哼了一声，问骆宾王道：“你认识那和尚？”

骆宾王摇头：“我第一次见他。”随后拿起自己的诉状叹息道，“这怎么才能送到皇帝陛下面前呢？”

皇帝！这一句话提醒了明崇俨，一定是皇帝或者皇后看不惯这李义府的嚣张，居然连天子也顶撞，势必要抛弃他了。

司马承祯道：“为什么不送给皇后？皇帝身体不好，都是皇后殿下在管事。”

“呸。”骆宾王狠狠道，“这女人豺狼之性，狐媚惑主，秽乱后宫，居然牝鸡司晨，早晚毁掉大唐。”

明崇俨听他如此侮辱师姐，内心生气，但敬他耿介，压住火气不说话，半天才冷冷道：“那和尚让你这么写，他今晚就一定会来找你的。”

他心中不悦，暗道：“不能让这和尚这么顺利完成任务，这封信我要自己递上去。”他看着贺知章顿时有了主意，问道：“贺寺丞，今晚你就留在这县衙吧，我新得了三大坛素酒，是高昌国的哦。”

贺知章一下子蹦了起来，惊喜道：“在哪里呢？”

“现在不能给你喝。”明崇俨笑道，“今晚骆御史的和尚朋友要来取奏章，你要好生款待，届时再喝。你一定要劝他喝醉，我再送你三大坛好酒。”

骆宾王也高兴道：“这样有正义感的出家人，我也要陪他喝几杯。”

“对，他若不喝，你就说我明崇俨很佩服他的法术和定力，喝了我便答应跟他再比一次。”

贺知章听着这摸不着头脑的话，也不奇怪，他听说有酒喝，也早把头脑给扔了，只是点头说：“你放心，我一定让他喝醉……”突然又问道，“明府和司马道长不作陪吗？”

司马承祯还在生气他早上放跑人家鹤的事情，不肯理他。

明崇俨道：“我和司马道长今晚还要出去一趟。”

司马承祯一愣，问道：“去哪里？”

明崇俨道：“去看他是怎么挖断朱雀大街的。”

那边贺知章却拍手笑了，说：“我还以为你们两个人也要喝，三坛素酒可不够啊，你们两个出去最好了……”

吃了晚饭，明崇俨就和司马承祯走出门来。

外面素月皎皎，地上如披白霜。

洛阳城也是宵禁制度，各坊门已锁，明崇俨身为洛阳令，本就有巡城职责，拿出鱼牌，一路畅通。

他们先到朱雀大街，相府门前果然灯火通明，朱雀大街已经被挖开了，巡街的金吾卫们看到也不敢言语，远远绕行。

明崇俨和司马承祯看过去，已经抬出了几口箱子，箱盖已然打开，里面果然都是一串串的钱。

明崇俨细看那些钱，崭新油亮，钱缗全部是红色的，这是县衙库内采用的绳子啊，明崇俨内心一动："莫非这是巩县丢失的钱？巩县丢失的是二十万贯，这里也是二十万贯。"他猛然想通了，双掌一击，"这玉空和尚想要让李义府相信，就必须在这里埋下二十万贯，这二十万贯他从哪里得来呢？只能从巩县借用一下了。"

这时几个金吾卫的马匹一阵长嘶，隐隐听见他们喊："北市有人犯禁，快去看看。"

"北市？"明崇俨和司马承祯立刻想起玉空和尚埋在门口的钱。两人当即跟着金吾卫追了过去。

金吾卫一到北市门口就愣住了。

前面站满了人，这些人面无表情地排成一队，手里有的拿着金银，有的拿着钱财，有的还抱着绢帛，依次往前，最前面是个牌子，上面写着"此地无钱五百贯"。

这正是那玉空和尚埋钱的地方，这些人将自己的财物往地上一扔，东西落在地上竟然如同沉在水里，消失不见了。

有个金吾卫走过去喊道："你们在干什么？"

没有人说话，连头都没有人抬，这些人还是默默地往前走，往里面扔钱，然后转身离开，如同行尸走肉。

那金吾卫仔细看，突然道："这不是今天下午抢钱的那些人吗？"

明崇俨猛然想起一个词，脱口而出："钓鱼？"

司马承祯也想了起来，惊叫道："对，对，他那五百贯就是鱼饵，放到这里，谁拿去谁就上了钩，然后晚上会把自己的钱财全部送来。”

这时有个金吾卫上前从一个人手里夺过一锭金子，那人也不言语，也不说话，走出队列往回走。

突然有个人斜刺里冲过来，从那金吾卫手里夺过那锭金子，扔还给那个人。

竟然是那个卖鹤的侏儒。

金吾卫刚要发怒，那侏儒急道：“你若拿了那锭金子，一会儿你就如同他一样，会把你家的钱财全部搬来扔到这里。”

这金吾卫吓了一跳，就见刚才那人慢慢走回队列，又开始排队。

明崇俨走过来命令道：“你们加派人手在这里严加看守，不得让人再从这里拿钱，否则都会变成这样。”

金吾卫们认出他是洛阳令，肃然领命。

有个金吾卫看着这些人道：“他们怎么办？”

那侏儒抢先道：“没有办法，他们倾家荡产之后自然会醒悟过来。”

那个抢金子的金吾卫吓了一跳：“好狠的巫蛊之术。”

明崇俨叹息一声：“是啊，钱财本来就是世上最大的符咒，没有人能逃得开。”

他话音刚落，那卖鹤的侏儒突然低声道：“明府和司马道长，你们还记得梦里的石崇吗？”

明崇俨和司马承祯顿时吃了一惊。

这侏儒道：“能否借一步说话？”说完便起身往前走，明崇俨立刻跟了过去。

两个人跟着这侏儒走了一阵，进到一家大宅院内。

院里茂林修竹，修建得十分清幽，林内地上、树上触目皆是仙鹤。

那梦果然和这些鹤有干系。

那侏儒将他们请到屋内，关上了门，说道：“实不相瞒，我便是石崇。”

明崇俨差点儿笑了，说：“石崇难道是个侏儒……”

他的话没说完，那石崇打了个响指，屋内蜡烛竟然一齐亮起。

明晃晃如同白昼，站在他们面前的不再是那个面容猥琐的侏儒，而是一个身材高大、面如朗月的人，正是那晚见到的石崇。

司马承祯已然看出，一张符咒拿在手中，惊道："明府，这侏儒是个妖物。"

石崇倒也坦诚，点头道："我非人、非鬼，也不是个妖物，我是伥。"

"虎伥？"司马承祯疑惑道。

石崇摇摇头："人们只知道虎伥，虎才害死几个人，死于金银下的人不计其数，钱的伥鬼遍地皆是，却无人知晓。"

"银伥？"他这几句话说得甚好，明崇俨不由得点点头。

这石崇让二人坐下，才慢慢说道："我的确是石崇，死后成了银伥。"

明崇俨的心绪稍稍平静，记起历史上的事："石崇不是被砍头了吗？"

石崇点点头："我生前豪奢，这已经是尽人皆知了，但你可知我是靠什么发财的吗？"

明崇俨和司马承祯摇头。

"便是银饵之术！"

"银饵？"明崇俨和司马承祯记起刚才那些人，心中暗道：这个名字比钓鱼更贴切。

石崇道："便是以银钱为饵，就如玉空和尚这般，将钱扔到街上，谁要是捡去，就如同鱼咬了钩，会将自家所有钱财都给人送去。"

明崇俨和司马承祯顿时明白了这玉空和尚的所作所为了，一起点头："原来是这样的邪术！"

石崇道："传我这邪术的是南方的一个番僧，我就选取那些家境富饶的人为他们送去银饵，他们就会将全部家当给我送来。于是我短短几年就富可敌国，加上我做人又高调，终于招来杀身之祸。"

明崇俨好奇道："不是因为司马伦向你索要绿珠，你拒绝才招来祸患的吗？"

"唉，"石崇叹息一声道，"那是猎奇之说，不足为信。"

司马承祯一脸紧张地打量他，问道："你既然身死，就该入轮回，为什么成为妖物？"

“还是因为这银饵之术。”石崇道，“这银饵之术聚敛钱财十分巨大，我当年修建金谷园就是为藏匿钱财，司马伦在我的金谷园内四下搜索，拉走十几车金银珠宝，那也不过是我财富的九牛一毛，我这地下还有更多的钱财，他根本没有发现。我临死前还惦念着那些钱财，死后居然成为伥鬼来到银窖中守着这些金银。这一守就是三百多年，我也想离开，但是想离开就必须找人代替我在这里当伥鬼，而要代替我也不容易，必须经过守口如瓶的考验……”

明崇俨顿时想起那个梦，问道：“你所谓的考验就是在梦里引诱对方到金谷园来……”

石崇点点头：“对，我引诱对方到金谷园来，呈现给他财富、美色，然后让他帮助我炼丹，只要闭口不言就行，但是会有美色诱惑他，会有亲情动摇他，会有各种酷刑考验他，只有他能做到不为美色所动，不为亲情所感，不为酷刑所吓，做到真正的铁石心肠，才能成为守财的伥鬼……”

明崇俨笑了：“你这标准赶上成仙了……”

“这就是在成仙。”石崇道，“那人的铁石心肠会为我炼制出一枚丹药，我吃后就能变伥鬼为散仙，无拘无束……”他摇头叹息一声，“太难了，我试过很多人，都失败了……”

明崇俨冷笑一声：“还包括我和司马道长吧？”

石崇不好意思地点点头道：“明府还没开始，就被贺知章给破坏了……”

“后来为什么没有再试试我？”明崇俨笑道，“我也不知道是否能扛得住诱惑。”

“那是因为你的鹤被贺知章给煮了。”

司马承祯插嘴说：“原来那些鹤是引梦鹤……”

“对……”石崇道，“这么多年我就修炼了一门法术，用鹤来引梦。我炼化一只鹤为伥鬼，来为我招引天上的鹤，然后再将这些鹤炼化为引梦鹤，谁来买去，晚上我就用鹤引他来梦中……”

司马承祯道：“你今天给李义府送了十只鹤，就是为引他入你彀中了。”

石崇点头道：“对，我之前试探过他，见他十分贪财，是个好苗子，但是他好色，绿珠一勾引，他便说话了，于是我就让绿珠在他面前为他跳舞，让他看个够……”

原来如此，明崇俨点头道：“你若能成功，倒也省得骆宾王写什么奏章了。”

石崇起身道：“本来一切顺利，哪知半路出来个玉空和尚，他也擅长银饵之术，在李义府宅中他便知道了我的存在，故意布局，要和我斗富。”

“怎么布局？”司马承祯好奇道，“北市门口埋下的金银就是和你斗的局吗？”

“对！”石崇点点头，“他埋下五百贯，就是要我也埋下五百贯，三天之内看谁能聚起最多的钱财。”

原来是这样，明崇俨道：“那岂不是你最擅长的，当年和王恺、羊琇斗富，你不是胜了吗？”

“我若败了，今日也不至于成为伥鬼。”石崇惭愧地摇头道，“王恺、羊琇都精通银饵之术，我们之间互斗，便是为了吸引对方的财富，输的就要死去。最后财富都落入了我的手中。”

原来石崇斗富的背后有这样的事情，明崇俨好奇之心顿起：“那你今日便和这玉空和尚斗一斗吧。”

石崇摇头道：“我这么多年修炼就是为了不当伥鬼，我已经有三百多年不用银饵之术了，今日眼看成功在即，若是和他斗，便要前功尽弃。”

“那就不要和他斗了。”

“若是不斗，我便是输了，人输了是死，伥鬼输了就会魂飞魄散，再难入轮回。”

明崇俨和司马承祯互看一眼，沉默不语。

石崇对两个人深深鞠躬道：“所以我要请明府和司马道长帮我。”

“怎么帮？”明崇俨和司马承祯一起问道。

石崇道：“请明府和司马道长在我这里睡下，引梦鹤会带你们进入金谷园，请你们帮我引诱李义府，我在这里等一等，若是引诱失败，便是天丧我，我便和他斗上一斗……”

“不妥。”明崇俨摆手，“那李义府认识我和司马承祯，不会上当。”

“唉，”石崇狠狠一拳打在竹子上，叹息道，“天丧我啊。”

明崇俨沉默一阵，突然道："你为什么不将找替身和斗富合二为一呢？"

"合二为一？你说引诱玉空和尚来做替身？"

明崇俨点头："我看他在李义府宅邸中的表现，根本不知伥鬼之事。而且他一个和尚想必也不会受美色诱惑，他心里只有钱财。"

听明崇俨这番分析甚是有理，石崇点点头，随即又为难道："我不知道他住在哪里啊，鹤都没法儿送过去。"

"这个好说。"明崇俨笑了，"他就在我的府衙，你速派一只鹤飞过去就是了。"

石崇大喜，打开房门，往府衙方向一指，口中默念几句，十几只鹤便展翅飞去。

明崇俨又问石崇："若是成功了，会怎样？"

"这人在梦里就不会醒来。"

明崇俨犹豫了一下，对司马承祯道："道长，你用驭风神行之术去一趟巩县吧。"

司马承祯一愣："去干什么？！"

"去告诉督无咎，巩县被盗的库银就在李义府正堂之中。"明崇俨笑道，"既然玉空和尚已无法拿奏章了，咱们总不能不管这个贪墨之徒吧？"

司马承祯点头道："好。"便起身就走。

明崇俨对石崇道："带我到梦里去，我一定让你成功。"

石崇招手，过来一个丫鬟，将室内香炉点燃，一股幽香悄然入鼻。

明崇俨在蒲团上端坐，不知不觉已经入睡。

恍恍惚惚中，他看到了面前繁花似锦、仙鹤成群。

他定定心神，提醒自己这是在睡梦里。

刚要去寻石崇，就见石崇带着玉空和尚走了过来，这才想起来玉空和尚是第一次来，石崇要去带一下。

玉空脸带红润，还有几分醉意，果然是被贺知章给灌醉了。

明崇俨笑道："大师，贺寺丞招待你可周到？我这素酒如何？"

玉空无奈地笑了："这贺知章真是劝酒的好手……"

明崇俨故作佩服状，躬身道："没想到玉空大师也是银饵之术的传人。"

玉空得意道："万回大师所传授的雕虫小技，前来为皇帝分忧。"

明崇俨笑道："你是要扳倒李义府？"

"正是，正是。"玉空得意道，"皇帝嫌他太过嚣张，居然敢顶撞圣上。皇上当然要找罪名弄了他，但皇后一直袒护他，说没有证据，于是我就略施小计，将巩县县衙的银钱给他搬到家里，看他有没有证据。"

果然不出明崇俨所料，他笑道："你的寺庙是不是就建在李义府宅院？"

玉空得意地笑了："皇帝陛下答应我，只要扳倒李义府，他的府邸就赐给我做寺庙。"

明崇俨一脸羡慕道："玉空大师法术高强，令我佩服啊。"

言语中三人已经上了绿珠楼，绿珠已然等候在那里。

玉空看到她吃了一惊："这不是李义府家中跳舞那个少女吗？"他看看石崇，忽然笑道，"原来你也看上了他家的财富？"

石崇点点头，颇有些遗憾道："可惜被大师先下手为强啊。"

玉空有些得意，他看一眼明崇俨笑道："谁也比不过我。"

明崇俨就等着这句话，冷冷道："是啊，除了定力。"

玉空的脸色顿时变了："那我们今天就比试一下吧。"

明崇俨看向石崇，笑道："那要麻烦石公了，我们在这里，不管看到什么，都要一个字也不吐，看谁先说话。"

玉空道："现在就开始吧。"

石崇暗暗吃惊，想不到明崇俨这么简单的几句话就让这玉空和尚入他彀中了。

他不动声色地召唤绿珠上前道："为二位斟酒……"

果然一切就如司马承祯那晚梦见的一样，明崇俨就如同游戏一样，闭口不言，直到最后，那孩子被摔死的一刹那，他"啊"的一声大叫了出来。

睁开眼看，一切幻灭，只有玉空和尚双目微闭坐在一边，一动不动。

石崇高兴地叫道："我的药成了。"打开丹炉取出一粒晶莹剔透的丹药，张口服下。

五 结果

天亮的时候，明崇俨回到县衙，就听说洛阳尉督无咎破获巩县库银被盗案，李义府已经下狱了。

骆宾王和贺知章已经酒醒了，玉空和尚还睡在一旁。

骆宾王看看手里的奏章，感叹一声，这奏章没有递上去，怎么就下狱了，但他还是为国家少了一个蠹贼而高兴。

贺知章想叫醒这个和尚。

玉空呼吸顺畅，面带笑容，却无论如何摇晃也喊不醒他。

明崇俨道："不用叫他。"命令一个衙役，"去通知督少府，李义府的共犯在这里，让他拿去。"

督无咎不多时就回来了，一脸兴奋地说："你知道在李义府家抄出多少钱吗？"

"多少？"

督少府大声道："钱两百万贯，各类绢帛三十万匹，各类金银、珍宝、玉器无数。皇帝龙颜大悦，说国家的困难得到缓解，要将我们的俸禄全部补发，连明府您的也要发。"

明崇俨一愣，或许皇帝根本就不是为了他的顶撞而杀他。

他翻开了《晋书》，找到石崇一章，读石崇临死前的一段："崇乃叹曰'奴辈利吾家财。'收者答曰：'知财致害，何不早散之？'崇不能答。"

明崇俨叹息一声，石崇不能答，想必李义府也答不上来。

○续命

一　卖符咒的小道士

“道可道，非常道。一张符咒驱邪祟……名可名，非常名。一张符咒护性命……”

十年前，十三岁的小道士司马承祯拿着一沓符咒，站在巩县街头有气无力地喊着。

他心里却想着：“什么道可道，修道只为稻粱谋。”

师父说卖了这些符咒才能回去。

已经过了大半天，没有一个人来买他的符咒。

天快要黑了，正是隆冬时节，北风呼啸，他身上的道袍已经被风打透了。

身上带着的一点钱早用完了。

他已经两顿没有吃饭了。

再卖不出符咒，第三顿也要饿着了。

更可怕的是，风这么大，天这么冷，今晚要是流落街头，一定会被冻死的。

司马承祯站在一家人的房檐下，有气无力地喊着。

一个披散着头发的乞丐从他面前过，忽然停下脚步，一双眼睛从乱蓬蓬的头发中上下打量着他。

司马承祯赶忙道："这位君子，来一张驱邪的符咒吧。"

这乞丐也不说话，径直走到司马承祯身边，往地上一坐就喊道："符咒，符咒，我也有符咒，能保命、能续命……"

司马承祯吓了一跳："你会邪术？"

"什么邪术？"乞丐一甩头，脸上的头发都甩到了肩膀上。司马承祯这才看清他的脸，高眉头、深眼窝，眼睛还发着蓝色，居然是个波斯人。

司马承祯道："我师父说，续命的法术就是邪术。"

乞丐呵呵笑道："那是因为你们不会，你们这些人自认高人一等，把自己不会的都叫作邪术。"他的汉话说得十分流利。

司马承祯道："你们害人性命，怎么不是邪术？"

"谁说害人性命？"那乞丐道，"我们这续命也要经过人同意的，不同意也无法作法的。"

司马承祯不会这法术，自然无言以对。他转过身去，往旁边挪了几步，想要远离这乞丐。

这乞丐看司马承祯离他远了，却跟了过来。

司马承祯怒道："你跟着我干什么？！"

乞丐笑道："借您的光啊，我一个乞丐卖符咒没人要，看看跟着您能不能卖出去一点。"

"你……"司马承祯气得说不出话来，索性坐在地上不言语了。

这时候天已经黑了。

司马承祯的肚子饿得咕咕叫。

那乞丐似乎听见了，拿出一个馒头吃了起来，笑道："小道士，你有没有一张让人吃饱饭的符咒啊？"

司马承祯看着他的馒头，咽了口唾沫，摇摇头说："没有。"

乞丐故意吧唧着嘴，好像那馒头有多香一样，说："修道看来真的没用，我这续命的法术到处宣扬，可没人信，到头来，都是屠龙之技，大而无当……”

他正说着，一辆马车疾驰而来，在他们近前猛然勒住，拉车的三匹马一声长嘶，几近人立，却又稳稳站住，车上一个人问道：“是你们这里有人会续命之术吗？”

那乞丐登时被馒头噎住，说不上话来。

一盏灯笼从车上伸出来，一个白须老者慢慢走下车来。

那乞丐的馒头使劲儿往下吞咽，却怎么也咽不下去，只能发出呜呜的声音，用手指着自己。

白须老者举起灯笼打量一下他们二人，对司马承祯道：“看来是这位小道长了，我们家主人有请。”

司马承祯刚要说话，那人一把拉住他的手说：“请小道长上车。”

司马承祯想要说自己不会，忽然想：“我若说不会，岂不是让这乞丐邪术得逞？”当即也不多说，随着那人登上马车。

车夫拨转马头，驱马前行。

那乞丐的一口馒头终于咽了下去，追着马车喊道：“是我，是我！”

马车上哗啦啦扔出几个铜钱，拦在他面前。

这乞丐看着那些铜钱，在地上哭起来：“我要卖法术，你们当我是骗子，现在有人来买，又当我是乞丐，早知如此何苦到这东方来……”

司马承祯看着这老者顺手从衣服里掏出钱扔出去，又拿出重重的两吊钱给司马承祯道：“这是酬劳。”

司马承祯摇头道：“我不会续命。”

这老者居然道：“我知道你不会。”

司马承祯一愣。

老者又道：“一会儿见了我家明府，你只要说会就行了。”

“明府？”司马承祯暗吃一惊，居然是位县令。

司马承祯将那两吊钱拿在手里，肚子里又咕咕叫了两声，那老者拿出一张胡饼道："请先享用。"

司马承祯接过胡饼，狼吞虎咽一般吃了起来。

老者在旁边叮嘱："见了明府，你就说需要他的儿子来续命，干儿子亦可，前提是这个干儿子要自愿。"

"为什么？！"

老者道："该你知道你知道，不该你知道的就不要问。"随后又交代了一些事情。

司马承祯暗暗吃惊，一一记在心里，决定走一步看一步吧。

马车驰入县衙，步行来到后堂。

床榻上躺着一个人，盖着两重被子还不住地咳嗽。

旁边垂手而立三个人。

老者上前对床上的人说："明府，神仙请过来了。"

床榻上的人微微抬抬头，看看司马承祯，司马承祯赶忙施礼。

县令有气无力道："听说道长擅长续命。"

司马承祯犹豫了一下，那老者道："司马道长来自嵩山，道术高深。"

司马承祯只好点点头。

县令道："续命需要什么？"

老者给司马承祯使了个眼色，司马承祯这才道："需要您一位儿子答应来为您续命。"

"必须亲儿子吗？"那老者关切地问，"我们明府只有三位义子。"

这都是路上交代过的，司马承祯看了一眼旁边站着的三个人，忙道："义子也行。"

"那太好了。"县令挣扎着从床上坐起来，问道，"你们三个谁愿意替为父续命啊？"

三个人身体都震了一下，中间一个身材瘦高的突然跪下道："我愿意用自己的性命为您续命。"

县令笑道："还是仲武好啊。"

仲武磕头道："愿意为义父肝脑涂地。"

县令的笑容慢慢僵住了，冷冷道："我给你定个什么罪名呢？"

仲武一愣，抬头望着县令。

县令伸手从他怀里掏出一张纸，道："你居然勾结山贼要谋反啊。"

仲武忙道："义父，没有啊。"

"看看这山贼给你的信，还敢不承认？"县令将那张纸抖开，"来人，将李仲武给我关押起来。"

立刻进来两个武士一把按住李仲武。

李仲武还要喊："义父是母……"县令拖住他的下巴用力一拉，直接拉脱臼了，李仲武啊啊地叫着被拖出去了。

司马承祯呆呆地看着，完全不知道发生了什么。

那老者过来道："道士，走吧，后面的事与你无关了。"

司马承祯茫然走出来，想起刚才那个乞丐。他一直说自己会续命之术，这县令原本就是找他去的。于是买了两个胡饼，带上给那个乞丐送过去。

快到那个乞丐身边的时候，突然从墙角蹿出来个人，跪在他面前道："道长，救命啊，救命啊。"

司马承祯吓了一跳，借着店铺的灯光看清楚，这是一个女人，衣服华丽，是个富贵人家的女子。

司马承祯忙搀扶起来她，问道："您有什么难处？"

这妇女却将司马承祯拉到一边，低声道："道长，我是县令李雪君的妻子，我叫窦晴儿，我求你救救仲武。"

司马承祯这才知道怎么回事，摇头道："仲武应该没事的，我根本就不会续命。”

“不不……”窦晴儿说，“县令根本就没病，他跟我说他想要试试三个义子谁最忠诚，看谁愿意为他续命，将来就保举谁来做县尉。我不知道这是圈套，就告诉了仲武，谁知道这是那县令在试探我和仲武的关系，他一定会杀了李仲武的。”

“关系？”司马承祯还是没有搞明白，“你们俩什么关系？”

窦晴儿还要说，后面有人幽幽地打断他：“不用跟这道士说了，他真不会什么续命的法术，我来帮你吧。”

正是那个披头散发的乞丐。

窦晴儿吓了一跳：“你是谁？”

那乞丐躬身施礼道：“在下秦鸣鹤，见过夫人。”

窦晴儿不理他，还是看向司马承祯：“求道长……”

秦鸣鹤着急道：“小道士，你难道还要骗人吗？”

“不不……”司马承祯赶忙摆手，“我真不会。”

窦晴儿这才看向秦鸣鹤：“你真的会？”

秦鸣鹤点头道：“我能救你那情郎。”

窦晴儿过去俯身跪拜。

司马承祯赶忙走了，他已经有点分不清对与错了。

二　天后来访

腊月初一，刑部公函送到洛阳县衙。

说是伊川县令谋反，全家伏法，只有县令李雪君逃了。

刑部要求严加追查，明令县尉每晚必须亲自带队巡街。

督无咎展开李雪君的画像，就见这人五短身材，圆嘟嘟的脸，一副皮笑肉不笑的样子，内心一阵厌恶：“你个小小的县令谋什么反，害得你爷爷倒霉。”

明崇俨看看天，高兴道：“看来今晚有雪。”

这话让督无咎更长气了，他发牢骚说："早不下，晚不下，偏要我今天去巡夜的时候下。"

明崇俨也非常惋惜："这么好的天，司马道长却要我陪他去给人治病，我该和你一起巡夜去。"

明崇俨喜欢下雪，想想看，寂静的夜里，骑马穿过洛阳城，看着街坊慢慢裹上银装，看每一棵树上开出梨花，看身后的不良人青丝化霜，在天津桥上看雪入洛水……

偏偏司马承祯一大早就来信要他去帮忙，说晚上他会派小道士来请。明崇俨不禁有点嫉妒督无咎，雪满洛阳，今夜一座城的风景被他独占。

明崇俨送督无咎出门，看他远去，还有点依依不舍。

忽听身后汪汪几声狗叫，一只通体雪白的大猫跑了过来。

明崇俨正疑惑这猫怎么做狗叫。

一个遍身罗绮的少女跑了过来，一把抱住它笑道："康康不要乱跑。"

这猫在她怀里又汪汪叫，发出呜呜的声音，似乎是在撒娇。

明崇俨好奇心大起，赶忙问道："敢问，您这猫怎么学狗叫？"

那少女瞥了他一眼，不屑地哼了一声："这是狗，西域康国进宫过来的。"

"康国猧子！"明崇俨猛然记起来，说前几天西域康国给天后进献了一只小狗，长得像猫却明明是狗。天后本来特别厌恶猫，这康国猧子正好补充天后的缺憾，天后特别喜欢，专门在后宫拨了五个太监、八个宫女伺候这条狗。

可是这狗怎么跑到这里来了？

明崇俨看那宫女恍然看出，她一身宫廷服装，这人是从宫里出来的，这狗也是天后的。

明崇俨四下看去，衙兵全是生面孔了，什么时候把人换了？

猛听有个尖尖的声音道："明府。"

明崇俨回头看去，却见两个头戴斗笠的人站在门口。

有个身材臃肿的人往前迈了一步，摘下斗笠笑道："故人来访！"

是王福来，内府总管！

明崇俨立刻想到了身后那人是谁，俯身就要跪拜，王福来搀住他笑道："不必如此。"

身后那个戴斗笠的人也不说话，径直往后堂走过去。

明崇俨只好快步跟了过去。

他偷眼打量前面这个人，体态婀娜——定然不是皇帝，那只能是天后了。

天后这时候到洛阳县衙来干什么？

还是这般秘密。

从前衙到后堂几百步的距离，明崇俨闪过无数念头。

蓦然抬头，天后已经摘下斗笠，直直地看着他。

环顾四周，整个后堂，只有他们二人，王福来也没有跟过来。

明崇俨赶忙躬身施礼，天后一把搀扶起来他，笑道："我今天是以你师姐的身份来的。"

明崇俨心头狂喜，低头道："见过师姐。"

天后一摆手："听说你喜欢下雪，今夜我就陪你一起赏雪如何？"

"啊？"明崇俨吃惊的嘴还没有闭上，几个宫女已经提着食盒进来，在后堂的窗前摆下酒食后，又都快步退了回去。

天后笑道："晚来天将雪，但饮莫复问。"

明崇俨心中有一万个疑问，听师姐这么说，把心一横，是啊，但饮莫复问。

随即也坐下来，倒了一杯酒，举起来笑道："我敬师姐。"

天后一笑，举杯一饮而尽。

天后笑道："你为什么喜欢雪？"

明崇俨笑道："第一次看见师姐，就是在下雪……"

天后愣了一下："那时候你还是个小孩吧？"

明崇俨点点头："那是我第一次随师父进宫，我想看看太宗皇帝龙颜……"

“见到太宗皇帝了？”天后打断他问。

明崇俨点头：“师父陪着太宗皇帝说话，我远远看了一眼。太宗皇帝面容冷峻，左脸一道伤疤让人不寒而栗。”

“太宗皇帝是马上的皇帝，有道伤疤没什么稀奇的。我第一次见到太宗皇帝最奇怪的是，他竟然惯用左手……”天后微微一笑，“太宗皇帝身边那么多人，你为什么就偏偏记住了我？”

明崇俨一脸沉醉道：“您对我笑了一下。”愣了一下，抬眼看一下天后，低声道，“您笑起来真漂亮……”

天后笑了一下：“我那是苦笑吧？当时传说太宗皇帝死后我们都要殉葬的。”她叹息一声，“现在可不能随便笑。”

明崇俨愣了一下，师姐现在身为天后，皇帝又重病在身，身系家国天下自然不能随便笑。

当即小心道：“皇帝陛下身体如何？我听说请了一个胡人叫秦鸣鹤的，为皇帝针灸颇见成效。”

天后一脸忧愁道：“治标不治本，秦鸣鹤说要为皇帝陛下配药，至今尚未配好。”她凝视着窗外，又道，“太子的身体也不好。”

这时外面已经飘起了雪花，天后又说道：“听说司马承祯要去给梁王治病？”

明崇俨一惊，他只知道司马承祯要他去帮助他招魂，没想到是梁王，当即摇头道：“我不知道。”

天后的声音严厉了：“你最好真的不知道。”

明崇俨的心怦怦一阵急跳：“难道她是为了这事过来的？”

天后的表情已经缓和了，举杯笑道：“但饮莫复问。”

明崇俨举起酒杯，心情却再也轻松不起来。

一直到三更天，天后才离去。

雪下得正紧，灯笼映照之处，如飞蝗扑火，纷纷扬扬，朱雀大街上一片洁白。

天后下得马来，王福来赶忙跟过去低声道："天后请爱惜身体。"

天后指着朱雀大街道："你看上天都为我铺开一条白毯，我怎能拂逆天意？我要叩天扉、登金阙、入紫薇。"说着哈哈大笑，快步走去。

一行人急忙跟过去。

大街上一片寂静，只有几盏灯火，渐行渐远。

明崇俨只觉得这一切仿佛做了一个梦。

他愣了一会儿，看着灯火消失在风雪中，这才要回去，刚一转身，就与一个人撞了满怀。

明崇俨后退几步，见面前这人一身白雪，忽然想自己大概也是如此，伸手拍头，果然满头飞雪，不禁笑了。

那人却慌得跪在地上语无伦次地说："明府明府，有请，我们殿下……"

明崇俨皱了皱眉头："你慢慢说。"

这人喘了口气才道："梁王殿下有请。"

梁王李忠，明崇俨蓦然记起此人，他是皇帝陛下和宫女所生的儿子，曾被立为太子，后被废，改立天后的长子李弘，天后非常不喜欢他。

明崇俨问道："我与梁王素无来往，找我什么事？"

"司马道长在王府里晕倒了。"

"司马承祯！"明崇俨都叫出声来，这个小道士请自己今夜帮他去，孰料，天后今夜过来，早将他忘了。天后说他给梁王看病，想不到是真的。当即道："走，快去看看。"

三　心神出窍

梁王虽然是王，但不受天后喜欢，所以他的府邸在洛阳城的南面。

那家丁带着明崇俨直入后堂，后堂上所有的奴仆都垂手而立，司马承祯双目紧闭躺在地上，符咒和桃木剑散落一旁。

明崇俨赶忙俯下身去探他的鼻息，呼吸还在，不由长舒了一口气。

却听身后有人问道："你是洛阳令？"

明崇俨回身看去，却见是一个二十岁左右的年轻人，身材十分单薄，一身杏黄色的常服如同挂在身上。

明崇俨点点头，疑惑道："梁王？"

那人摇头道："梁王是我的兄长，我是……"

明崇俨忽然明白过来："您是太子殿下？"

这人正是李弘。

李弘伸手搀扶，道："早闻洛阳令大名，今日一见，果然神采非凡。"

明崇俨还要再说什么，李弘道："请明府解决眼下的事。"

明崇俨正色道："这到底是怎么回事？"

李弘咳嗽了几声道："梁王殿下这几天身体一直不好，我过来探望，怕是邪物为祟，就请了司马道长来看，司马道长一看果然如此，就使出踪魂索影的法术，帮他一查究竟，谁知道就成了这样。"

明崇俨心底涌起一股凉意：这是什么病，还要踪魂之术？司马承祯一定知道不好对付，这才要我来帮忙。赶忙问道："梁王殿下在哪里？"

李弘带着明崇俨来到内室，床上躺着一个人，盖着厚厚的被子，只有一张脸露在外面，面如金纸，眉心之间隐隐有一股黑气。

明崇俨转身去看司马承祯，果然眉心之间也有一股黑气。

真的有邪物！

李弘关切道："你会踪魂之术吗？"

明崇俨摇头："我不会。"

他当然会，之所以说不会，是因为踪魂之术需要心神出窍，到那时，所有法术都使用不了，身体会处于最弱状态。以自己一人之力，怕是一会儿也要躺倒在这里。

李弘着急道："这可怎么办？司马道长说今晚不把梁王殿下拉回来，恐怕就凶多吉少了。”

明崇俨猛然抬头看向他：“从哪里拉回来？”

李弘摇摇头：“没事，你既然不会就走吧。”

明崇俨道：“那我把司马道长带回去了。”

李弘摆摆手，旁边来了几个奴仆，将司马承祯抬上一顶软轿。

明崇俨叹息一声，这些大人物从来不会在意小民的生死。

外面的雪依然很大，明崇俨却丝毫没有心思观赏。

司马承祯到底遇见了什么样的敌人，居然被伤成这样?

快走到天津桥，他远远就听见人声，听不清说的什么。

有人敢犯宵禁？明崇俨快走了几步。

声音渐渐听得清楚，是巡夜人的声音，督无咎的声音最为嘹亮：“他在积善坊那边，快去。”

原来是他们，明崇俨放心了，正要走过去，忽觉一个黑影从眼前掠过。

定睛看去，此人已经在河边跑了几丈远了，这大雪的天气，这贼人居然穿了夜行衣，真是笨得可以。

明崇俨没带武器，伸手从司马承祯乘坐的轿子里拿出桃木剑，奋力掷了过去。

正中那人后心，此人一声痛叫，一头栽倒在地。

随后，督无咎带着几个不良人跑了过来，见此情形，就要围上去捉拿。

那人奋力一跃，居然跳进了冰冷的洛水里，不见了踪影。

督无咎站在洛水边观望了一会儿，自然是没跳下去。

有个不良人突然惊叫：“督少府，你看……”

那黑衣人刚才扑倒的地方，居然有两个人——两个赤条条的人。

明崇俨正好走到近前。

不良人将两个人翻过身来，居然是一男一女。都是十八九岁的年纪，挽手躺在雪地上，双目紧闭，面容十分安详。

明崇俨俯身试了试两人鼻息，呼吸均匀。于是转身对不良人道："抬回洛阳县衙。"

督无咎见到明崇俨也不奇怪，他知道这个明府喜欢赏雪，想必是一个人跑出来看雪景了。当即也不多问，将刚才遇见的事情给明崇俨细细讲了。

他们今晚外出巡夜，走到道化坊的时候，看到一个赤身裸体的女子在雪地里踽踽独行，他们一行人觉得奇怪，就偷偷跟着。

明崇俨扫了一眼他们："赤身裸体？"

督无咎嘿嘿一笑，点点头，继续道："我们跟了一阵，就见她走到了道业坊门口，在道业坊门口徘徊两下，不见坊门开，她就消失不见了。"

"她不是人？"明崇俨蓦然醒过神来。

督无咎道："你以为呢，我第一眼看见就知道，这不是人。所以才好奇嘛。"

明崇俨不理他，去看那两个人，竟然是两缕心神。按说心神本该不被人见的，他们却故意显身让巡夜人看见，这就奇了。

明崇俨抬头看督无咎，示意他继续说下去。

督无咎继续道："我们叫开坊门，就见她已经在坊里了，正要喝问，就见一个赤身裸体的男子拉着她就走。我们正看得好玩，不知从哪里出来一个黑衣人，拿个什么袋子往两人头上一罩，两个人就不见了，我们就跳出来喝问那人，这人就跑。还是明府本领大，一下就将黑衣人给打败了。"督无咎说完，得意地笑了。

明崇俨一点也不感觉好笑，这明摆着就是故意引着督无咎他们过去的。他们到底要干什么呢？

他们回到县衙，天已经亮了。

督无咎让人将那一男一女也抬将过来，放到一张床上，为他们盖了被褥，转身要问明崇俨怎么办。

却见明崇俨从轿子中抬出司马承祯来，大吃一惊，忙问怎么回事。

明崇俨也不知从何说起，只道："他和人斗法，一缕心神被人拘去。"

督无咎更加吃惊："没了心神会怎样？"

"生而为人，全靠心神支撑，没了心神，就是行尸走肉。"明崇俨说着，忽然想这两个人心神在此，他们的身体肯定在某处，忙问道，"你是说看见他进了道化坊？"

督无咎点点头。

明崇俨起身道："我们去看看。"起身就走。

走到门口，明崇俨转身吩咐衙役道："让画师将这两个人画下来，随后给我送过来。"

四　一群波斯人

道化坊里，共有九十六户人家，其中胡人十九家。这里有三家酒馆、一家胡饼店，还有一座小小的胡人寺庙，此外都是中等人家，没有什么富贵户。

一进道化坊，督无咎先找坊正问了清楚。

明崇俨一家一家看过去，行到东北角，听到一阵嘈杂的哭泣声。

走到近前，就见哭声传出的宅邸门口挂着白幡，是在办丧事。

正要出殡，四个人抬着棺材出了大门，后面一个小个子的汉人哭哭啼啼地往前走。

坊正低声道："那哭泣的便是本坊最富有的人了，来自江南的茶商。"

明崇俨打量他家宅门，果然比其他家气派一些。问道："他们家死了什么人？"

坊正道："是他的夫人得了重病。死了好些天了，怎么今天才出殡？"

明崇俨和督无咎都吃了一惊。

明崇俨问道："他夫人多大年纪？"

"四十来岁。"坊正道，"是个波斯人，这茶商就是娶了这波斯妇人才发达的。"

波斯妇人？明崇俨原本以为昨天那少女和他们家有关，听得是个四十多岁的波斯妇人，不禁有些失望。

督无咎道："说波斯人就来了一群波斯人。"

果然对面快步跑来一群波斯人，有男有女。

走在最前面的一个波斯人身材高大，头上裹着一块花花绿绿的布，下颌胡子一大把，给一张脸没剩下多少地方。

这波斯人大声喊着什么，送殡的队伍停了下来。走到近前，嘴里叽里呱啦地说着令人听不懂的波斯语，看样子十分着急。

一个身材矮小的汉人从送殡队伍中走出来，唯唯诺诺地说着什么。

那波斯人十分愤怒，一把将他推开，指挥众人将那棺材抬了回去。

那矮个子汉人从地上爬起来，大声喊叫着冲过去要拉住那波斯人。

那波斯人头也不回，一脚踹出去，正中这人的胸口，这人"啊"的一声倒在地上。

督无咎当即怒了，掏出弹弓，一枚飞弹正打在那胡人的眉心。

他这弹丸虽然是泥丸，但也是经过各种炮制，十分坚硬，往常打在盗贼身上，虽然不致命，但也让盗贼躺在地上哭爹喊娘的。

那弹丸在胡人眉心散为粉末，胡人伸手挠了挠，掸掸土灰，仿佛什么也没发生一样，继续指挥众人将棺材抬到家里。

督无咎感觉自己受到了羞辱，正要上前，明崇俨拉住了他，问道："先去问问那个小个子，那波斯人说了什么。"

"我倒是听懂一些。"那坊正道，"波斯人说茶商的妻子还没有死呢，怎么能出殡，所以让大家把棺材抬回去。这茶商刘老大说已经死了，赶快出殡。波斯人就说茶商想要侵吞妻子钱财。大概就是这样。"

明崇俨笑了："这波斯人是那死者的家人？"

坊正摇头："之前从未见过啊。"

督无咎怒道："就算是家属，也不能这样欺负人啊，死了便是死了，一直留着如何？"

他们言语间，那波斯人已经指挥众人将棺木抬了回去。

刘老大从地上爬起来正垂头丧气往回走，明崇俨紧走几步将他拉住，问道：“他为什么说你妻子没死？”

刘老大还没说话，那波斯人跑出来一把将他拉进去用汉话说道：“自己家的事，给外人说那么多干吗？”说着就要关门。

督无咎上前撑住门问道：“你说谁是外人？明府是洛阳令，怀疑他家夫人死于谋杀，开门我们进去看看。”

那波斯人听说是洛阳令，颜色立刻缓和起来，躬身笑道：“家中新丧，怕沾染了晦气，所以就……”

明崇俨问道：“你为什么说他妻子没死？”

波斯人道：“按照我们西域的规矩，要停丧九天的。”

明崇俨转身看坊正，坊正当即会意，上前道：“我听说已经够九天了啊。”

“是吗？”波斯人算了算笑道，“第一天不算的。”口称失礼就把门关上了。

督无咎还要说什么，明崇俨摆摆手，就走了。

绕过这家人，忽然又是一阵哭声，明崇俨皱眉：“怎么又死人了？”

坊正也不知道，上前跑了几步说：“是这坊里柳家的儿子，柳家大郎柳品正本是南门守城的兵士，昨夜突然昏迷，今天请了三个医生也不见效。”

昨夜昏迷，明崇俨顿时来了兴趣：“带我去看看。”

柳家比刚才那个茶商家寒酸多了，进得门来就见一张大床。床上躺着一个人，督无咎只看了一眼就惊叫出来：“这不是咱们衙门里那个男的吗？”

明崇俨上前一眼就认了出来，果然是。

明崇俨转身问柳品正的父母：“他结婚了吗？”

柳父摇头，柳母停了哭泣道：“倒是有个喜欢的人，是那茶商的女儿，只是这十几天没有见过了。”

波斯人有女儿？明崇俨立刻转身问坊正：“刚才可在人群里？”

坊正想了一想，道：“没有，有好长时间没见了。”

这时候衙役急匆匆跑过来，送来画好的两幅画像。

明崇俨打开那姑娘的画像。

坊正立刻道：“就是她，她是茶商和前妻的女儿，不过那波斯妇女对她也很好。”

明崇俨转身就往外走，对督无咎道：“去抓住那个波斯人。”

督无咎虽然不知道怎么回事，但早看那波斯人不顺眼，赶忙跟了过去，快步跑在明崇俨前面。

督无咎一脚踹开波斯人的院门。

一进门，督无咎忽觉一股力量猛然拉住自己，身体忽然不由自主地向前飞去，“砰”的一声，结结实实地撞到了迎门的一面墙上。

明崇俨紧随其后，身体也往前飞去。

半空中他看见对面墙上是一面黄铜镜，一面大大的镜子，布满了整个墙壁。

“噬镜！”明崇俨心头闪过一个词。

这镜子是一门邪法，人从其前走过，便如铁与磁石，立刻吸附其上，丝毫移动不得，直到心神出窍，被这镜子吞噬其中，肉体方才滑落。

眼见自己就要贴上，明崇俨掌心里祭出天蓬尺，符咒幻成法器，狠狠砸了过去。

这镜子咔咔几声，裂开一条缝隙。

督无咎和明崇俨顿觉身体一松，委顿在地。

督无咎站起身来，一把拔出佩刀，狠狠朝着镜子砍去。

明崇俨惊魂稍定，看见时，刚要去拦，已经晚了。

刀砍在铜镜上，溅起一片火花。铜镜哗啦碎成几大块，从墙上跌落。

明崇俨叹息一声：“坏了，他们出不来了！”

“谁？”督无咎犹自愤愤不平。

“他们啊！”明崇俨用手一指，督无咎这才看见，这地上竟然躺了十几个人，上前细看，竟然是刚才进来的一群人。面容狰狞，看来死前是几经挣扎了。

督无咎内心一凛，若不是明府刚才相救，自己也要死得这么惨。

忽听明崇俨厉声喝问："看看刘老大在吗？"

督无咎四下巡视，很快就看见了，刘老大不光在，还在最前面。

明崇俨以为这是刘老大设下的圈套，看见他的尸体，证明自己想得不对。

那这是谁布下的噬镜？

他杀了这么多人干什么？

若这镜子没坏，他还可以用法术将镜子里被吞下的魂魄救出来，问个究竟，现在这镜子碎了，那些心神也随着镜子烟消云散了。

看来对手算定了他们会打坏镜子的，才故意留给他，明崇俨的心里不禁打了个寒战。

却听督无咎奇怪道："怎么不见那个波斯人的身体？"

明崇俨急忙过去，四下查看，果然没有。

他对督无咎令道："调集不良人，全城搜捕。"

督无咎从未见明府如此严肃，当即领命而去。

这院子里只剩下明崇俨一个人。

寂静无声，唯独院子中间摆着一口棺材，更显得森森可怖。

明崇俨过去看看，棺材里是个波斯贵妇人，想必就是刘老大的妻子了。

早已死了多时。

隐隐有一阵哭泣之声从后堂传来。

明崇俨赶忙跑了过去。

后堂的床上躺着一个人，旁边有个男子正在哭泣。

明崇俨慢慢靠近，就见这床上躺的是一个姑娘，旁边哭的是个男子。

正是昨天晚上遇见的那对男女。

不过这姑娘是肉身，男子是灵魂。

明崇俨轻轻问道："她去哪儿了？"

柳品正抬眼看明崇俨一下，认出他来，伤心道："魂飞魄散了！"

"是那个镜子吗？"

柳品正点点头："那镜子早就有了，一直在那里。却不知怎的，我今天带着卿卿从县衙回来，一进这院子，卿卿就被吸进镜子里去了，我想进去，却无论如何也进不去。"

"为什么？"明崇俨更加好奇了。

柳品正摇头："我也不知道。"

"那你为什么要到这里来？"

"一个波斯人说回来吧，不让卿卿为她母亲续命了，我们就回……"

"续命！"明崇俨神情一震打断他，"续什么命？"

"给她那波斯母亲续命。"柳品正伸手从卿卿的衣服里掏出一张纸递给明崇俨说，"我去年上巳节认识的卿卿，她说她后母带着万贯家财嫁给她亲生父亲，就是为了用她续命。卿卿说从家里找出一封别人写给她母亲的信。"

明崇俨展开那纸，上面都是波斯语，他完全不认识。

柳品正道："卿卿认识，她跟我说，这是一个叫祁弥赫的人写给她后母的信，这上面写的是，她这后母原名叫法纳兹，是波斯的一位贵妇，她每过四十年就需要一个人为自己续命，可以永葆青春，她已经续过两次了，都是在波斯，一个叫祁弥赫的人为她续的命。可是这祁弥赫来了中土，没法回去给她续命了，给她写信就是要她带着那些需要续命的人来中土找他。"

明崇俨听师父说西方有妖人会这门邪术，利用他人的性命为自己续命，一直以为是假的，没想到真有此事。

柳品正继续道："卿卿一开始也觉得这信上所写都是虚妄的事，可这几天就发现家里频频来一些波斯人，所谈论的都是续命的事，才知道她母亲是真的带着那些要续命的波斯人来中土了，他们每个人都已经物色好了续命的人。于是卿卿让我带着她走，可是我们走了不到十里，卿卿便晕厥过去，她已经被那波斯人用邪术控制了。我去求助司马承祯道长，司马道长听后非常吃惊，送了我两道符咒，要我服下一道符咒，心神出窍，另一道符咒放在身上，可保心神不散，将卿卿拉走就行。"

原来有司马道长给的符咒护身，难怪那噬镜拿你无法。明崇俨赞叹了一句，忽然又觉不对："司马道长为什么不亲自出面？"

柳品正道："司马道长说他这几天被太子请去，无暇顾及我，还要我去县衙找洛阳令帮忙，我觉得有这符咒，自己可以解决一切……"

原来司马承祯早就发现有人续命，对手过于强大，所以才求助自己。

这么说来背后的人就是祁弥赫了。

可是这人是谁？

"祁弥赫……祁弥赫……"明崇俨念了几遍，猛然一拍桌子，"这不是秦鸣鹤吗？"

刹那间，他一切都明白了。

这秦鸣鹤就是个波斯人啊。

他所谓炼化妖物为天皇治病就是用亲人的心神来续命啊。

这亲人是谁？

自然就是梁王殿下了。

他也瞬间明白为什么天后昨天晚上要来找他，就是为了阻拦他去帮助司马承祯啊。

而今天秦鸣鹤用噬镜将这些找他续命的人一网打尽，就是为了防止走漏风声。

明崇俨慢慢走出道化坊。

他不知道该怎么办，皇家的事情他不愿参与，可是这司马道长还在昏迷中。

他正走着，忽然"砰"的一声撞在一个人身上。

抬头看，是个身形高大的汉子，明崇俨心情烦闷，转身游走，结果又撞到这人身上。

明崇俨刚要发火，这人道："太子殿下要见你。"

太子殿下？李弘？

明崇俨摇摇头想要说不见，却见四周又多了十几个黑衣人。他随即改口道：

“带路吧。”

来人将明崇俨带到附近的道业坊，一个十分普通的宅院内。

一进去就看见了李弘。

他还是穿着那身杏黄色的常服，笑道：“明府进展不慢啊，我派人跟了你半天，就发现你已经摸透这里面的玄机了。”

明崇俨也顾不得礼仪了，直问道：“太子殿下难道不想置梁王于死地吗？毕竟他是前太子。”

“你终于肯跟我坦诚说话了。”李弘笑了，“我也坦诚地告诉你，我和梁王殿下虽然不是一母所生，但我们手足之情宛若一奶同胞。”

明崇俨倒也对太子的宽宏有所耳闻，随即也道：“若是如此，倒也是大唐社稷之福。”

李弘摆手道：“你既然已经了解来龙去脉，那你告诉我，怎么才能救梁王殿下，怎么才能救司马道长。”他叹息一声，“是我向司马道长求救的，哪里知道害了他。”

“你既然知道天后的目的，”明崇俨狐疑地看着他，“为了救梁王难道你就不顾陛下的性命了吗？”他心底对太子生出一股鄙夷，什么一奶同胞，还不是盼着自己父亲早日死掉，早点登基。

“不不……”李弘忙道，“我想用我替了梁王殿下，如果可以，我愿意用我半缕心神加上梁王的半缕心神，来为父皇配药，这样我们两个都不用丧命。”

原来如此。明崇俨不由得打量一番太子，心生一股敬意，沉思一阵：“你知道秦鸣鹤在哪里住吗？我去见见他。”

“不知道，我怎么也查不出来，所以只能向你求救。司马道长说他炼化心神需要九天，今天已经是第七天了……司马道长说你的法术在他之上……”

“我需要太子殿下帮忙……”明崇俨打断他的话，盯着他说道。

“什么忙？”

明崇俨犹豫了一下道：“借您半缕心神。”

“你要带着我的心神去和他交换吗？”

“不，我要摄你半缕心神。”

李弘当即明白：“母后一定会怀疑是秦鸣鹤所为，然后就会让他找你……”

明崇俨点头：“然后我就可以见到他，一切才好商量。”

李弘道：“我这半缕心神本来就打算献给父皇，你尽可以拿去。”

明崇俨道了一声：“得罪。”

天蓬尺从太子天灵盖拂过去，太子的眼神立刻涣散了。

五　太宗文皇帝接见

明崇俨带着太子的半缕心神回到县衙，已经是下午时分。

督无咎正等着他，一见明崇俨就得意道：“明府你猜我抓到了谁？”

明崇俨心不在焉地问：“你抓住了那个波斯人？”

“那倒没有。”督无咎笑道，“我抓住了李雪君。”

“哦。”明崇俨毫无兴趣，“那就移交刑部吧。”

督无咎有点失望，接着道：“可他不承认自己是李雪君，他说自己是窦晴儿。”

“窦晴儿是谁？”明崇俨有了点兴趣。

督无咎眉飞色舞道：“我查了一下，窦晴儿是他当年的妻子，后来李雪君发现她与自己的干儿子有染，就把奸夫淫妇一起给杀了。”

他这么狠，明崇俨皱了皱眉头，纵是不伦之情也不应该下这样的毒手，本来还对李雪君有一丝同情，听说此事，毫无同情之心了。

督无咎又道：“我猜是不是那窦晴儿附了他的体。”

明崇俨心中惦记着太子的半缕心神，担心天后召见或者秦鸣鹤来访，对督无咎道：“我今夜劳累，要早日歇息，明日再说吧。”

督无咎大失所望，悻悻然说：“那好吧。”于是告辞而去。

明崇俨来到卧室，将拘着太子心神的天蓬尺放到案前。

秉烛读书。

耐心等待。

他读的是《世说新语》，看到阮籍哭穷途，心下不禁也有戚戚然。

自己这一次也算是途穷了，也当坐下哭一场。

忽然书上的字飘忽起来了。

他以为自己眼睛花了，揉了揉眼，却见那些字随意组合，显出一句话来："你为什么拘太子心神？"

明崇俨顿时明白，这是找上门了，但这种方式出现还让他微微吃惊。

当即道："你是谁？"

那些字又一阵飘忽，最上面显出一句话："我是司马承祯。"

司马道长？明崇俨一阵激动，忙问道："你没事吧？"

书上的字显示道："我没事，我在这里聆听太宗教诲。"

"太宗文皇帝？"明崇俨吓了一跳。

"对啊！"书上的字依然跳动着，还对明崇俨发出邀请，"你要不要也来看看？"

这事越来越离谱了。

明崇俨当即道："秦鸣鹤在吗？"

那字体如烟一般幻灭，又慢慢组合："秦鸣鹤不重要，一切都是太宗皇帝的命令。"

"太宗皇帝？"明崇俨已经听不懂了，决定去看看，"我和你一起去见见。"

书上的字显示道："你先放了太子心神。太子乃社稷之本，你这样对他，太宗不高兴。"

明崇俨拿起天蓬尺随手挥动，太子心神飘离，念了法诀，送太子心神回去。

书上的字跳动："明府跟我来吧。"

明崇俨吹灭了灯，平心静气，心神慢慢从躯壳中游离出来。

他就见司马承祯站在旁边，笑道："等候你多时了。"

明崇俨道："你到底遇见了什么？为什么置皮囊于不顾？"

司马承祯笑道：“你跟我来。”

出得门来，居然还有两匹高大的马。

司马承祯指着一匹黄色马道：“这个是拳毛䯄，是太宗平定刘黑闼时所骑。”又一指那黑马道，“这是飒露紫。太宗皇帝在洛阳和王世充打仗时所骑。”

明崇俨愣住了：“这马匹用来做什么？”

“骑啊。”司马承祯翻身骑上拳毛䯄，对明崇俨道，“上马，太宗等着我们呢。”

明崇俨骑上马，好奇道：“真的是太宗皇帝？”

司马承祯没有说话，那马腾空飞起，便觉耳边风声呼啸，眼见得飞出洛阳城，下面一片白茫茫的大地如同江河快速向后流去。

也就一盏茶的工夫。

这马忽然停住，眼前一片鳞次栉比的房舍。

明崇俨疑惑道：“这是哪里？”

司马承祯笑道：“太宗地宫啊。”

到了地下？

却见有人迎上前来，将马牵了。

两个太监过来将二人迎了过去。

房屋高大森严，装饰豪华，明崇俨暗道：“真的是昭陵？”

迈上一层台阶，却听有太监的嗓子喊道：“洛阳令明崇俨觐见。”

抬眼看，已经到了一处高大的房屋内。

正中坐着一个人。

一身黄袍，微微发胖，面容冷峻，面颊上一道长长的疤痕，从眼角直到嘴角，更衬得一脸威严。

真是太宗皇帝。

明崇俨赶忙俯身下拜。

太宗皇帝道：“朕的儿子身体孱弱，找了名医诊治，你为何加以阻挠？”

明崇俨忙道：“我恐怕他用的是邪法，对陛下不利。”

太宗皇帝道："司马道长你告诉他。"

司马承祯恭敬地称了一声"是"，转身对明崇俨道："明府，那是续命之术，就是用皇子之命为陛下续命。只要征得皇子同意，算不得什么邪术。"

明崇俨心里"哼"了一声，不禁有点看不起司马承祯，冷冷问道："那梁王殿下同意了吗？"

"同意了。"太宗皇帝道，"武媚娘已经同他谈过，他写下了志愿书，愿用自己的性命为父亲续命。"

有个太监走进，递给明崇俨一张黄绢，写着愿用我命为陛下续命之类的话，下面写着李忠的名字。

明崇俨抬头看着唐太宗，问道："如果当初太武皇帝让您续命，您会答应吗？"

李世民顿时愣住。

明崇俨冷笑："您当然不会答应，否则也不会有玄武门之变。"

"大胆……"旁边一个太监尖着嗓子呵斥道。

明崇俨站起身来，看向唐太宗："太宗皇帝文治武功，天纵之资，怎么会相信这些鬼话？"他拿着天蓬尺向上一指，"我见过太宗皇帝，左面颊有伤疤，可惜你把妆化到右边了。"

司马承祯大吃一惊，他从来没敢抬头看过，听明崇俨这话也抬起头来。

果然太宗皇帝右边面颊上有道伤疤。

明崇俨厉声呵斥道："你到底是什么妖物，在这里狺狺学圣人之言。"

太宗皇帝也不说话，转身要走。

明崇俨飞身而起，就要去拉他的衣衫。

明明拉住了他的龙袍，手掌穿衣而过，竟然是虚无的。

那太宗皇帝冷笑一声，突然不见踪影。

大殿里的灯突然灭掉了。

瞬间伸手不见五指。

司马承祯叫道："明府，我带着火镰。"他伸手掏出，咔咔几下，却一点火星也不见。

“不要费力了。”明崇俨叹息一声，“我们被困在他的阵法里了。”

“这是什么阵法？”

明崇俨也不知道，他进来时毫无戒心，没有细看。

他摇了摇头，忽然觉得好笑，司马承祯压根儿就看不见。

司马承祯生气道：“太宗皇帝长眠于地下，性格乖僻，你何必顶撞他？”

明崇俨还没说话。

就听有人道：“司马道长，不要怪明府，我也觉得他不是太宗皇帝。”

声音陌生，明崇俨没有和他说过话。

司马承祯惊叫道：“是梁王殿下吗？你怎么也在这里？”

梁王李忠？明崇俨忙问道：“你不是去为陛下续命了吗？”

李忠叹息一声道：“我被叫过来就见到了太宗皇帝，太宗皇帝告诉我要为父皇续命。然后我就被拘在一张符咒上，带在他们身上，不能言语说话。他们昨天训斥司马道长，我就在旁边听着。我小时候见过太宗皇帝，聆听过他老人家教诲，从谈吐上我就越发觉得不像。苦于无法开口。”

司马承祯低头道：“难道我被骗了？”

“您的确被骗了。”李忠道，“他们似乎也不需要用我来续命，把我拘在符咒上不让我说话，只需要拿我做个幌子。可听他们言语，明天就要作法了……”

“那他用什么续命？”司马承祯好奇道，“莫非还是一场骗局？”

他想起来十年前巩县的事情，一五一十地给明崇俨讲了。

听到窦晴儿的名字，明崇俨猛然记起督无咎说抓住的李雪君一直说自己是窦晴儿，他豁然开朗，那个人就是窦晴儿。

秦鸣鹤最大的本领不是续命而是换命。

当年他就是把窦晴儿的命换在了李雪君身上。

师姐这是要将自己的性命换到陛下身上，实现自己的帝王之梦啊！

所以秦鸣鹤故意让刘卿卿的心神被督无咎所见，就是为了引得自己上钩，让自己相信续命之说。

那李雪君想必也没做什么谋反的事，不过他知道换命的事，所以就要把他给除了。

明崇俨越想心就越冷，师姐的心是越来越硬了。

司马承祯看他不说话，问道："明府，我们怎么出去？"

明崇俨叹息一声，师姐不是当年的师姐，他反倒不想出去了，就死在这里也罢。

司马承祯着急道："明府，您倒是说话啊。"

"关山难越，谁悲失路之人……"明崇俨不由得大放悲声。

司马承祯不由得手足无措，流下泪来道："怪我，怪我。"

李忠想起自己身世悲惨，也是一阵哽咽。

听得他们哭泣，明崇俨突然不想哭了。

死也不能这么死。

我要出去好好死。

他立刻问道："这里就一直这么黑吗？"

李忠哽咽了一下道："一会儿天亮了，这里也会亮。"

明崇俨好奇道："你说这里亮光随着日出而亮，日落而暗吗？"

李忠道："对，等天亮的还可以看见外面的天空和鸟儿，还经常有鸟儿在外面张望，可是这里就像隔着一层魔障，近在咫尺，却走不出去。"

"这到底是什么阵法？"

明崇俨想起自己正好在御座上，前面应该是书案，伸手摸去，果然是。

再往前摸，摸到了纸和笔。

突想："不知道这假太宗写了些什么？"

忽觉不对，太宗皇帝应该是惯用左手的，自己用右手去摸，这东西怎么在右边？

蓦然记起，刚才假太宗脸上的伤疤也搞反了……

他猛然醒悟，问道："司马道长，你听说过噬镜吗？"

"听说过。"司马承祯疑惑道，"就是将镜子炼化成法物，可以封印一切心神。"

“没错。”明崇俨苦笑一声，“我们现在就是被封印的心神，还是自己主动走进来的。”

司马承祯恍然大悟：“对啊，难怪火镰打不着火，难怪随着日出而亮，日落而暗。这就是一面噬镜。”他犹豫了一下，道，“太宗皇帝也是被锁到这里来的吗？”

明崇俨叹息一声：“这所谓的昭陵和太宗皇帝，都是用这镜子摄取的假象，好骗你我能入这彀中。”

司马承祯猛然拍腿：“对啊。”他突然高兴道，“我知道一道符咒能将人从镜子里解救出来。”

“我也会画。”明崇俨苦笑一声，“这道符咒要有人拿着贴到另一面镜子上，用这面镜子对着噬镜就能将人解救出来。”

“对啊！”司马承祯简直要拍手了。

明崇俨苦笑一声：“我们都在镜子里，谁去画，谁去贴，谁去拿着镜子来照。”

司马承祯立刻泄气了：“那可怎么办？”

明崇俨也没有主意，自己真要学阮籍，坐下来哭一场了。

但一想刚才哭过了，算了。

天一点点亮了。

也一点点能看清外面的景物。

明崇俨四下察看，这镜子应该是被放置在了一面悬崖上，往前看是郁郁葱葱的山峰，往下看是一个大湖，烟波浩渺尽收眼底。不时有苍鹰掠过，一只苍鹰似乎被这片晶莹剔透的石头吸引，盯着这镜子，好奇地瞧着。

明崇俨早听说鹰的眼神锐利，从来没这么近距离看过。

他看着这鹰的眼睛，晶莹剔透，像是一颗小小的宝石。自己被倒映其中，成了它眼里的一个小小的人儿。

明崇俨大叫一声：“司马道长，快画一张镜符。”

司马承祯一愣：“画了有什么用？”

明崇俨怒道："让你画你就画。"

司马承祯道跑到书案前拿了纸笔，立刻画好了一张，跑过去递给明崇俨。

明崇俨一把接过来，对着那鹰的眼睛举起来。

符咒映在鹰的眼睛里。

司马承祯瞬间明白明崇俨的用意，他就是要用鹰的眼睛来解开这噬镜。

但是符咒映照在鹰的眼睛里，却毫无用处。

明崇俨看了一眼立刻明白，他一把将中指咬破，在司马承祯的符咒上用鲜血描了一遍。

司马承祯奇道："这是干什么？"

明崇俨又拿来一张纸，将这符咒在纸上印了一下，立刻这符咒倒着印了过去。

明崇俨举起这张倒着的符咒，对着鹰眼映照过去。

这鹰的眼睛立刻定格了。一道光从鹰眼里射出，明崇俨、司马承祯和李忠三人的心神一起被这道光度到了鹰的眼睛里。

那鹰顿觉眼睛不适，一声鸣叫，冲天飞起。

明崇俨和司马承祯就见头顶一片青天，身边白云倏忽飘去。

司马承祯惊叫道："不会带咱们到九天上去吧？"

明崇俨道："要让这鹰带咱们去洛阳，就必须有人控制它。"

司马承祯道："那必须一个人的心神去控制这鹰。"

李忠接口道："那我来吧，道长和明府都是有法术的人，你们能做的更多。"

明崇俨和司马承祯对视一眼，道："好吧。"

司马承祯念了咒语，将李忠的心神散入这鹰的天灵里去。

这鹰忽然停住不飞，在天空一阵盘旋，认准了方位往前飞去。

很快就瞧见了洛阳城。

明崇俨道："飞到洛阳县衙。"

可是李忠毫不理会，径直往皇城飞去。

明崇俨不想再管皇家的事了，管他谁当皇帝呢。

他赶忙道："不要去皇城，那里戒备森严，金吾卫会放箭，箭射在鹰的身上，就如同射在您的身上，心神受惊会随风散掉。"

李忠还是不理会，依旧飞去，直冲皇帝、皇后寝宫飞去。

明崇俨看得清楚，下面站满了一排排的金吾卫。

师姐今日换命，自然要加强戒备。

暗道一声不好，对司马承祯道："准备符咒，我们要从鹰眼里出去。"

司马承祯道："梁王怎么办？"

明崇俨还没有说话，就见楼下飞箭如蝗射了过来。

登时五六枝羽箭射到了这鹰身上。

鹰一声哀鸣，急速向下跌去。

梁王身上猛然一阵剧痛，身形在空中不断翻转，茫然之间已经什么也不知道了。

司马承祯急切地要收回梁王心神，但这心神从鹰的天灵里散出，经风一吹散如炊烟，哪里还能笼得住？

明崇俨拉住司马承祯的手道："我们出去。"

两人念了法咒，一跃而出，飘落在一处宫殿房顶飞檐之上。

就见那鹰"砰"的一声跌落地上，有士兵上前捡了，扔到一边。

司马承祯道："咱们去哪里？"

明崇俨道："回洛阳县衙，再不回去，督无咎就把你我身体给烧掉了。"

司马承祯吓了一跳，两个人快步走了。

六　康国猧子

进了县衙。

督无咎正守着明崇俨的身体哭道："明府啊，明府，我问清了一切，你怎么就抛下我走了呢？"

明崇俨坐起来道："你问清什么了？"

督无咎吓了一跳，拉住明崇俨的手道："你没事了啊？"

明崇俨摆手道："我有什么事，贪睡而已。"

督无咎还要再说，司马承祯也走了进来。

督无咎明白了什么，笑道："原来明府你找到司马道长的心神了。"

就听司马承祯道："两天没吃东西了，快给我们备点饭。"

督无咎赶忙通知厨房备饭。

明崇俨问道："你问清了什么？"

督无咎道："我问清了李雪君的事啊。"

"怎么回事？"明崇俨冷笑一声，"肯定是秦鸣鹤让窦晴儿和李雪君换了命，对不对？"

督无咎愣了一下，万万没想到明崇俨居然知道一些，他随即又笑了："你只说对了一半，这秦鸣鹤当初是想让李仲武和李雪君换命，这样窦晴儿就可以和李仲武在一起了。"

明崇俨一愣，的确这样才合理。

督无咎又道："结果这窦晴儿带着符咒来到监牢旁，却听见这李仲武在求饶，说什么都是窦晴儿勾引的他，他一点也不知情，等等，全然不是当初的海誓山盟。窦晴儿就生气了，将那换命的符咒用到了自己的身上，将自己和李雪君换了命，杀掉了李仲武和窦晴儿……"

这符咒居然可以这样用。

明崇俨一把拉住司马承祯，道："我们去皇宫。"

司马承祯奇怪道："去干什么？"

明崇俨也不说话，拉着他快步就走。

督无咎也赶忙跟了过去。

皇城内层层禁军把守。

守城的将军认出明崇俨，大声道：“明府请回，天后有令，今天不见任何人。”

明崇俨心中有急事，大声道：“我不属于任何人，我要见天后。”

那将军登时怒了，一把抽出剑来，大声道：“敢犯天后令者，唯有斩之。”

城上的弓弩手也一起拉满了弓箭。

若要硬闯，非得成了刺猬不行。

明崇俨拉住司马承祯只能止步，他心急如焚，四下察看。

忽听有人喊道：“康康康康……”

一个宫女快步跑了过来，看见明崇俨，微微施礼道：“明府可见到康康了？”

明崇俨立刻想起那只长得跟猫一样的康国猧子。

他突然有了主意：“康康不见了，我和你一起找找。”

就听那金吾卫道：“不用了，在这里。”一个士兵拎着那条狗走了过来。

这狗被拎着脖颈，四足腾空，发出阵阵哀鸣，显得楚楚可怜。

宫女登时怒了：“你怎么能这样对待康康？”上前一把接过来，搂在怀里，前后看看有没有受伤，这狗倒是完好无损，只是受了惊吓，在她怀里，呜呜叫个不停。

这小宫女对那将军道：“你这看门的恶狗，这样对待康康，看我不告诉天后，剥了你们的皮。”

那将军吓了一跳，赶忙道：“姐姐见谅，我们都是粗人。”

宫女看都不看，抱起狗就走了。

明崇俨对司马承祯道：“我们两个心神出窍，钻入这狗大灵之中，就可以进入宫城，阻止他们换命。”

司马承祯刚才听他们对话也猜出了天后的目的，当即点头。

明崇俨转身对督无咎道：“好生看护好我们的身体。”

督无咎凛然应命。

明崇俨和司马承祯走到一个僻静角落里。

心神出窍，司马承祯入左眼，明崇俨入右眼。

明崇俨的心神进了这狗的天灵之中，狠狠朝这跛扈宫女的手臂上咬了一口。

那宫女“哎呀”一声痛叫，不由自主地松开。

明崇俨就快速往这皇城里跑去。

金吾卫想要阻拦，明崇俨张口就咬。

这士兵们有宫女恐吓在前，谁也不敢挥刀射箭，只能用手。

明崇俨左冲右突，上下撕咬，如入无人之境。

士兵们乱成一片，却谁也拦不住。

他们很快就冲破士兵的阻拦，直奔进寝宫。

刹那间，一切都安静了。

抬眼看去，龙床上天后和天皇并排躺着。

一个身材高大的波斯人披散着头发，赤脚站着。

明崇俨一眼认出来正是昨天在道化坊被司马承祯射了一弹丸的波斯人。

原来他就是秦鸣鹤。

秦鸣鹤举起一面铜镜，将一道符咒贴到那镜子后面，皇帝的心神便如一阵风一样刮到了镜子里。

秦鸣鹤对天后道：“殿下，陛下的心神今后就在此镜子里，您若要留，好生存放就是；若不留，摔了，这心神也就散了。”

原来符咒贴到镜子后面，一面镜子就成为杀人利器。

那天刘老大家里的镜子想必也是被他临时贴上了符咒。

就见天后面容凝重，犹豫了一下，道：“先放起来吧。”

秦鸣鹤将一道符咒贴在天后额头，就见天后的心神如蝉蜕一样慢慢地从天灵盖飘出。

秦鸣鹤道：“皇后殿下，你们大唐有句话我非常喜欢。”

天后不耐烦道：“先行法术，其他的随后再说。”

秦鸣鹤像是没有听见天后说话，继续说道：“那句话叫‘授人以鱼，不如授人以渔’。天后您答应赠我封地、黄金和美女，这些都是鱼。但是我为什么自己不能成为渔翁呢？”

天后蓦然明白了他的意思，脸色大变怒道：“你要将自己和陛下换命吗？”

秦鸣鹤点点头，举起一面镜子，道：“我将您锁到这面镜子里，然后再摔掉它，谁会知道发生了什么？”

天后怒道：“明崇俨不会放过你的！”

“明崇俨？”秦鸣鹤冷笑一声，“您的这个小男宠估计在龙门的噬镜里看风景呢。”

他居然称自己为男宠，明崇俨有些生气，康国猧子发出呜呜低叫。

秦鸣鹤举起镜子，天后的魂魄登时如飞蛾扑火一样，直直飞入镜中。

明崇俨发出一阵咆哮。

秦鸣鹤看了他一眼笑道：“给你。”伸手将那镜子扔了过来。

这镜子若碎，师姐也就魂飞魄散了。

明崇俨一个箭步跳了过去，张嘴叼住，他也为自己这速度、这准头而吃惊。

秦鸣鹤没想到这康国猧了叼住一面铜镜不在话下，微微吃惊，上前要夺。

明崇俨赶快闪开。

秦鸣鹤身法也快，倏忽间拦在了这狗的前面，伸手就捏住铜镜。

明崇俨赶忙后退。

秦鸣鹤铜镜没夺过来，却将那道符咒撕了下来。他将符咒扔在地上冷冷道：“进了噬镜的心神，没了符咒也出不来，别让你这畜生误伤了我才是。”

明崇俨这才明白他之所以来夺这镜子，是怕有符咒的铜镜误伤了他。

没了后顾之忧，秦鸣鹤凝心静气让自己的心神慢慢飘离出来。

明崇俨对司马承祯道：“赶快阻止他！”

司马承祯道：“咱们困在这狗的身体里，只能咬他了。”

明崇俨苦笑一声，咬他一口无济于事，倘若被他杀了，自己这心神可就随着这猧子的死一起散掉了。

明崇俨正苦思冥想，低头瞧见地上刚才撕下来的符咒，有了主意。

他将地上的符咒张口叼了起来，走到旁边这大铜镜旁边，对住这镜子。

他闭了左眼，只用右眼去看，仿佛是在瞄准一样。

秦鸣鹤看得清楚，他吃惊这猧子的聪明，随后又觉得好笑道："蠢货，这符咒要贴到镜子后头才管用，你这样做是反的……"

话没说完，他就觉得一股力量把他猛然向这猧子拉过去，他就像激流中的树叶一样，直直飞入这狗的眼睛。

原来那铜镜里映照出来的符咒虽然是反的，但这猧子看在眼里，却是正的，映照在眼底，恰如贴在镜后，狗的右眼成了一面噬神镜。

七　师姐

腊月初五的晚上。

督无咎说："李雪君抓住了，今晚不用巡夜，我陪明府喝上一杯。"

他话音刚落，就见有人送来一封公函，打开来看，居然是刑部点名要督无咎今夜带人巡夜。

督无咎愤怒地要到刑部讨说法，悻悻地走了。

明崇俨忽听一阵狗叫。

就见康国猧子跑了过来，后面跟着两个人。

师姐！

明崇俨赶忙迎了过去，跪拜天后。

天后点头，径直走入后堂，对明崇俨道："那秦鸣鹤怎样了？"

明崇俨一指狗的左眼，笑道："还在这里封印吧。"

"若这狗死了呢？"

明崇俨道："大概就跟镜子碎了一样，他的心神也会散掉。"

"来人！"天后大喝一声。

两名金吾卫士兵应声进来。

天后一指这狗道："杀了！"

金吾卫士兵当即愣了。

天后怒道："我说杀了，没听见吗？"

两名士兵这才醒过神来，手起刀落，这狗都没来得及叫一声，就断为两截了。

天后又道："就在这里挖坑埋了吧。"

两名士兵一番挖掘，将这狗埋了。

明崇俨只看得心惊肉跳。

待那两个士兵走了，后堂就剩他们二人。

明崇俨对天后道："殿下，我想辞官。"

"不许。"武后问都不问，"你不是说我笑起来好看吗，想让我笑起来，就必须在我身边。"

"可天后宠信妖人……"明崇俨喃喃道。

天后看着他笑了："以后我只宠信你一个……"说着伸手摸了摸他的脸。

她的手温暖细腻，手指抚过，就如同寒夜中吹进一丝暖风，他整个人都要融化了。

明崇俨低低叫了一声师姐。

○李弘

老君变化易身形，出在胡中作真经，胡儿弭伏道气隆，随时转运人世中，木子为姓讳弓口，来到大唐救苍生。

——《老君变化无极经》

一

秋夜。

洛阳宫城。

昭明殿。

寅时。

明崇俨一个人从殿内走出。

抬头看，一轮圆月正悬在殿门口的两株高大的柏树中间。

正值望日，月亮又大又圆，仿佛能看见嫦娥和玉兔。

明崇俨心想：月宫寂寞，何如人间啊。

他走出昭明殿，沿着宫内小路快步走过去，穿过两处小花园，便是宫墙。

宫墙一丈多高，但对明崇俨来说毫不费力，他纵身一跃，便跳了过来。

外面便是天街。

他双脚刚落地，就听有人道："明府，难道你不会隐身法吗？你连个穿墙术也不会吗？"

一个白衣人正站在他面前。

明崇俨吓了一跳，此人一袭白衣，月光下显得纤尘不染，二十岁左右，眉眼如画，明崇俨定了定神，才认出是个男子，当下捏了个掌心雷的咒，握在手里。狠狠道："你是谁？竟然敢犯宵禁？"

白衣人面带笑容，道："师姐，你还跟我第一次见你时一个样……"

明崇俨吓得脸色煞白，这是他刚才在昭明殿和天后说的话。

师姐召他深夜进宫，两人闲聊当年事。

故意选择昭明殿，这里非有盛大仪式不开门。

除了他二人之外，没有其他人知道。

想不到白衣人竟然说出两个人私密言语。

明崇俨看着他，杀心顿起。

这白衣人脸色大变："明府，明府，不要动杀心，我不是来拆穿你的。"

明崇俨皱着眉头道："你要干什么？！"

白衣人道："我是来和你做朋友的。"

"朋友？"

白衣人点点头："在下李目，听说明府为人清雅，特来拜会。"

明崇俨摸不清他到底要干什么，道："那就跟我去府衙吧。"

两人一起回到县衙。

明崇俨室内摆着一把古琴。

两个人谈音律谈到了天明。

李目居然会弹《广陵散》，为他奏鸣一曲，曲若雁鸣秋风，令人心生悲愤而无言凝噎，无怪当年嵇康一曲弹罢而成千古绝调。

明崇俨刚要问他怎么学的，李目说弹个《广陵散》算什么，他还会弹《清角》，说着就要弹，明崇俨吓得赶忙阻拦，话说当年晋国晋平公要师旷弹琴，师旷说他的品德不配听这个，晋平公坚持要听，结果师旷琴曲弹毕，晋国大旱三年。明崇俨害怕万一给大唐带来大旱。

李目笑道："晋平公德不配位，明府你的品德该做宰相，却做了洛阳令，没有问题。"

说完为他弹奏了一曲，音律如水，清澈动人。

一直到第二天夜里，明崇俨到了昭明殿。见到天后，他的耳边还响着那个音律。

他说想给师姐弹奏，天后严厉道："若你真的会弹，你该留到我做帝王那一天，让天下人知道我能够治理国家，德配帝位。"

明崇俨一愣："你真的要做皇帝？"

天后瞪他一眼："不行吗？"

明崇俨犹豫一下，道："那太子李弘怎么办？你可说他是太上老君转世，要澄清天下的。"

"当初太子之位还在李忠手上，当时都在传老君应当转世为李弘，许多造反的经常冒李弘的名，我就给太子取名为李弘，告诉他们老君生在帝王家。"天后叹息一声，"那都是骗人的话，不能信。"

"可是天下人信。"明崇俨奓着胆子说。

天后严厉的面容上滚过一丝冷笑："总有办法。我深夜要你前来，一则叙旧，再则也请你助我成就大业。"

明崇俨不由一凛，他原以为师姐身为天后，高处寂寞，加上天皇身体越发不好，所以才请他过来叙旧，想不到还有笼络之意。突然想李目是不是天后派过去的。

天后看他若有所思，笑道："宫中有一把琴名为绿绮，明天我让王福来赐给你。"

“绿绮，那可是当年司马相如的琴。”明崇俨吃惊道，“居然在皇宫里。”

师姐看着他笑了：“你自拿着去挑卓文君。”

明崇俨“噗”地笑了，顿时忘了刚才的严厉。

…………

又是寅时，明崇俨起身告辞。

走到殿外，今夜阴天，外面一团漆黑。

两棵柏树站在殿门口，如同两个巨人。

据说是当年老子李耳亲种。

粗足七人合围，皮若霜雪，干似虬龙，枝叶繁茂，浓荫蔽地。

当年圣上宣布天后临朝，天皇站在这台阶上，指着两株柏树说：“二圣临朝如玄元皇帝所种柏树一样并立。”

人们习惯把左面那棵称为天皇柏，右面这棵称为天后柏。

明崇俨过去拍了拍天后柏，这才往外走。

越过墙头，李目居然还站在门外，对明崇俨道：“明府今天有点晚。”

明崇俨皱了皱眉头，他不喜欢这个玩笑。

他犹豫了一下问道：“你是天后派过来的吗？”

李目哈哈大笑：“明府这样的名士也如此多疑吗？”

明崇俨无奈地苦笑一声：“你为什么来找我？”

李目道：“第一次在昭阳殿里见明府和天后莺莺燕燕，我就觉得明府这人不错。”

明崇俨猛然转过身来：“你胡说什么？你怎么看见的？你能出入皇宫？”

李目还没有说话，这时候远方有人道：“谁在那里？”

是巡夜的武士，明崇俨赶忙道：“洛阳令。”

巡夜的武士骑马过来，明崇俨先道：“酒喝多了出来走走。”

那武士下马见礼道：“早听督少府说明府高雅，想不到如此雅致。”告辞而去。

李目笑道：“明府雅致果然远近闻名。”

二人回到县衙，李目看见桌上一本《世说新语》，竟然和他聊起来东晋的事来，从王敦、王恺到嵇康、刘伶……真是无所不知。

聊到天快亮的时候，他要走，明崇俨有意看他是不是怕日光，拉住他道："我想问你知不知道王羲之的《兰亭序》，是不是被太宗皇帝带到了陵墓？"

李目看看天色，笑道："明府怕我是鬼吧，害怕鸡叫和日光？那我就陪你聊一会儿。"

便又和他讲起《兰亭序》，《兰亭序》并没有被太宗皇帝带到陵墓，太宗临终时又将《兰亭序》还给了怀素和尚，对怀素和尚说："为免他人惦记，你就说《兰亭序》被我带入了坟墓。"

原来如此，明崇俨问："你何以知道得如此清楚？"

"因为太宗当年在洛阳的时候，把怀素和尚叫到皇宫里说的，我就在旁边。"李目一脸得意，"太宗在洛阳还接见过玄奘大师，当时我也在场。"

明崇俨基本确定这是个妖了，他问道："那你认识郭璞吗？听说他符咒之术很厉害。"

"认识啊，也就一般吧，都是写得大而无当的符咒，难怪后来都失传了，我回头送你一本他的书。"李目得意道，他转眼看见桌上一卷《搜神记》，笑道，"我还见过干宝，他的《搜神记》写得好啊……"

言语间天光已经大亮，李目笑道："某可以走了吧？"

"是明某误会了。"明崇俨起身相送，把他送走，恰好督无咎走来。明崇俨道："跟着刚才那个人，看他去哪儿。"

督无咎立刻跟了过去。

明崇俨还没走到屋，督无咎就回来了，说这人转眼就不见了。

明崇俨心里吃惊，看来这是个道行不低的妖怪。

这个妖怪到底要干什么？总不会只是聊天吧？

明崇俨手头有一卷《搜神记》，随便打开看了一眼，他忽然有了一个主意。

这一天晚上，明崇俨从昭阳殿里出来的时候，走过古柏树，折下一根树枝。

跳出墙外，这李目还在这里等他。

明崇俨一句话也不说，带着他回到县衙。

李目拿出一本书道："这是郭璞的符咒书，明府可以看看。"

明崇俨翻看一眼，第一个符咒是腐草为萤，说怎样用符咒让腐草变成漂亮的萤火虫。果然有趣，再往下看，第二个是神仙索，把绳子往天上一扔，绳子就直入云端，人还可以爬上去，当年在黄陂，见萨兀廉用过，可惜没机会学，他就走了。想不到在这么一本书上见到了，再往后看，竟还有隔空取物……

李目道："我最喜欢这个。"他说着从明崇俨的桌上拿起一张黄纸，画了一张符咒贴在一个花瓶上，远远展开，双手一举，那花瓶便飞了起来，他一招手，那花瓶就如同有人送一样，飘了过来。

明崇俨当即也演示了一遍，道："这个果然好，遇见坏人，贴他身上，岂不是如同施了蛊咒？"

李目笑道："我今天来的时候见一群老鼠商量怎样对付猫，有只老鼠说给猫挂个铃铛就好了，大家纷纷赞同，可问题是，谁去给猫挂这个铃铛。"

明崇俨愣了一下，才明白李目是在笑自己，心想这符咒对物件有用，对活物却未必有用，因为你想隔空取，人家未必让你取，自己想得太简单了，也不由得笑了。忽然觉得此人甚是有趣，若是他日，相逢不用曾相识，只管闲聊便是，但现在心头有了牵挂，此人知道太多，万一对天后不利该怎么办？明崇俨笑道："你认识干宝，那你知道《搜神记》里的关于张华那个故事吗？"

"哪个？"

"就是燕昭王坟墓前有一只千年斑狐，化为人形，跟张华谈说古史，论辩老庄，说得张华拜服，结果张华怀疑他是妖，就取了千年柏木，烧了就让他显出原形。"他说着举了举手里的柏枝。

李目哈哈大笑："难怪明府折了一根树枝回来，我就告诉明府吧，你这个树枝没有用的，那棵柏树不是老子所植，乃是当年东汉的光武帝刘秀种下的，跟老子还差了几百年呢。”

“你到底是什么人？”明崇俨腾地站起来。

李目道：“我就是当年跟张华谈论诗书的那个妖怪啊。”

“你是妖？”明崇俨想不到他承认得如此爽快，自己反倒意外了。

“明府不会如同俗人对妖有歧视吧？”李目疑惑道，“明府当年在黄陂赠我狐族避雷符，帮我狐族斩杀雷鬼，我狐族如今握有避雷符，再不怕雷鬼欺压，我是特来感谢的。”

原来如此，明崇俨长舒一口气，道：“何不早说？”

“你也没问啊。”

哦，明崇俨的确没问，他没了戒备心，好奇心顿起：“你当年不是被张华烧死了吗？”

李目笑道：“张华这个人好面子，小心眼，他谈史说经，论不过我，还砍了燕昭王坟前的千年古柏，结果也没抓住我，就随便弄了一只狐狸说是我。”

原来张华是这样的人，明崇俨第一次听说，又好奇道：“你多大？”

李目道：“我一千五百零六岁，我就出生在洛邑，我去过东周的守藏室，跟李耳是结拜兄弟，他叫李耳，所以我叫李目……”

明崇俨听他说得这么离谱，有意转移话题道：“那你觉得老子会转世为李弘吗？”

李目摇头：“‘吾有大患，及吾有身；及吾无身，吾有何患？’老子担心的就是自己有身，怎么会再转世为人。”

这话说得很有道理，明崇俨点点头，有点相信他真的见过李耳。

两人又聊到天亮，走的时候，明崇俨问道：“你住在哪里？”

李目笑道：“我住在你折下树枝的那棵柏树里。第一次见你进宫，听天后夸你道法高深，我本意是出来作祟的，忽然听天后管你叫明崇俨，原来是我狐族的恩人，早想拜会，无缘得见，想不到这样……”

哦，明崇俨摆手不让他再说，道：“难怪你什么都知道。”

李目谑笑道：“明府，那本郭璞的符咒里，有个隐身符，你看看，以后进宫会方便很多。”

明崇俨翻开看了一眼，苦笑一声：“那上面要千年妖物的血来画，还说画在千年狐皮上，这只有兄台有，我总不能与你谋皮吧？”

“用千年狐皮能够一直隐身，你去幽会，只用来回时藏一会儿就行了，所以你只用千年狐血画在符咒纸上就好了。”李目沉吟一下，“也好，也好，回头我给你带上一瓶。反正一瓶血死不了人，不比最后那个符咒……”

明崇俨翻到最后，却见已经被撕去了，忙问道：“这是什么符咒？”

“不用说了。”李目却不肯再说，摆手走了。明崇俨送出门外，李目忽然消失不见。

明崇俨突然明白这就是隐身术，如果自己会，那就太好了，可以随意在宫城走动。

第二天中午时分，王福来过来，给他送了一把琴，传了天后口谕：“明崇俨好生练琴。”

明崇俨收了琴，听师姐这口谕显是不让自己今晚进宫，心下不免有些失落。

再看那琴，琴底果然用篆书写着“绿绮”二字，再看这琴的材质，果然有几百年的历史，心情顿时又好了起来。

当即道：“遵旨，我一定好生练习。”抬头看，王福来已经走了。

明崇俨弹琴到半夜，这才歇息。

睡得正香，忽听督无咎喊道：“明府，明府，宫城出事了。”

明崇俨一个激灵坐起来。

却见内务总管王福来也在，喊道：“宫城昭明殿突然响了一声惊雷，那棵天后柏齐根折断，天后让你赶快过去。”

天后柏？

李目！

明崇俨衣服都没穿齐整，就往宫内跑去。

二

昭明殿前，天后面如死灰地看着那棵柏树。

天皇被人架着坐在一边，他的身体越来越差了，但看天后还是一脸爱惜，劝说道："媚娘，我们再植一株便是，不过一棵柏树。"

天后回头满脸泪水道："你当年说的二圣临朝便如这玄元皇帝种下的柏树，如今立冬已过，却响惊雷，偏偏劈了这棵树。树犹如此，人何以堪？"

明崇俨走到近前查看，树干之内果然是空的，但已然烧焦，不见李目。

这是雷劫？但有避雷符啊，怎么会被雷击杀？

明崇俨百思不得其解。

天皇问道："洛阳令，你对此事怎么看？"

明崇俨看天后满脸都是泪水，不禁有些伤心，突然想起李目的话，当即回禀道："不过一棵树而已，老子有云，吾有大患，及吾有身；及吾无身，吾有何患？如今树身已灭，当是大吉之兆。"

"对对对……"天皇高兴得一阵咳嗽，半天才道，"媚娘你听到了吗？"

天后的脸上这才出现一丝笑容，也不知是冲明崇俨，还是冲他说的话。

明崇俨忽略了一点，打雷那天晚上是十月初一。

民间谚语：十月雷，尸体用车推，遍地起坟堆。

天后柏倒下的事很快就传遍了京城，街头巷尾议论起来就变了味。

众说纷纭，说是女主干政，玄元圣祖不悦，降下惊雷，警示天皇，国无二主，要他务必亲政。

天后背地里对明崇俨大发怒火，要他设法毁掉那棵天皇柏。

明崇俨还没想出来主意，山东有贼人乘机作乱，说是老君转世，自称李弘，攻州占县，风头十足。

天皇要太子李弘亲自带军前去平叛，声称老君转世在皇家，李弘自当为天子。

这可是为太子扬名的好机会，天后虽然内心不愿，但也无奈。

太子十月出发，兵锋所指，如风吹云，贼军顿时四散，腊月便班师回朝。

据各地州县奏报，太子治军严明，秋毫不犯，民众纷纷称道是太上老君转世，将来必是圣明天子。

天皇大喜，赏赐了当地刺史，朝堂之上，天皇问太子李弘想要什么奖赏。

李弘说："不要奖赏，只求将逸阳公主出嫁。"

逸阳公主何人？乃是天后当年的死敌萧淑妃的女儿，萧淑妃死后，天后在后宫中一再拖延其婚事，今年三十有余，尚待字闺中。天后本意，显然是要她老死闺中，从来没有人敢提此事，李弘竟然在朝堂上提及此事，这是公然要和天后作对。

天后当堂脸上变色，幸亏身边天皇夸太子仁厚，天后脸色转晴，示意由太子为逸阳公主择婿。

太子说他已经备好人选，乃是洛阳令明崇俨。

当时督无咎在刑部公干，听说这个事，放下手头的活，他一溜烟儿跑回了县衙。

气喘吁吁地跑到后院。

明崇俨正在竹林里扫落叶。

他在地上挖浅浅的坑，将落叶扫进去，然后将一张符咒铺上，又用土浅浅盖上一层。

他瞥一眼督无咎，没有说话。

督无咎叫道："喜事，喜事。"

明崇俨抬头看了他一眼，继续填土。

督无咎道："太子要为你和逸阳公主保媒了。"

明崇俨手里的锄头差点儿掉在地上，太子为自己保媒？难道太子发现自己对天后……

督无咎见他愣了一下，随即又开始填土，有些失望地道："你要成驸马爷了，你不高兴吗？”

明崇俨拎起锄头道：“有时间说闲话，不如来帮我填土。”

督无咎不情愿地拿起锄头，问道：“你这是做什么？！”

明崇俨问：“你听说过腐草为萤吗？”

督无咎摇头：“你是说腐草能变成萤火虫？”

明崇俨笑着说：“我新学了一道符咒，能让这腐烂的竹叶在夏天变成五颜六色的萤火虫。到时候飞到我这庭院里，那该多么漂亮，到时候我要请天后过来欣赏……”

又是天后，督无咎嘀咕了一句：“得罪太子，你将来怎么升官？”

明崇俨也不理他，一个劲儿埋头干活儿，这腊月的天气，他居然冒出汗来。

督无咎等到第二天也没见太子保媒，后来听说，天后当庭震怒，说公主乃天子之女，怎么能允许你随便指亲，又责骂李弘身为太子，不操心国事，稍有工夫便思儿女私情……

太子吓得瑟瑟发抖，满朝文武无人敢言语。

临了还是天皇劝道：“媚娘自派礼部择婿即可，何必为小儿女动气？”

天后这才怒气稍减。

贺知章就是礼部的，督无咎还偷偷打听，明府是否还有希望，贺知章醉醺醺地说：“大好男儿，娶什么媳妇？”

三

元旦将近。

祭完灶，司马承祯就让人在道观前挂上“本观有桃符出售，御封青云观主亲自摹画”。

历来习俗，除夕家家户户门口要挂新桃符。

过去在嵩山，嵩阳观每年求桃符的人络绎不绝，观主亲笔画出的桃符都售出五贯钱。

司马承祯这青云观主乃天后亲赐，他这观主也是天皇亲封，他以为这洛阳城的达官贵人都会来找他买桃符。

因此从冬月开始他就囤积桃木，削制桃符，备下了千余副。

原以为会一抢而空，他都做好了涨价的准备。

哪里知道从腊月二十四到腊月二十五，整整两天，一个桃符都没卖出去。

洛阳城的人难道不挂桃符？

当然是挂的，小弟子告诉他，洛阳城的百姓都去南市买桃符了。

南市来了个道士，一百五十三岁，看起来就像三十岁，人们都争相买他的桃符。

“一百五十三岁？看起来像三十岁？”司马承祯怒了，那他就是三十岁，看来是我道门的骗子，我明天去会会这个骗子。

他转身吩咐童子：“将咱们制作的一千一百一十八个符咒全部带过去，我们也卖。”

腊月二十六的早晨，司马承祯一大早就赶了过去。

南市的大门还没开，这里已经聚集了一大群人，听众人言语都是找这个老道士买桃符的。

“真是愚不可及。”司马承祯叹息一声。

却听身后有人笑道：“司马道长也要来买桃符？”

回头看去，正是明崇俨。

司马承祯有点生气，“呸”了一声：“明府，你也相信一百五十三岁的鬼话？”

明崇俨微微一笑：“信不信，总要看看再说。”

言语之间，南市的大门已开。

众人一拥而入，围住正冲大门的一个临时搭建的台子。

台上端坐一个道士，也就三十岁上下，想必那一百五十三岁的人就是他了，生得尖嘴猴腮，眼睛却是如同缝隙一样，眯眯地看着台下，身上道袍崭新，很是扎眼。

司马承祯越看他越像是个骗子。

这道士起身道："贫道天风，今年一百五十四岁，世上风云已看惯，来到东都送平安。"

台下有人喊道："昨天你不是说自己一百五十三吗？"

道士笑道："今天卯正是我的生辰，所以我又痴长了一岁。"

台下有人"哦"的几声惊叫。

天风道士接着说："先给大家送上祝福。"他将手边的一个箱子拍了拍，从里面飞出一群色彩斑斓的蝴蝶，列队而出，在天空一阵盘旋，又在人群里一阵飞，最后飞入箱中。

明崇俨和司马承祯看得清楚，真的是蝴蝶，五颜六色，十分漂亮。

这大冬天的居然有蝴蝶？明崇俨心想，莫非也是腐草变化而来？

那蝴蝶已经飞到天空，组成四个大字：平安吉祥。

随着翅膀扇动，字体熠熠生辉，蝴蝶飞了一阵，又飞了回箱子。

观众无不惊呆。

"这是什么法术？"司马承祯问道。

明崇俨道："不知道，我刚学了腐草为萤，不知道用什么方法能炼化出这么漂亮的蝴蝶……不知道他这箱子里有什么……"

他话音刚落，道士拍拍箱子道："出来吧。"

箱盖打开，竟然钻出三个童子，也就十岁左右，大冬天的只穿了一件犊鼻裤，所不同的是三个童子的脸色，一个红如火，一个青似铜，一个黑若墨。

天风指着他们分别做了介绍，那红脸的童子叫血勇，青色的叫骨勇，黑色的名字气勇。

"不对啊。"司马承祯低声说了一句。

"什么不对？"明崇俨问道。

司马承祯道："血勇则面赤，骨勇则面青，气勇则面黑，脉勇则面白，这是道书上的话，他应该还有个面白的童子。"

明崇俨听说这个道士，一直以为是个骗子，听司马承祯一说，明白这道士可不是自己想的那么简单。

天风抽出一把刀来，对着三个小童道："刚才表演，你们哪个逃懒了？"骨勇和气勇一齐指向血勇。

道士呵斥道："来，断臂以做惩戒。"

血勇伸出手来，天风一刀砍下去，一截手臂掉下台来。

众人都吓得一阵惊叫，纷纷后退。

"你这道士也太狠了……"有人指着台上。

司马承祯看过去，竟然是太子李弘，他奇怪道："太子也来了。"

明崇俨淡淡地说："是天后让我跟他一起过来看看的。"

原来这道士都惊动了天后，司马承祯心里涌出一丝快意。

太子一身常服，泯然众人之中，天风不认识他，冷笑一声："我还杀了他呢。"

说着一刀砍在这血勇的项间，一根血柱直冲天际，人头在台上一阵滚动。

"大胆，天子脚下，光天化日杀人……"李弘怒了喊道，"洛阳县尉何在？"

"在！"场外有一群人齐齐应了一声，声音洪亮整齐，震得众人耳膜嗡嗡直响。

随之就是一阵整齐的脚步声，一列百余人的队伍跑了进来，头前之人正是督无咎，他披盔戴甲，看起来英武非常。

这几日天后说南市有术士在卖桃符，要明崇俨和太子一起过来，太子点了他东宫的一百府兵一起过来，督无咎自告奋勇，愿做百夫长，太子就赠他一身盔甲。

天风这才明白台下的人不一般，紧张道："您息怒，您息怒，老道我这就给他安上。"

那血勇童子跳下台来，将手臂捡拾起来，天风接过，对准他手臂肩胛轻轻一放，那手臂如同粘上去一样，已经装好。

他又捡起人头，轻轻放在血勇项上，血勇童子长吁一口气，猛然开口，刚才流在台上的血如同山泉，逆行而上流入他口中，不一会儿地上的血迹全无。

转瞬之间，竟然起死回生，断手再续。

莫说众百姓，明崇俨和督无咎都惊呆了。

只见这童子转身对李弘跪拜道："谢太子关心。"

李弘疑惑道："你认识我？"

天风道士笑道："太子李弘，太上老君转世，我当然认识。"说着躬身下拜。

李弘在台下，够不着他，只能做了个搀他的姿势，道："道长免礼。"

天风跪在台上，大声道："在下有一个问题想问太子殿下，太子既然是太上老君转世，你可知道老君故居在哪里？"

李弘一愣，摇头道："不知道。"

天风猛然站起身来笑道："这你都不知道，可见你不是老君转世，不过枉托了李弘之名。"

此人前恭后倨，变脸如此之快。

督无咎怒道："大胆妖道，你敢质疑太子？！"带着兵士纵身跳上台子，有兵士就要上前去抓那道士。忽然啊啊几声痛叫，跌下台去。

原来三名童子各拿一根细丝，犹如琴弦，挥舞起来，带着风声，刺中了他们双目。

督无咎大怒，一把拔出佩刀，先向那血勇童子砍去，这童子不避不让，竟然挺身迎上，督无咎一刀砍在他脖子上，鲜血蹿了出来，另外两个童子也挥舞细丝攻上，直逼督无咎双眼，督无咎侧身避过，来不及细想，手中刀就砍了出去，一刀斩断两个人头，他们头颅飞出，鲜血蹿出一丈多高。

台下人们都看呆了。

天风也不由得叫道好刀法，他突然跳出，落在远处房顶上，督无咎待要去拿弹弓，忽然天上一朵云彩之中垂下一条绳索，道士伸手拉住，脚下涌出一朵五彩祥云，托着他双足往上飞去，直没入云中。

众人惊叫："神仙，神仙。"纳头跪拜。

明崇俨细看那云，还在不住颤动。

他恍然明白，这是飞虫凝聚，回头再看，刚才还在喷血的三童子不见了，显然他们化成飞虫组成五彩祥云托住了这道士。

只不过飞虫不足以托住他的身躯，所以他还要抓一根绳索。

这绳索从何而来？明崇俨想不明白。

再看那道士已经消失不见了。

众人还在呆呆地看着发愣。

明崇俨低声问司马承祯："这些法术你听说过吗？"

司马承祯也被惊到了，半天才道："见所未见，闻所未闻。"

明崇俨盘算道："道士或许只是个幻术，并无恶意，他既然已经走了，就按照师姐说的，为太子收割人心吧。"他早已经看见司马承祯身后童子拎着的两包桃符，对司马承祯道："拎着你的桃符，跟着我。"转身又对李弘道，"殿下，我们上去吧。"两个人一起走上高台，司马承祯赶忙拎着桃符跟上。

明崇俨站在台上，大声说道："当今太子名讳李弘，天性仁厚，乃是老君转世，来这世上解救你们。"——这是天后专门要求他说的。

说得太子都有点不好意思，虽然他生下来父母偶尔对他提及他是太上老君转世，但他只当是笑谈，没想到今天当众说起来，他不禁有些羞愧，低下头去。

明崇俨却继续道："太子命青云观观主司马道长为你们削制了桃符，现免费赠送。"

司马承祯刚把桃符放下，听得"免费"二字，内心突地一跳，忙抬头看向明崇俨，明崇俨正对着众人，没有看他，他再去看太子李弘，李弘微微一笑。

看来太子是同意的，司马承祯彻底失望了。

众人听得免费，纷纷上前领取。

忽然有人道："那是什么？"

抬头看去，只见东边天空呈现一片紫色，宛如一大片云彩，慢慢飘了过来。

"紫气东来。"司马承祯张口说道。

他说得没错，慢慢看得清楚，这云彩之下还有一个人、一头牛。

人是长衣飘飘，白眉白须，显得仙风道骨，牛是一头青牛。

人横骑在牛背上。

远远传来一阵吟唱："老君变化易身形，出在胡中作真经，胡儿弭伏道气隆，随时转运人世中，木子为姓讳弓口，来到大唐救苍生……"

声若洪钟大吕，几乎响彻整个长安城。

太上老君显身啦？司马承祯暗自嘀咕一声。

下面有百姓早就认了出来，纷纷道："太上老君，太上老君……"

李唐建国以来，奉老子为祖师，前几年高宗还封老子为玄元圣祖，到处都有老子的庙和老子塑像，百姓早对老子相貌了然于心，一看这形象便知道是谁，当即跪下。

司马承祯本来还有点犹豫，见众人跪了，也赶忙跪下。

李弘也要下跪，明崇俨一把拉住他："不要跪。"

他还记得李目的话："老子憎恶自己的身体，怎么可能转世和显身。再则，老子相貌谁知道？怎么会和这雕塑长得一样？"

转头看见督无咎已经跪下了，明崇俨一脚踢在他屁股上："站起来，保护太子。"

这太上老君越飘越近，已经到了跟前，大声道："我西去化胡一千多年，此番归来，已然重生大唐，救万民于水火之中。"

明崇俨大声道："大唐承平百年，何来水火之中？"

这太上老君不理他，大声道："我有灵符在洛阳故宅，是我真身必然找出这灵符，便一切有了答案。”

明崇俨对督无咎道：“快让兵士们放箭。”督无咎转身命令，兵士们跪在地上，谁也不敢妄动。

明崇俨要督无咎打出弹丸，督无咎哆哆嗦嗦地拿出弹弓，正要出手，老子大声道：“司马承祯是我道门好弟子，他的桃符灵验，诸位可以一用。”

他居然认识司马承祯，司马承祯激动得连连叩头。

督无咎的弹丸这才射出，却早已偏了，飞不到一丈就落了下去。

太上老君一拍牛屁股，那牛“哞”的一声，掉转头来，往西南而去。

明崇俨回头对府兵们命令道：“再不放箭，格杀勿论。”

兵士们这才站起身来，拉弓放箭，忽然天空只有一片紫云往西南飘散，哪里还有太上老君的身影。

“隐身术？”

明崇俨猛地记起这个法术，这事跟李目有关？

他对督无咎道：“你快去查查当年那棵天后柏倒下后去了哪里。”

督无咎领命而去。

明崇俨往天上看去，西南方已经天高云淡，不见半个人影。

太子这才长舒一口气，对明崇俨道：“这真的是太上老君？”

明崇俨也不说话，直直盯着天空。

这时候忽听有人道：“太子接旨。”

南市门处走近两个人，一个身着黄衫的少年，一个是白面无须的太监。

明崇俨认识，少年是太子的弟弟雍王李贤，太监则是天后的贴身内侍王福来。

太子赶忙跑下高台，跪下接旨，王福来高声宣道：“昨夜朕梦见老子对我言，他有灵符在洛阳故宅，可令李弘取来。请李弘取来元日献给朕。”

明崇俨一愣，天后也梦见老子转世？难道真的是老子显灵？

不可能。

明崇俨看着天空，猛然想起来什么，转身看，太子接了圣旨，正在和李贤说老君显灵的事。

再看去，百姓们已经把司马承祯包围了，纷纷索取桃符。

明崇俨瞅准太子的马匹，顾不上打招呼，翻身骑上，招呼众府兵："跟我走。"

府兵们没有骑马，快跑跟上。

四

明崇俨直奔西南而去。

一口气出了城门。

等了小半个时辰，府兵们这才气喘吁吁地跟上。

明崇俨令道："搜查方圆五十里，看看有没有风筝。"

士兵们得命搜查。

洛阳城南多是林木，这一百多名府兵散入就不见了。

不到一顿饭工夫，就有人一声惨叫。

明崇俨几步过去，一个士兵正捂着脸痛叫，他身边有一个大大的风筝。

有兵士上前禀报："就在刚才我们看见这里有一团风筝，上前查看，突然从中蹦出一个人来，手执细丝伤了人。"

"是个童子吧？"明崇俨问道。

"是。"

"脸色是什么？"

"白色，白得像敷了一层面粉。"

"这就对了。"明崇俨猛然击掌，这就对应上了司马承祯的话，还应该有个面白的少年。

只是这些少年使的是什么妖术？身体居然像水一样，斩之不断，血可变化无端。

明崇俨让兵士打开那个风筝，正是老子骑牛的图像。

还有一朵白云，除了风筝的绳索，下面还垂着一根绳子。

这就明白了，为什么刚才白云上垂下一根绳索，原来不过是个大风筝。

那太上老君也是风筝放出来的，不过是有个童子钻入其中说话便是。

天上的紫云不过是那血童子的血化成飞虫变化来的。

明崇俨让兵士将风筝包好，严令兵士保密，不得外传。

因为他不知道为什么天后也做了同样的梦。

天后跟这个道士到底有什么关系？

明崇俨决定问清楚了，再公布谜底。

明崇俨回到县衙，督无咎已经等候他多时了。

督无咎已经查明那截木头在何处，原来天后坚持认为这是有预谋的，她要大理寺好生查案，所以这木头在大理寺的仓库内。

督无咎调不出来，明崇俨当即前往东宫，请示太子令牌。

果然管用，太子的令牌一到，大理寺卿孙典会亲自带他们过去。

那管仓库的小吏正要去开门，孙典居然一把拿过钥匙，亲自开门，小吏站在一旁冷冷地看着他。

孙典打开门，亲自把他们带到那段木头前面。

那天夜里明崇俨未及细看，现在看来，这里虽然被烧焦，依稀可见有人生活的痕迹。

明崇俨想起李目的音容，心中一阵疼痛，暗想：李兄，如果你是被那道士所害，我一定替你报仇。

他仔细查看，却不见半点有用的东西。

明崇俨正要起身告辞，旁边那小吏道：“你是在找这个吗？”

他手里拿着一张泛黄的纸。

明崇俨一眼就认出来这是李目给他那本书上的符咒，喜道：“你是怎么找到的？”

小吏道：“这是用铁片裹了藏在树的最下面，这才没有被火烧掉。”

“给我吧！”伸手就要去拿。

这小吏把手一举，严厉道：“这是物证，你用来干什么？！”

明崇俨这才注意到这个小吏，也就二十岁，身高七尺有余，体形健硕，神色凛凛，目光慑人，道：“这事关系到我一个朋友。”

孙典在一旁呵斥道：“狄评事抓紧给了明府，他可是太子派来的。”

原来这人的职位是个评事，官职卑微，却能不卑不亢，明崇俨有些欣赏。

这狄评事不理会孙典，他展开手中的那团纸，笑道：“你认得这是什么吗？”

明崇俨伸手从怀里掏出那本郭璞的书，他这几日天天研习，就带在身边。他展开最后一页，给他看道：“应该是这撕掉的一页。”

狄评事这才将那一页递给明崇俨，往书上放，果然严丝合缝。

明崇俨大喜道：“多谢，有什么事情我会告诉你的。”转身要走，狄评事拦住他道：“明府从这屋里取的东西办了手续再走。”

真是一个严厉的人，明崇俨就要督无咎前去办理。

两人这才离开。

回到县衙，明崇俨迫不及待地打开来看，这一页的符咒上是妖身之蛊，就是杀死千年妖，用其身体炼化成四具人偶，这人偶相貌如童子，行动如人，身体可做百般变化，任何部位都能飞出再回……这就是那四个童子啊。

显然李目被这道士杀了，炼化成了四具人偶。

明崇俨眼泪流下来。

李目虽然是个狐妖，他比许多人都有趣。

他活了一千多岁，记住的不是那些尔虞我诈，而是风雅之事；他不去吹嘘自己见多识广，却为会弹《广陵散》而骄傲；他不炫耀自己见过多少帝王，却对“竹林七贤”津津乐道……

同道众人，大道孤独。

明崇俨越想越是心痛，眼泪如雨点般落下。

他拿出绿绮，自言自语道：“李兄，高山流水遇知音。我为你弹琴送别吧。”

他弹了《高山》，又弹《流水》，想起来那天他弹的《广陵散》，又弹奏一曲。

音律之中，仿佛看见嵇康手挥五弦，目送归鸿，慷慨就义……

五

明崇俨弹了半夜的琴，看了半夜的符咒，将那个妖身之蛊彻底学会了。

想要报仇，必须找到那个道士，怎么找到？他却没有办法。

不觉天色已亮，他正要起身洗漱，忽然外面一阵脚步声，一队铠明甲亮的人马跑了进来。

看服饰是千牛卫的武士们。

明崇俨正想着出了什么事，大门“哗啦”一声被推开了。

为首武士是一名魁梧的郎将，大声道：“明崇俨，你可知罪？”

“什么罪？”

那郎将道：“昨夜你是不是在南市发了桃符？”

明崇俨点头：“是青云观的桃符，太子让青云观发的。”

郎将“哼”了一声：“今天早上桃符上出现了大不敬的词，你知道吗？”

“什么大不敬？”明崇俨一愣。

“污蔑天后，说她牝鸡司晨，说她当年荼毒女儿……”

明崇俨吓了一跳：“这些都在桃符上？”

郎将点头。

明崇俨愣了一下，想起那假的太上老君昨天还夸司马承祯的桃符好呢，原来目的在这里。

谁能一夜之间写一千多个桃符，肯定是他的妖蛊所为。

明崇俨道：“能让我看看桃符吗？”

郎将道：“全被大理寺收缴了。”

“好！”明崇俨起身，“我们快去大理寺。”他知道这些妖蛊童子在十二个时辰之内必然要飞回去，自己若能拦截，就能引得那道士出来。

两个士兵扭住他的胳膊，郎将笑道：“大理寺自然要去的。天后震怒，要将你们统统收监。”

明崇俨这才想起这事触了龙鳞，反正要去大理寺，当下也不反抗，任由卫士将他捆绑了。

出得门来，见督无咎也被绑了，他一脸哭丧地看着明崇俨：“明府，到底怎么回事啊？”

明崇俨笑道：“没事。”大步向大理寺走去，后面押着他的卫士都快跟不上他了。

一进大理寺的门，明崇俨大喊：“孙寺卿，孙寺卿……”

孙典走出来，怒气冲冲地说：“你个逆贼，我的官职岂是你喊的？”态度与昨天判若两人。

明崇俨愣了一下才明白自己现在是阶下囚，忙道：“孙寺卿，你快把那些桃符拿过来，我要把它们封印。”

“给你？”孙典“呸”了一声，“让你销毁证据吗？”转身不再与他说话。

武士们奋力推搡，明崇俨和督无咎一起进了牢房。

司马承祯早已经到了，一脸晦气地看着明崇俨：“为什么桃符上会出现这些？”

明崇俨顾不上解释，焦急道：“太子呢？”

大门推开，太子走了进来。

明崇俨赶忙道：“你快去找天后，让我去见那些桃符，我知道是什么了。”

太子苦笑一声，明崇俨这才注意到他一身常服，连个玉佩都没挂，显然也是戴罪之身。

明崇俨沉吟一阵，自言自语道：“只有这样了。”说完抓住栏杆一阵猛晃，喊道，“来人，来人……”

几个狱卒跑了进来，怒道：“你干什么？！”

明崇俨喊道：“快去禀报天后，太子找到了老君灵符。”

老君灵符的事已经传遍了洛阳城，这两个狱卒不敢怠慢，慌慌张张地去禀报了。

司马承祯、太子和督无咎一起看着明崇俨："你真的找到了？"

明崇俨看着太子，果断地点头道："一会儿天后要问你灵符上写的是什么，你就说上面写着'女主大唐，千秋吉祥'。"

李弘犹豫道："那母后要我交出灵符怎么办？"

明崇俨道："你就说要在元日当着群臣的面献出。"他想起来那晚要给天后弹琴的事，想必她一定会让当着群臣的面献出，否则这灵符没有意义。

"你能拿出来吗？"李弘还是有些怀疑。

明崇俨点头道："能。"

司马承祯喜道："你在哪里找到的？"

明崇俨苦笑一声："当务之急，我们应该离开这里。"

然而一个多时辰，牢房的大门才打开。

大理寺卿孙典带人进来，到太子近前跪下，恭迎太子。

从他脸上就能看出，太子已经从阶下囚成了座上宾。

大理寺内戒备森严，显然是天后亲临。

进入大堂，天后端坐正堂，见了李弘面容为之一喜，但立刻又布上严厉之色，明崇俨看了一眼，就低下头去。

天后呵斥道："大胆李弘，竟然敢用桃符辱骂朕。"

李弘赶忙跪下道："母后，桃符的确是我让司马道长发的，但我等实在不知……"

"既然你找到了灵符，把你的老君灵符拿出来我看……"天后打断他。

李弘定了定心神，按照明崇俨的吩咐说道："老君灵符乃是天机，儿臣我虽然看到灵符，但不敢擅取，儿臣只是看见了老君灵符上的字。我打算元日祭天地时取出献上。"

天后目光里竟然露出一丝赞许，道："那你倒说说这灵符上写的是什么？"

"上面是八个字，曲里拐弯，宛如蚯蚓。"李弘道，"儿臣经过辨认，才发现上面是八个字：'女主大唐，千秋吉祥'……"

“哈哈哈……”天后一阵大笑，拍手道，“老君说得好……”

“不对……”天后身边的宫女中站出一个人，正是李贤，道，“母后，太子殿下不拿出实物，这话不能信……”

天后笑得晴空万里的脸上，立刻布上愁云，怒道：“怎么不是……”

李弘也道：“我乃老君转世，灵符何在，我自然最清楚。”

天后走下堂来，拍着李弘的肩膀道：“好弘儿，真不愧是老君转世……”

李贤还要说什么，旁边有个小太监拉了拉他，他狠狠地瞪了一眼李弘，这才不再说话。

天后看一眼明崇俨、司马承祯和督无咎三人，笑道：“你三人帮衬太子有功，司马道长，朕赐你青云观老君金身一尊，明崇俨和督无咎各赏绸缎五匹。”

李贤又道：“母后，可是散发桃符诅咒您的事还没查清楚。”

天后瞪他一眼，冷冷道：“想必那些都是奸贼陷害，弘儿，你们要查清楚报朕。”

李弘躬身称是，慢慢退了下去。

听得李贤在身后道：“限他们什么时候查出来？”

李弘一惊，想要回头，明崇俨拉了他一把。却听得天后没有回答李贤。

三人快步走了出来。

六

出门明崇俨就要孙典带他去库房。

孙典又恢复了谦恭之色，一路小跑过去开门。

那狄评事对他一脸不屑，看他们远远走来，就把门打开了。

一千多个桃符堆在地上，上面光光的，一个字也没了。

司马承祯和督无咎大喜，对孙典道：“看看，我们果然是冤枉的。”

显然那上面的妖血已经飞走了，明崇俨跺脚道：“晚了，晚了。”

众人不解什么晚了，司马承祯和督无咎奇怪道：“明府难道还希望上面有字？”

明崇俨看他们一眼，不知从何说起，长叹一声，就要离开。

那狄评事搬了一面鼓过来，道：“明府莫非找这个？”

明崇俨摇头：“我不找鼓。”

狄评事拍拍鼓壁，发出嗡嗡的响声，笑道：“我说的是这里面的东西。”

明崇俨掀开鼓皮看了一眼，里面嗡嗡的全是蚊子。蚊头个个儿带着血色，明崇俨一眼就认出这是那妖蛊童子所化。

忙问狄评事：“你是怎么得到的？”

狄评事道：“我见这桃符上不断有蚊子飞出，大冬天怎么有这么多蚊子？就料定有鬼，于是拿了轻纱将蚊子网了，放到这鼓皮之内。”

明崇俨夸道：“果然是个有心人。”转身对李弘道，“太子殿下，此人有功，要予以奖赏。”

太子问道：“你叫什么？”

孙典抢先道：“此人姓狄名仁杰，字怀英。”

原来这少年叫狄仁杰。

太子道：“回头我禀告天皇、天后，奖赏于你。”

狄仁杰也不露喜色，跪下道：“谢太子殿下，谢孙寺卿。”

李弘要去搀他，忽觉背后一阵锥心之痛，身体向前爬去。

狄仁杰就见一把剑贯太子胸而出，赶忙搀扶住他，回头看去，背后空无一人。

那柄剑却腾地从李弘身上又拔了出去。

那剑就立在虚空之中，一滴滴的血落下来。

有人笑道：“什么老君转世，李弘也不过如此！”

是那天风道长的声音。

“有鬼。”孙典“啊”的一声大叫，跑了出去。

倒是那狄仁杰扶住太子，挡在太子前面，低头看，李弘捂着肚子，鲜血不断从指缝涌出，狄仁杰大叫一声：“明府，护我送出太子。”

说着抱住太子就往外跑。

明崇俨似乎这才反应过来，放下那大鼓，大叫："督无咎，你和狄评事保护太子出去。司马道长，捉住他。"

司马承祯刚在高兴洗脱罪名，想不到这回太子又被刺，自己一起进来的，难脱干系。没带武器，随便从地上捡起一把刀攻了过去。

"休想出去。"那天风的声音又道，"你个小小的评事，居然敢扣我的千年妖血。"那柄剑就向狄仁杰刺了过去。

明崇俨昨晚心中忧愤，天蓬尺早就祭出，带在掌心，当下一把扔出，去挡那剑。

天蓬尺碰到剑上，听得"当啷"一声，那剑毫无力道，竟然掉了下去。

司马承祯的剑也刺了过来，刺到了虚空里。

两人正要寻找。

就见那大鼓飞了起来，天风的声音道："收回我的妖蛊了。"

就往门口跑去，原来他刺狄仁杰是假，抢千年妖血才是真。

明崇俨却站住不动，笑道："这里面可不是你的妖蛊童子。"

那移动的鼓猛然停住，显然是天风奔跑的脚步突然站住。他掀开鼓皮去看，那里面突然钻出一只蝎子，这蝎子尾巴上的钩一竖，天风"啊"的一声痛叫，扔下鼓就跑。

似乎扎到他的眼睛了，他撞在墙壁上，骂道："明崇俨，你个男宠……"向外跑去。

司马承祯和明崇俨忙追，外面朗朗乾坤，这天风道士显然知道保持沉默才是逃跑的方法，半点声音也听不到了。

两人寻了一阵，这才回来。

那只蝎子足有三尺之长，在鼓上张牙舞爪，十分凶恶。

司马承祯吓得不敢靠前，惊道："明府，蝎子从哪里来的？"

明崇俨从狄仁杰手里接过，听得太子一声惨叫，他就料定这天风道长来了，他知道对方在暗，自己在明，胜算不大，所以咬破中指在鼓壁上画了一道符咒，要这妖血变作一只蝎子。

明崇俨写了符咒，那蝎子匍匐在地上，如水渗地，这蝎子越来越小，一个人形越来越大。最后蝎子不见了，地上躺着的是个赤身裸体的童子，面如重枣，原来是血勇童子。

司马承祯简直看呆，半天他才道："你这是什么法术，我怎么闻所未闻？"

明崇俨顾不上给他解释，道："我们赶快去看太子吧。"

太子躺在床上面色苍白，血不住地流出来。

大理寺卿孙典跪在一边面如土色。

天后一脸怒气，见得明崇俨进来，喝问道："是谁要杀太子？"

明崇俨道："是妖道天风。"明崇俨一直怀疑这天风是天后派来的，天后要想取代太子登基，就必须免了太子之位，但要免李弘的太子之位，必须证明他不是太上老君转世，要把当年树立的神话都推翻，而天风现在做的事情就是这个。

但今天早上所有桃符上都写了污蔑天后的话，明崇俨就怀疑这是李贤所为，嫁祸太子，他才是最大的受益者。所以明崇俨刚才在牢房里让太子说出"女主大唐，千秋吉祥"的话，让李弘向天后示弱，将天后拉在自己这一边，换得众人出狱。

果然，天后看了一眼李贤。

李贤微微一笑却不说话。

司马承祯也道："桃符上大不敬的话也是这妖道所为，意图嫁祸太子。"

李贤自己把头低了一下。

天后叹息一声，什么也没有说话。

这时候十几个太医气喘吁吁地跑来了，对太子一阵救护。

天后长舒一口气，让众人把李弘抬入宫内，她和天皇要亲自看着他痊愈。

太医包扎完毕，太子疼痛稍稍缓解，睁开眼来，看一眼天后，指指大理寺卿。

督无咎当即会意，大声道："天后，这大理寺卿在太子危难之际，竟然一人逃跑，这狄评事位置虽卑，却忠于职守，舍命保护太子。"

天后满腔怒火，正无处发泄："着中书省拟旨，将孙典打入监牢，任狄仁杰为大理寺少卿，暂管大理寺。"

说完，也不等狄仁杰谢恩，起身便走，路过明崇俨身边，偷偷向他伸了三个手指。

明崇俨明白，那是约他三更前往。

七

晚上，起了北风。

明崇俨没有往日见师姐的心情。

他想起那天风道长喊他男宠，莫非他也知道自己仰慕天后？

他走过昭明殿的柏树旁，左边天皇柏依然树立，天后柏只剩下了一个树桩，明崇俨愣了一下，对那树桩道："我一定为兄台复仇。"

明崇俨走进大殿，师姐已经在这里了。

她一脸威严地问道："你什么时候砍掉那棵天皇柏？"

明崇俨躬身道："天风道士是你的人吗？"

天后"哼"了一声："我的人怎么会在桃符上污蔑我？"

明崇俨道："那他就是李贤的人了？师姐到底是要干什么？利用李贤攻击太子吗？"

天后狠狠道："贤儿也不足大用，他只为自己当太子，竟然利用桃符污蔑我。我让他去掉太子老君转世的名头，他竟然要杀死太子……"

自己猜得不错，是天后要李贤攻击太子，去掉他身上老君转世的光环，只是她光想着自己，却忘了李贤的私心……明崇俨苦笑一声，轻轻道："师姐何苦说这样的话，太宗时玄武门之变，兄弟血流成河，即便当今圣上能登皇位，还不是在于李承乾和李泰斗得两败俱伤，他才收了渔翁之利。如今您身为皇后临朝，与天子并称‘二圣’，已经非常了不起了，您要做天子，想必流血更多……”

“流再多的血我也不怕……”天后愤怒地打断他，随即又柔声道，“有你在我身边不就行了？”

明崇俨的心立刻就软了，他看着师姐点头道：“我自然要帮师姐。”

师姐的手放在他脸上，低声道：“你今天做得就特别好，我知道李弘的话是你教他说的，只不过以后不要说什么‘女主大唐，千秋吉祥’，我要你说‘女主武皇，千秋吉祥’。”

明崇俨一惊：“天皇会不高兴的。”

师姐笑了一声：“除了你对我好，就是天皇对我好了，天皇打算把皇位禅让给我。”

明崇俨惊得抬起头来。

师姐笑了：“把你都吓成这样，朝堂之上那些大臣肯定更会反对，当年我做个皇后他们个个儿都反对，那个褚遂良在皇帝面前都把头磕出血了，还有那个长孙无忌，我跟陛下亲自去他家里送了一车金银财宝，他都不同意我当皇后，他们就见不得女人比他们强。”

明崇俨知道师姐说起当年的痛事，他也不说话，把头靠在师姐身上。

师姐这才说道：“那个天风道士我也控制不住了，你要把他杀掉，元日的时候献上太上老君的灵符，上面要写着‘女主武皇，千秋吉祥’。用太上老君堵住这些大臣的嘴。”

这时候师姐说什么，明崇俨都是无法拒绝的。

八

元日。

丑时，天还一团漆黑。

宫城门口却已经亮得如同白昼，这里一排灯笼高挂，地上还烧着火盆，旁边堆放着宽大的竹子，武士将其投入火中，发出啪啪声响。

官员们就聚集在宫城门口，穿着崭新的衣服，相互道贺。

看着别人拱手道贺，督无咎却不能。

明崇俨让他拎着一口大箱子，而且要他须臾不离身。

别人给他打招呼，他只能点头示意，算是答礼。

八十岁的丞相刘仁轨给他拱手，他也只能点头，刘丞相非常不满地看他一眼，督无咎内心一凛，这要影响仕途啊。

明崇俨在他一边看着，紧紧盯着他，就不让他放下。

督无咎生气道："这箱子里是什么啊？"

明崇俨小声道："是献给天皇、天后的礼物，若是天皇、天后高兴，不比丞相高兴好？"

督无咎连连点头，将箱子好好拎了。

实际上这里面是他驯服的妖身之蛊，也就是天风所称的血勇童子。

明崇俨也不给任何人拱手，他叉手立在一边，算是行礼。

猛然抬头看见宫城门上挂着一排鲤鱼幡，随风飘摇，十分漂亮，他忽然心想那天风道长不会还用风筝冒充太上老君吧？

丑时末，宫门大开。

在丞相的率领下，众人进入，走到昭明殿。

这里已经摆下座位，每人桌前放屠苏酒和五辛盘。

丞相宣读对天皇、天后的贺表，听着佶屈聱牙的辞章读完，已是卯时，明崇俨几乎要睡着了。

天皇、天后从后面走出，天后今日一身朝服，华丽之中满是威严，明崇俨不由得看痴了。

天皇赐众人坐，明崇俨也没反应过来。

百官都坐下了，明崇俨还站着，天皇笑道："洛阳令，你要献诗吗？"

明崇俨这才醒悟过来，下面就该官员给皇帝献诗了，自己不献上，的确失礼，正不知如何回答。

天后笑道："明府帮太子找到了老君灵符，有意献上。"

明崇俨一愣，他找司马承祯做了一道灵符，让贺知章用小篆写了"女主武皇，千秋吉祥"。但那字迹清晰，一看就是假冒的，正考虑是否要拿出来。

忽听有人哈哈笑道："他有什么老君灵符？灵符在我这里。"

明崇俨立刻听出是天风的声音。

众人四下看去，却不见有人。

立刻有一群武士跑进来，护在天皇、天后左右。

"莫怕莫怕。"天风的声音故作苍老状。

天皇怒道："是谁？"

天风道："我是你的祖先李耳，太上老君啊。"

"玄元皇帝？"天皇惊道，"何不显身相见？"

天风道："吾之患，在吾有身。我千年修炼才没有身，怎能相见？"

明崇俨苦笑，这话他倒学会了。

天皇道："你有何话讲？"

天风道："我特来为你降下灵符。"

天后有意拉住天皇，不要他说话。

李贤站出来道："父皇，老君前几天在南市显灵，天后前几日也梦见老君灵符，正好老君到来，何不看看？"

天后怒道："明府已然找来符咒，这人脸面都不露，谁知他是什么样的人？"

李贤爹着胆子道："那何不让他二人都献上符咒，是真是假一看便知。"

天皇点点头，对明崇俨道："明府献上你的老君灵符吧。"

明崇俨心下有了主意，自己这灵符拿出来必然会被他认为是假的，不如先看他的，当即端起屠苏酒一饮而尽道："酌彼兕觥，明崇俨恭祝天皇、天后万寿无疆。那就请他先说出灵符吧。"

天后见他也这么说，料想他有了办法，便不再坚持。

天风道："我的灵符在外面那棵柏树里，当年我种下柏树就把符咒藏了进去。砍伐掉那棵树，自然可见。"

他居然拿另一棵柏树说事，想必之前就已经令妖蛊童子化作蠹虫钻入，刻出来字眼，自己虽然手里也有一个血囊，就在他手上箱子里，但此刻去更改，恐怕也来不及，这天风必然防备甚严。

天后却露出惊喜之色，自从天后柏倒掉，他就让明崇俨设法砍掉天皇柏，难道这无形之人也是明崇俨安排，她心下大安。

天皇道："正好，两棵柏树倒掉一棵，正觉得不雅观，那就砍掉吧。"

李贤高兴得出门招呼人。

天风的声音道："那我就告退了，我在兜率宫中必然佑我大唐千秋万代。"

说完，没了声息。

明崇俨料定他还没走，一定在这周围，心中有了主意。

当即起身道："我愿为天皇、天后奉上节目。"

天后以为他自有计划道："那就请明府上前。"

明崇俨从督无咎手里拎过那口箱子上前。

他拍拍箱子，一个小孩钻了出来，上前给天皇、天后叩头："恭祝天皇、天后福寿万年。"

天后道："这是何人？"

明崇俨笑道："他可不简单，他能上三十三天兜率宫中去……"

显然是接着刚才那声音的话说的，众人哈哈大笑。

明崇俨有意激他出来，但天风却不为所动。

明崇俨接着道："他名字叫东方朔，字曼倩。"

众人笑得更厉害。天皇笑得一阵咳嗽道："明府，他能上天偷桃吗？"

明崇俨郑重道："自然能啊。请天皇、天后移驾到宫殿外面，我让这东方朔上天偷桃去。"

"好啊。"天皇大喜，他知道明崇俨是要表演幻术了，好久没有这么高兴了，立即宣布摆驾宫殿外。

众人走到殿外，此时天色已亮，东方浮出朝霞，皇宫内的蜡烛尚未熄灭。

一片彩霞迎曙日，万条红烛动春天。

明崇俨站在人群中间，从箱子里拿出一条绳子，往天上一扔，那绳子如同有人牵引，笔直往上伸去，一直到地下的绳索飞尽，离地一人多高，往上看，上头没入白云深处。

这正是他新学的神线索。

"东方曼倩。"明崇俨道，"请你到天上为陛下摘下桃来。"

东方朔纵身抓住绳子就往上爬去，越爬越高，渐渐不见人影，过了一会儿，只见这绳索被拎了上去，明崇俨解释道："这因为我这绳索不够长，他要在云里，再往上伸。"

他说着拿眼神看旁边，几个工匠已经开始拉锯。

明崇俨暗暗着急，他这法术表演到这里还不见天风干涉，这家伙真能沉得住气。

他有心利用自己的妖蛊咒来控制天风手里的妖蛊童子，但毫无用处，只要天风活着，他的符咒不去，自己就干涉不了。

明崇俨仰天观看，把内心的焦急伪装成对东方朔的担心。

忽然天上扔下一条血淋淋的胳膊，明崇俨大吃一惊道："坏了，被看桃园的董双成发现了。"

他焦急地往上看去，又一条胳膊扔下来了，随后是一条腿，又一条腿……最后是一团绳子从半空掉了下来。

众人这时已经完全入戏，全部屏住了呼吸。

天皇焦急道："明府，那桃朕不吃了，只可惜这孩子。朕赐你一百贯钱，你把他安葬了吧。"

明崇俨跪下道："谢陛下。"随后他自己笑了又道，"只是这孩子既然叫东方朔，自然是不死之身，他稍后便能复活。"

"复活？"天皇指着一地的尸骸问道，"这怎么复活？"

明崇俨将这些尸骸捡到箱子里，吃惊道："怎么少了人头？"他四下查看，没有头颅。

明崇俨面上焦急，心下大喜，这头颅一定是被天风控制了。

他盼的就是他能出手，这"东方朔"身上的每一块他都施了隔空取物符。

只要他能控制了头颅，他就驱动人头从口中吐出一张隔空取物符。

这就等于给猫挂上了铃铛，猫还不知道。

明崇俨脸上还是焦急得很，哀求道："我知道座中有高人，请把我这孩子的头颅给我，明某再不班门弄斧。"

他是对着众官员说的，官员们面面相觑，不知怎么做。

李贤哈哈笑道："明崇俨，看来你失手了啊。"

明崇俨对着箱子里的躯壳，故作悲伤道："曼倩啊，我学艺不精害了你啊。"他定了一定道，"我给你种一颗头颅出来吧。"说着拿出一颗瓜子放在那孩子脖颈间，口中默念，随即见一棵小苗长了出来，渐渐而成藤蔓，藤蔓上结出一个小小的瓜来，那瓜越长越大。

李贤道："你不是要结出一颗人头来吗？"

明崇俨笑道："我用这颗瓜给陛下谢罪吧。"

明崇俨对督无咎道："督少府，借一把刀来。"

督无咎不知明崇俨在玩什么把戏，早看晕了，听他叫自己，显然是让他在二圣面前表现，当即从身边的武士身上抽了一把刀。

明崇俨一指那瓜道："打了开来。"

自然这瓜也是妖蛊所化，督无咎一刀砍下去，那瓜"咔"的一声开了，飞出一群漂亮的蝴蝶，在人群上空翩翩起舞。

众人惊喜得一阵鼓掌。

自然这刀砍在西瓜上，隔空取物符也就作用在天风的脖颈上。

明崇俨焦急地四下看去。

随即听得殿上"咕咚"一声，咕噜噜一阵声响，两颗人头滚落，一个正是那小儿东方朔，另一颗正是那天风道士，随即"砰"的一声，身躯也滚落了。

众人再没有心情欣赏蝴蝶，惊叫一声散开。

明崇俨走上前来，大声道："大家不要怕，这是我斩杀的妖物，这妖物就是刚才装神弄鬼冒充太上老君之人，刚才阻止小儿东方朔上天为陛下偷桃，已经被我斩杀。"

李贤不知道怎么回事，但见得这道士被杀，大怒道："明崇俨，你休要巧舌如簧，这明明是个人，怎么是妖物？"

明崇俨看一眼天后，天后对他点头，显然对他斩杀天风道士十分赞许。

明崇俨大声道："不信你扒开他的衣服，看看里面是否有狐裘。"

督无咎早认出是妖道天风，当即上前扒开衣服，果然这人身上穿着白色狐裘。

明崇俨心下一阵大痛，这肯定是李目的身体，他能隐身不见，明崇俨就料定他穿了。

李贤怒道："那只是他的衣服，他自己也没有变啊。"

天风一死，妖身之蛊便无人控制，明崇俨顺利画了符咒将其他三个蛊童掌入手中，他发现，天风竟然将他手里另外三副血囊里所有的妖血都派了进去。

这棵大树随便锯开一段上面都写着"天子当贤"——言下之意，天子当是李贤。他这片刻之间，还无法让这些妖血重新组字，看着那棵大树即将被锯开，正想着将妖血全部收回，听李贤这么纠缠，突然有了主意。

明崇俨道："这是一个千年狐妖，死而不显原形。只有千年柏树才能照出他的真形。"

"对啊。"不等李贤说话，八十多岁的宰相刘仁轨大声道，"我想起来了，《搜神记》中有记载，就是有个千年狐妖天天去找张华，最后被张华砍了燕昭王坟前的一棵千年柏木，烧了照出他的原形，这才捉拿住。"

群臣之中多是读书人，立刻都想起了这个故事，纷纷点头。

天后趁机道："难怪他要伪装成太上老君砍掉这棵柏树，原来是毁灭证据，幸亏明府斩杀了他。"回头令道，"来人，将这棵大树浇上油，烧了看看。"

"不要啊……老君灵符……"李贤还要说什么。

天后严厉道："什么老君灵符，都是妖孽之言。"说着搀扶起天皇道，"最近陛下身体不好，日日头疼，想必跟这妖孽有关。"

天皇连连点头，也道："快烧了，看看这妖孽的原形。"

立刻有武士将油泼上，将火点了起来。

这百年柏树本来就富含油脂，加上又浇了油，立刻便烧了起来。

火光炙得人脸生疼，众人纷纷后退。

只剩下天风的尸体躺在那里，火光映照在他身上。

李贤气急败坏道："明崇俨，你勾结……"他话说了一半，生生逼了回去，又道，"我看你才是妖人，怎么这尸体没变成狐狸？"

明崇俨看着火光起来，有心施出符咒，要妖血退散，入树太深，半天不见动弹，心下正焦急，听李贤发怒，他更生气："把他尸身扔到火里就行了。"

天后立刻接口，令道："按明府说的去做。"

督无咎几步上前，抱起这道士尸身扔到火里，明崇俨已然将那众妖血调动起来，众妖蛊化作一只硕大的狐狸，在火光里冲天而起。

众人"啊"的一声惊叫。

那些妖蛊飞出，明崇俨正在想如何处置。

李贤彻底歇气道："明崇俨，你的老君灵符呢？"

明崇俨笑道："一会儿有人奉上。"

他随手一挥，众蛊飞出，散入寻常百姓家。

大火烧了半个时辰，有武士拿水桶灭了。

天皇今日大为开眼，心下高兴，他也累了，正要解散，忽听有黄门太监奏道："洛阳百姓献上祥瑞，不知何故，挂在门口的桃符上写了字。"

天后一惊忙问："什么字？"

那黄门将桃符奉上，上面是墨色的字迹写着："女主武皇，千秋吉祥。"

天后大喜道："是所有桃符都写上了吗？"

黄门点头称是："百姓都聚集在宫门口给您献上祥瑞呢。"

天皇看武则天一眼："媚娘，这是天意啊。"

天后紧紧握住天皇的手说不上来话。

当天天皇、天后看了祥瑞，赏赐了百姓和百官。

尤其是明崇俨和督无咎，二人各获赏绸缎百匹。

九

出得宫门，李贤拦在门口怒道："明崇俨你污蔑那道士是狐妖，你知道他是谁吗？"

"谁？"

李贤狠狠道："他叫郭居真，是郭璞的后人，你居然说他是妖，郭家不会放过你的。"

原来是郭璞的后人，明崇俨顿时明白他为什么懂得妖蛊之术，冷笑一声："什么后人，都是妖人！"

"妖人？"李贤急了，"你又算是什么人？"他声音压得特别低，"你身为臣子勾结我母后，意欲帮她称帝，你俩的事以为我不知道吗？”

明崇俨心下一惊：“你知道什么？”

李贤低声道：“郭道士盯着那妖怪很久了，那妖怪知道你什么，他也就知道你什么，我也就知道你什么。”

明崇俨脸色一变，知道多说无益，转身道：“君子坦荡荡，小人长戚戚，你知道又能怎样？”脚下使出驭风神行之术，转眼不见。

明崇俨回到县衙，瞥一眼门口的桃符，却见这上面的字是：“人歌小岁酒，花舞大唐春。”

明崇俨一愣。怎么不是“女主武皇，千秋吉祥”？

却见司马承祯搀着贺知章走了出来，贺知章满嘴酒气道：“我早就说这桃符光光的板子挂在那里，多不好看，我就觉得应该写上字，今天都说天降祥瑞，竟然跟我想的一样，就在上面写上了字。只是吧，这句子太俗气了，老天爷也拍马屁，没劲。你看我写上的这两句，多好听，多好看，以后你们家里的桃符都让我来写字。”

原来是他捣的乱，明崇俨一把扶住他道：“贺兄说得对。我与和贺兄喝酒去。”

四人一口气饮酒到天黑，都已经醉了。

半夜醒来，明崇俨忽觉满屋流光溢彩，他以为是那些妖蛊飞了出来，仔细看全是萤火虫，五颜六色，环绕在众人周围。

明崇俨不觉痴了。

○推背图

冀州雌鸡化为雄……明州雌鸡化为雄……松州雌鸡化为雄。

——选自《旧唐书》

楔子

大年初五。

督无咎来到洛阳城北的深山里。

他带着三百金吾卫士兵来这里砍树。

天后说要在上元日立一棵三丈高的灯树，为太子李弘祈福。

督无咎自告奋勇地带队来了。

这里是龙门山，他们乘船而来，沿着洢水南下，两岸都是高山。

冬天的山野到处都是荒凉，落叶满山，树的枝丫高耸，仿佛要刺破苍穹，偶尔几抹绿色，是山上的松柏。

不时还见几处山上的石头被打磨平滑，雕刻着各种佛像，不过本朝崇道，佛像上已经爬满了树藤和苍苔。有一尊大佛的头上堆满了落叶，一阵风吹过，掀起一片落叶，大佛的眼睛露了出来，历经百年，依然有神，漠然注视着他们，督无咎不由得内心一凛。

督无咎向大佛鞠躬，暗道：“保佑太子康健。”

他靠着明崇俨的关系和太子交往，自以为将来必是从龙之功，可太子被刺，命在旦夕，自己的努力可要付之东流，本来元日休沐还没有结束，但是他自告奋勇来这里砍树，天皇、天后大为赏识，把他这从七品的官职升为正七品了。

但是正七品的官职在这些金吾卫士兵眼里也算不得什么。因为这些士兵平时侍奉的都是皇帝和皇后，即便金吾卫将军也是五品以上。

如今被这么一个小小的县尉率领，他们内心不服。

这一路行来，士兵们打双陆打发时间，整条船上，除了六十多岁的老向导对他毕恭毕敬，其他人压根儿就没把他放眼里。

督无咎很是生气，他来的时候跟明崇俨要了一张猿猱符，贴在身上便可如猿猱一样翻山攀崖，一会儿让他们见识一下自己的厉害。

但是船走了两天还没有到，督无咎除了百无聊赖地看风景，无所事事。

好在下午就到了。

督无咎满心欢喜地跟着向导过去，他要用符咒为他们展示一下自己的本领。

但是下船才走了两步，就是一片平坦的树林，全是大树。

士卒们拿出工具开始砍伐，完全不用攀越，督无咎恨恨地将符咒放了回去。

众人把树装上船，天色已经全黑了，只好休息一晚再走。

不料当晚突发狂风，北风咆哮，竟然将他们的船缆绳吹断，沿着水流把他们往南吹了几十里，好不容易才稳住。

第二天早起，向导吓得先拜山神，又拜水神，这才出发。

督无咎掐指算算，今天是正月初八，他们回去还要两天，怎么也要初十了，赶忙令大船加快行程。

船往北走，逆流逆风，全靠士卒划桨，慢了许多。

督无咎在船头眺望，恨不得一步就回到洛阳城。

船行了一阵，转了一个弯，水面陡然变窄了。窄得只能一条船通过，两岸都是光溜溜的绝壁，一眼望不到顶，让人心生寒意。

督无咎仰面观望，若有人在这里把守，可真是据着天险，一夫当关，万夫莫开了。

忽然他看见左侧山崖上挂着一个黑色的大箱子。

督无咎看了半天，问道："那是一口棺材吗？"

向导是个六十岁的老人，胡子花白，他躬身道："这是仙人换骨匣。"

"什么？"督无咎一时没有反应过来。

向导说："那是仙人换骨匣，据说就是神仙升天之前，在这里换掉俗骨，然后登天而去。"

督无咎哈哈笑了："那我们要是爬上去，是不是就登天了？"

向导也笑了："都是假语村言，当不得真，我们就看着绝壁悬棺，不知道是什么，自己瞎想的。"

这正是展现自己本领的时候，猿猱符正好用上，督无咎突发奇想，明崇俨有一个化骨为幻的法术，我何不上去看看，若有骨头让明府看看是不是真有成仙之事，当即令道："停船。"

有士卒将锚扔下去，督无咎指着悬崖上的匣子道："我上去看看是否有成仙之事。"

那向导大吃一惊，赶忙劝阻："使不得啊，这悬崖如此之高，别说爬不上去，就算爬上去也会摔得粉身碎骨的。"

督无咎微微一笑，将符咒暗暗贴在脚上，他纵身一跃，便有一丈之高，半空之中便瞅见崖壁上一块能容手的地方，他的手往崖壁上一搭，脚居然也牢牢扣住崖壁，他在崖壁上往上一纵，身体又前进了一丈多。

下面的金吾卫不禁都看傻了。

督无咎几纵之下，已经在崖壁上化作一个小黑点，他们才齐齐叫出一声好。

督无咎这时候已经到了这匣子边，这才看清楚，崖壁上钉了铆钉，这匣子用钢链子挂在铆钉上。

督无咎往匣子里看了一眼，这箱子里只有两小截白白的骨头，下面还压着一张卷成轴的黄绢。

督无咎跳进去，拿起那根骨头看了看，似乎是两截胫骨，不过一截陈旧，一截似乎是刚刚取出。

打开那黄绢，只看了一眼，吓得把黄绢掉在箱子里，黄绢里还裹着一卷书，也滚落出来。

督无咎愣了愣神再拿起那黄绢，上面写着："李淳风携李弘换骨处。"

李淳风？不是明府的师父吗？人人皆知的李神仙。

这里竟然是他带着太子李弘登天的地方！那李弘，岂不是……

再看着那两截骨头，难道那陈旧的骨头是李淳风留下的，这截新的是太子的？

督无咎半天才回过神来，再看那卷书，卷首写着《推背图》，名字好奇怪。

展开来看，开头写着李淳风、袁天罡作，留赠明崇俨。

袁天罡也是如雷贯耳的名字啊，此书竟然是他俩合著，分量不轻。居然还是留给明府的，看来李神仙算好自己会来。

翻开看看，里面都是一幅画下面配几行字，督无咎完全看不懂。

他将书放入怀里，想了想，又把两小截骨头也装起来。

纵身一跃跳下来，半空之中，轻攀崖壁，减缓落势，再次跳跃，如此三番，最终稳稳落在甲板上。

船上的金吾卫士卒一起对他鼓掌，纷纷投来敬仰的目光。

督无咎想着刚才的骨头，有种不祥的预感。他一点也高兴不起来，要求赶快开船。

众人纷纷问他那匣子里是什么。

督无咎犹豫了一下道："里面是空的，什么也没有。"随后不肯再说，他只要求众人赶快开船。

逆流而上，四天才到洛阳南郊。

岸上有人一袭白衣等候着，手中持着的节也飘着一根白布。这是宫里的使者，督无咎赶忙上前见礼，这人道："太子已薨，所拉木头存在此处，不必再拉入城。"

太子果然死了，督无咎有些伤心，正想着回去见明府，把那骨头和书交给他。

那太监又道："天后有旨，着督无咎进宫。"

一

初七上朝日。

诏令洛阳五品以上官员全部觐见，明崇俨是五品，自然也在此列。

他本想给天后请假，但是天后不允许，还说要他在朝堂上一展化骨为幻的本领。

化骨为幻就是用一根死人白骨，加以符咒，付诸火焰，就能从火光处幻出他生前印象最深的一件事。

几天前明崇俨跟她提起过这种法术，还自嘲说这法术却毫无用处。天后却大感兴趣，说无用之用才是大用。想不到这么快就要用上了。

明崇俨满腹狐疑地跟着大臣们一起进入大殿，惊奇地看见天皇也上朝了，他脸色蜡黄地靠在龙床上。

自然群臣先对二圣舞拜。

完毕之后，众人分站两旁。

往常这个时候，天皇就要说祝福的话，但是今天，天皇摆摆手，显然没有精力说那些话。

天后笑道："今日新年首日上朝，理应歌舞以贺，但我有一个更有趣的节目给大家看。"

一名内侍托着一个盘子走了进来，盘子上还盖着一块红布，不知道下面藏着什么。

内侍走到明崇俨近前，站住不动。

天后道："明府施展你化骨为幻的本领吧。"

明崇俨这才知道今天自己的这个法术代替了歌舞。

他上前揭开红绫，露出一截骨头，是人胫骨，旁边还有一张纸、一支笔。

不知这主人背后藏着什么故事，明崇俨当初研习这个法术的原因就是好奇。

一开始他是想看看历史上成为绝响的场景、渐渐成为传奇的人。他想去看看刘伶是怎样醉酒的，他也想去看看嵇康是怎样打铁的，他更想看看西施到底有多美，去漆园看看庄子有多逍遥……

但是先贤的骨头他一根也找不到。

他从乱葬岗弄来骨头，看到的都是小民的悲凉，有卖女儿那一刻的撕心伤痛，有替儿子收尸的入骨悲凉，更有夫妻生离死别的哀怨凄惨……

他不知道这根白骨后面藏着什么故事。

这新年上朝，万一上演一出悲凉就不好了。

他看向天后，天后微微点头，示意他放心，道："明府的化骨为幻能显出骨头主人生前记忆最深刻的一幕。"

众大臣一阵哗然。

天后又道："这骨头是我乳母的，她逝世多年，去年为她重修坟墓，我让人带了一根陵墓中的骨头，本为纪念，但听说明府有此法术，正好相见一番。"

原来如此。

明崇俨心下坦然了，既然是天后的乳母，天后的父亲是应国公，想必没有什么太过悲凉的事。

明崇俨向天后点头。

他拿起笔在纸上画了一道符咒，将那符咒贴在骨头上，然后接过托盘放在地上，摆手让那内侍退下。

口中默念几句，那骨头上突然腾起一团火光。

众人齐齐"啊"了一声。

明崇俨袍袖挥过去，火光不见了，众人面前站着一个三十岁左右的肥胖妇女，旁边还拉着一个两岁左右的小男孩。

"阿姆。"天后突然站了起来，叫了一声。

原来这妇女就是她的乳母。

天皇也不由得坐直了身体，问道："那这男孩是谁？"

天后笑了："是我啊。那会儿家父让我穿男装。"

众人齐齐“哦”了一声，眼睛都盯在了小男孩身上。

明崇俨不由得多看几眼，果然眉目之间已经有了师姐的神色。

这时候有个小童跑进来说：“前院来了个看相的，阿耶让你带着小空去看看。”

“小空是谁？”天皇好奇道。

天后面露羞涩小声道：“我乳名菩提空。”

天皇哈哈笑起来：“这乳名好听，让我想起母后的乳名观音婢……”

“陛下。”大臣之中走出一人，打断他道，“陛下，乳名乃是私事，朝堂之上不要提及长孙皇后名讳。”

这是中书令郝处俊，天皇看他一眼，只好闭嘴不谈。

明崇俨听得天后小名菩提空，十分好奇，本想听他二人谈下去，想不到被这人打断了。

众人的目光只好再投向那幻影。

就见那乳母领着菩提空走到前厅，这里站着五六个人。

天后噌地站起喊了一声：“阿耶。”

有认识的，中间一个身材高大魁梧的人乃是应国公武士彟，也就是天后的父亲。

立即有人又认出来，喊道：“这不是袁天罡吗？”

武士彟对面一个人，身材清瘦，一身青衣，明崇俨见过，正是袁天罡。

原来那看相的人是他，众人立刻好奇了。

武士彟道：“袁大师，你说我这几个孩子都最大不过官至刺史，不过是保家而已，那你再看我这个孩子。”说着一指天后。

小小的女孩好奇地看着袁天罡，袁天罡上下打量他几眼，一脸惊奇之色，对菩提空道：“你过来。”

菩提空咯咯笑了，她往前走了两步。

袁天罡跪在地上仔细观察，越看越是惊奇，又有些疑惑，嘴里嘟嘟囔囔道：“不应该啊，怎么可能？不对，一定有问题……”

武士彟好奇道："大师，你看到了什么？"

袁天罡站起身来，对武士彟道："你这个孩子龙睛凤颈，富贵不可言说，只可惜是个男孩。"

武士彟大吃一惊赶忙道："若是个女孩呢？"

袁天罡摇头道："若是个女孩，贵不可言啊，不可限量。"说完他苦笑一声，摇头道，"怎么可能，怎么可能？"转身走了。

武士彟愣在当地，一把抱住菩提空，自言自语道："我弃商从戎，看来这富贵都要靠你了。"

火焰熄灭，人像渐淡，终于看不见了。

众人还在呆呆地看着。

郝处俊第一个打破了沉默，他道："天皇、天后，圣人不语怪力乱神，今后朝堂上还是不做这些为好。"

天后没有理他，看向天皇，道："那就直接宣告吧。"

"原来袁天罡早就做了预言。"天皇露出欣喜之色，定了定神才说道，"朕的身体每况愈下，本来交给太子监国，太子被人所伤，无法操劳国事，有意将皇位禅让给天后……"

"不可……"天皇没说完，郝处俊就大声道，"这天下乃是太祖太宗留下的江山，岂能……"

明崇俨终于知道天后今天让这么多人进宫的目的了，让自己化骨为幻，原来是为了后面这道圣旨铺垫，只是他想不通天后是怎么知道这骨头印象最深的就是这一段。

明崇俨抬头看天后，她脸上闪过一丝怒色，立刻又恢复了平静。

天皇道："天后操劳国事，将来还会还政于太子的。"

郝处俊狠狠道："牝鸡司晨，惟家之索啊……"

这话已经十分不敬了。

天后脸上浮现出怒色，还没有说话，旁边站出一个人道："这几年先是冀州雌鸡化为雄，随后明州雌鸡化为雄，接着松州雌鸡化为雄。臣得奏报，偃师县母鸡突然变成了公鸡，这恐怕不是吉兆。”

正是雍王李贤。

明崇俨暗暗笑了一声，这几年天后掌权，就不断有母鸡变公鸡的谣言，但都是私下流传，谁也不敢拿到朝堂来说，李贤为了争位置，这话都抬出来了。

天后也笑了：“母鸡变公鸡，不知道战斗力如何啊？雍王你不是爱斗鸡吗？朕抓一只和你比比啊。”

李贤本来拿这个作为天降灾难堵住母后夺权的心，万万没有想到母后毫不在意，赶忙跪下道：“儿臣恐怕是妖异……”

天后冷笑一声，打断他继续道：“当年你还是沛王的时候，你和英王斗鸡，你手下有个叫王勃的还为你写了一篇《檄英王鸡》。”

李贤内心一阵慌乱，不知道母后要说什么，茫然道：“是，父皇大怒，儿臣将他逐出王府……”

说着看看天皇，天皇点点头，脸上露出一丝微笑，算是赞许，李贤心里踏实了点。

“好。”天后一拍御案，“我今天也要发一篇《檄雍王鸡》，我要用这母鸡变的公鸡和你的雄鸡斗上一斗。”

群臣顿时哗然。

“不可啊。”郝处俊几乎和李贤一起道，“这是妖异……”

“魔高一尺，道高一丈，妖异自然有道法管。”天后对旁边的太监令道，“传旨，着青云观主司马承祯赴偃师，查办妖异，并带回一只献朕，群臣做证，我要檄雍王鸡。”

太监领命而去。

明崇俨暗暗佩服，群臣本要以母鸡变公鸡要挟天后，没想到天后毫不在意。

看着太监走出去，他不禁也想跟着司马承祯去偃师。

可是他现在不能走，因为朝堂上一片肃静。

大臣们被天后打乱了阵脚，不知如何应对。

天皇先说了："爱卿们若无异意，这禅位诏书……"

"不可啊。"郝处俊跪下道，"太子如果无法操劳国事，还有雍王，岂能让后宫干涉朝政，莫要忘了当年吕后乱汉的事……"

这话已经直指天后，明崇俨心头一震，天后让他找吕后的不化骨，要的就是做吕后，明崇俨现在还没找到。

天后勃然大怒，呵斥道："你大胆！"

郝处俊也不看她，跪下来叩头不止。

这时李贤也大声道："请陛下以大唐江山为念……"他也跪了下来，大臣看他跪了，也都纷纷跪下。

明崇俨往后站了站，他不想参与其中。

大殿之内霎时一片叩头声、请愿声、哀号声……乱作一团。

天皇头脑内一阵嗡嗡作响，痛叫一声，躺在龙床上。

身边太监上前搀扶住，天后起身看了一眼乱糟糟的朝堂，不耐烦道："抬陛下下去！"她和皇帝一起下朝去了。

明崇俨也觉得好笑，他慢慢退到大殿门口，迈步出去。

走到外面，他深深吸了一口气，快步要走。

他要去找司马承祯，还没走到宫门口，有个太监快步跑过来拦在他前面低声道："天后要你到后宫。"

二

明崇俨原以为天后是要对他痛骂朝堂上的事，没想到却是为了太子。

天后说太子一直在胡言乱语。

明崇俨赶到的时候，太子眼睛直直地盯着虚空，问："你是何人？"然后自言自语，"原来你是他师父啊？"

明崇俨小心地问道："太子殿下，你看见了什么？"

李弘眼睛还是直直地看着上面，慢慢地说："你师父李淳风。"

师父？

明崇俨吓了一跳，师父五年前就仙游了。

他也抬头望着虚空道："师父若您驾临，现身让弟子一见。"

李弘慢慢道："他是来接我走的。"

"不要！"天后突然大喝一声。

李弘也不理母后，仍旧淡淡对明崇俨道："你师父说这几年他潜心写了一本书，回头交你昭告天下。"

"书？什么书？《推背图》吗？怎么交给我？"

明崇俨一连串问了几个问题，太子已经不再言语。

眼睛还是直直地看着上面。

半天太子才幽幽地喊了两声："阿耶、阿娘。"

这是寻常百姓对父母的称呼，皇家儿女除了年少时被父母嬉笑时偶尔这么称呼一下，长大后很少这么称呼，天后愣了一下才明白是在叫自己，赶忙道："阿娘在这里。"转身令宫女，"快去请天皇。"

天皇刚刚服了药，精神稍稍好了些，坐在胡床上被人抬了过来。

太子转头看了一眼，轻轻喊了一声："阿耶。"

皇帝流下泪来。

太子却笑了："阿耶不必悲伤，儿此去随李师父同游太清，不必挂念。不可因我之死废了上元日的欢乐。"

天皇和天后哽咽道："好，好……"

太子又道："李神仙说他为我缑氏附近卜下陵寝，请将我安葬此处。"

天皇、天后一起哽咽道："好，好……"

太子转头看向明崇俨道："明府，烦请你去一趟，李神仙说一切都已经安排好了，到时候自然有人带你去。"

师父竟然为他将墓地都选择好了，看来是专程为他而来。明崇俨悲喜交集，忍不住流下眼泪，他四下查看，忍不住道："师父，您现身一见吧。"

太子转身看向他道："李师父说你读懂了他的书，以后自有机会相见。"

"可是书在哪里啊？"

"自有人送你。"

太子说完，又对天皇、天后道："李师父要带我去换骨，儿臣告辞了。"

双目慢慢闭上，在胸前的双手慢慢滑落，天后转身大喊："传御医，传御医……"

御医们跑过来，把了一下脉，跪下就称自己无能，请天皇、天后降罪。

天后摆摆手，让他们走了。

天皇、天后决定按照太子遗愿，上元日依然不禁夜，只请高僧为太子在宫中超度。

他们下旨召重臣进宫，商议后事。

明崇俨一直想着太子刚才的话，师父竟然成仙了，还来接李弘成仙，这怎么可能？

师父生前对成仙不屑，他说仙界也不过是一个长生不老的俗世，那里也有等级，有倾轧。所以他在异界自封为宗布之神，与群鬼为伴，特别是以往那些失败的英雄如单雄信等所化的鬼魂，师父更愿意为其伸张，护其周全。

明崇俨问那还修什么道？

师父说修道就是为道，老子一书，就不言药，不言仙，不言白日升青天，他追求的就是道。

修道成仙这是后人的歪解，最可笑的修道本要无欲无为，目的却是成仙，而成仙却为长生，这才是最大的欲望，如此矛盾，天下人竟然都趋之若鹜，还不是一个"欲"字支配，身不由己。修道就是要身由自己，不受外物支配，这才是庄子的《逍遥游》。

师父还说他最喜欢孔子的一句话"朝闻道夕可死矣"，虽然儒家祖师的话，却说出修道的真谛，修道只为内心澄明，明白了死就可以，与成仙无关，他还说古之学者为己，今之学者为人，可见不光我道家，儒家也如此。

可是师父今天竟然来接太子成仙，还说写了一本书。

莫名其妙。

好在师父说他在缑氏为太子看好埋葬之地，明崇俨迫不及待要去看看了。

见天后稍得空闲，明崇俨上前请示。

天后仿佛才想起此事，点头道："那你就去吧，只不过这是礼部的职责，我让礼部的人随你前去，明晨出发。"

毕竟是为太子择陵，要经过礼部的认可，明崇俨点头称是，就要告退。天后又问道："你刚才说的《推背图》是什么？"

明崇俨想起刚才自己提到这本书，道："不过是师父当年和袁天罡一起演习五禽戏，总结出的一套背部推拿技法，说要写出来，可惜我一直没见到。"

"竟然是这个。"天后有点失望，"李师父神仙之人，怎么做华佗、扁鹊的事？"

明崇俨心头暗自叹息一声，虽然天后自认师父门下，不过是因为师父炼制不化骨让自己称她是师姐，后将不化骨全部送给尚是太宗才人的武媚娘，她求师父庇护，便自认门下。实际上她对师父太不了解，也对师父感情不深，刚才师父虚空之中和太子对话，便没见天后有任何激动之情，心头就略为失望，听她此言，心头更觉苍凉，自己多年跟随，全系当年一情所牵，只不过这情是系在谁身上，他自己也觉得有点恍惚了。

明崇俨当下淡淡笑了一下，躬身道："那我告退。"

出了宫门，天色已黑。

明崇俨突然记起这缑氏就在偃师，原本是两县，太宗时合为一县。

武王伐纣在此息偃戎师，留下此城，巧的是首阳山也在此附近，伯夷叔齐在此不食周粟。

遥想千年以前，面对武王赳赳之师，伯夷叔齐两个人以自己的倔强守卫自己的信仰，虽然觉得迂腐但也可敬。

若能找到一根骨头，化骨为幻，明崇俨倒想看看二人的风采。

他胡思乱想着来到青云观，想和司马承祯一起去偃师。

小道士告诉他司马道长接到圣旨就去了，他怏怏地走回去。

三

司马承祯接到圣旨就要出发。

出门就见一个矮矮胖胖红鼻子头的波斯人。

波斯人满脸堆笑，说得一口汉话：“我的汉名年有鱼，想跟您一起去偃师。”

年有鱼？司马承祯被这名字逗笑了，他笑着问道：“你去干什么？”

年有鱼道：“我来大唐经商，以贩斗鸡为业，大唐王侯府邸的斗鸡基本上都是我供奉的。听说天后要用母鸡变成的公鸡对战雄鸡，今后肯定各大王侯府邸都会要的，我想请您带我一道前去。”

司马承祯道：“那好吧，我带你去。”

说着冲后摆手，一个小厮身后马车上搬出三匹绫绢，快步走来，说道：“先奉上谢礼，回来后还当有谢礼。”

司马承祯笑了，他道观香火不旺，这一笔财物，想想于道法不违，便令小道士收下，笑道：“去也行，咱们不能坐马车。”

年有鱼吃惊道：“走着去吗？”

司马承祯拿了一张甲马符为他贴上，道：“这样走。”

年有鱼便觉眼前景物迅速向后流走，自己便如激流中的行船一样，直觉耳边风声呜呜作响。

正自惊恐，忽听司马承祯道：“到了。”

抬头看，已是偃师的城门了。

还没来得及打量四周景物，就闻得一股臭味。

看过去，两边道路上挂着死鸡。有些已经腐烂，散发出恶臭。

年有鱼上前问道："为什么杀这么多鸡啊？"

卖鸡的老太太道："说是妖邪之物，县令要杀的。"

路边还有个大锅，现场煺毛煮鸡吃的，一阵风刮来，鸡毛乱飞。

年有鱼吃惊道："这都是母鸡变的公鸡？"

老太太道："哪儿知道啊，反正所有鸡一律斩杀，不知道为什么公鸡越杀越多。"

司马承祯一愣，这说明真的有妖异。他快步往城里走去，要找县令问个明白。

县城里更是满地鸡毛，有风吹过，团团飞舞，县衙牌匾都被盖住了。

县令姓猴，是个五十多岁的老人，头发胡子斑白，官服上都粘着鸡毛，一脸憔悴，听说上差来了，赶忙过来行礼。

他说上个月有村民发现母鸡变公鸡的事，本不在意，想不到县丞和县尉都死了，他以为是妖异，就下令屠宰公鸡。

年有鱼急得连连顿足，直叫："来晚了，来晚了。"

司马承祯说明来意。

县令喜道："太好了。"

司马承祯一愣："怎么给天后抓公鸡？"

县令摇头："我们这里不管杀多少公鸡，次日凌晨还会有鸡鸣。"

司马承祯一惊，这果然是妖异。

年有鱼高兴道："我们今晚就去抓。"

县令苦笑："我带着人抓了几次都没有抓到。"他看一眼司马承祯，笑道，"我还说去嵩山请潘神仙呢，正好道长来了。"

司马承祯点头："今日早点安歇，听到鸡鸣我们就去抓。"

当晚他们就住在县衙。

三更天的时候，果然嘹亮的鸡鸣声响起来。

头如鸡，割复鸣。

司马承祯不知怎么想起来这句话，还真的有妖。

这鸡鸣之声似乎在西北。

县令和县尉带着人追了过去。

司马承祯和波斯人也赶忙跑过去。

走到一半，这鸡鸣之声跑到了西南，再折向西南，这鸡鸣声又跑到了身后，仿佛就在身边，一干人等举着火把往身后照过去，却什么也没有。

司马承祯不追了，眼看着县令和县尉带着一帮人跑远，他在黑暗里安静下来。

他要利用这安静来寻找妖人的动向。

果然听得一阵鸡鸣声，司马承祯手里早握了一面铜镜，镜上有符。举手照处，一道白光射出。

一道人影一闪而逝，司马承祯还是看见了一张脸，一张老翁的脸。

他这是圆光符，一旦被照，无异画影图形，摄入这镜子中。

司马承祯收了镜子就回驿馆休息了。

天亮后他来到县衙，缑县令奔波一宿，正在睡觉。

司马承祯叫醒他，给他看圆光符里的人像。

镜子里是个胖胖的老头，须发皆白，笑眯眯地看着众人。

“祝鸡翁。”缑县令脱口喊出名字，然后叹息道，“果然是他。”

“是谁？”

“这人是祝鸡翁，在我老家那儿养鸡，他养鸡之术十分奇怪，他给每只鸡都取名字，就像呼喊亲人一样，他养了上千只鸡，我们看来都一样，他却能分辨出不同，能准确呼喊出每只鸡的名字。”

“好奇怪的养鸡术。”司马承祯想起了费鸡师，想必这也是一个妖人，他问道，“你老家在哪儿？”

“在缑氏镇。”

“带我去。”司马承祯不由分说就拿出了甲马符咒，要县令带他前去。

“去了也白去。”县令摇头道，“本县要求屠杀公鸡，祝鸡翁公然抗命，竟然喝令他的两只公鸡攻击衙兵，五个衙兵被啄瞎了双眼。我调集所有衙兵前去围攻，这祝鸡翁竟然带着公鸡一夜之间消失得无影无踪。”

“公鸡攻击衙兵？”司马承祯哑然失笑。

缑县令也有些难为情道：“真的如此，他那公鸡个头儿大，嘴尖趾利，不可一世。那两只公鸡一个叫窦建德，一个叫王世充，上下翻飞，衙兵完全不是对手。”

窦建德和王世充？司马承祯忍不住拊掌大笑，这名字凶狠，非太宗皇帝不足以当之。

缑县令又道：“后来我带着五百衙兵前去围剿，他的鸡场已经全部空了，他和他的一千只鸡不知道跑到哪儿去了。”

司马承祯道：“那这晚上鸡鸣定然是他所为了。”

缑县令点头：“这母鸡变公鸡的妖异之事想必也是他作祟。”

“那我们更要去看看了。”司马承祯道，“他不会凭空消失，我们去看看就会发现一些蛛丝马迹。”

缑县令看看司马承祯的符咒，疑惑道：“道长真的是潘神仙的徒弟？”显然是怀疑司马承祯的本领。

司马承祯有些生气道：“那还有假，我师父在嵩阳观，当今天子相请，师父派我到洛阳。”

缑县令这才道：“那就好，我们去吧。”显然被那祝鸡翁的法术所惊吓。

祝鸡翁的鸡场就在城西的一座庄园里。

原本远远就听得这庄园鸡鸣之声，公鸡喔喔叫，母鸡咯咯嗒，十分祥和。

现在寂静如深夜。

他们走进去，篱笆墙内是一片荒草。

大院子中间是几间茅草屋。

司马承祯走进去，缑县令紧紧跟在他身后。

来到茅屋跟前，司马承祯伸手推门，就听得扑棱几声，一团黑影迎面扑来，司马承祯急忙向后退，却被那县令绊住，两人一起摔倒在地。

司马承祯掌心雷凝在掌心，看那黑影，已经在一边，侧头看着他。

竟然是一只纯黑色的大公鸡，这公鸡身上的毛黑得发亮，头上冠子红得似火，个头儿比寻常公鸡大出两个。

缑县令吓得头趴在地上，直叫道：“司马道长快用法术打死它，别让它啄瞎了眼睛。”

那公鸡丝毫没有攻击的意思，就那么看着司马承祯。

司马承祯站起身来，跟那公鸡对视。

那公鸡看着他，似乎有话要说。

那县令也站起来，他快步跑到屋里去，想要躲起来。他刚迈步进到屋里，就发出一声号叫。

司马承祯赶忙过去，也忍不住“啊”了一声。

屋内地上躺着一个人，一个波斯人，正是年有鱼。

他什么时候跑到这儿来了？

司马承祯上前探他的鼻息，早已没有了呼吸。

昨夜一群人找公鸡，他怎么跑到这里来了？

看来是被那妖人祝鸡翁摄了过来，难道这一切都是祝鸡翁所为？

司马承祯出门要去找那公鸡，却见那公鸡正在门口探头张望。

司马承祯快步出来，那公鸡也跑起来。他拔出桃木剑，跟着过去，那公鸡迅速向后跑去。庄院的后面是一截高墙，那公鸡飞上高墙，转头又看看他，这才跳了下去。

司马承祯纵身跃上，这墙后是一片野地，那公鸡站在野地边上看着他。

司马承祯跳下就追了过去，跟着那公鸡在山野间一路跑，他追得急，那公鸡也跑得急，他追得慢，那公鸡也跑得慢，有时候距离拉得远了，公鸡还驻足凝视，似乎在等他。

就这么跑了半天，前面是一道山崖，如刀削成一般光滑，壁立千仞，往上看直入云霄，看不到头。

司马承祯心中一喜，前面没路了，看你哪里跑。

那公鸡竟然毫不退缩，直直地跑过去，身触崖壁竟然如碰到水一样，没入不见。

这是幻术，司马承祯知道这本领，这道崖壁一定是假的，他也不停脚步，直直地追过去，“砰”的一声，司马承祯身体一阵剧痛，他结结实实碰在了崖壁上。

这竟然是真的！

他看见自己的身体倒在这崖壁下，想要起身，觉得这身体不听使唤。

忽然他发现自己怎么看见了自己！

不对！司马承祯猛然转身，他看见那只公鸡正在地上看他，他飘在半空里。

这一碰之下，竟然灵魂出窍！

难道我死了？司马承祯要扑向自己的躯壳，却“砰”的一声触碰在什么上面，伸手去摸，是崖壁。

他的灵魂进到这崖壁里，他的躯壳留在了崖壁外。

这崖壁在里往外看竟然是透明的！

听得身后一阵喧闹。

他转身看去，不禁吓了一大跳。

身后全是鸡，公鸡、母鸡、黑鸡、白鸡、五彩鸡……有上千只之多。

这崖壁之内竟然是一件大大的石室，这些鸡就生活在其中。

司马承祯恍然明白，这祝鸡翁就跑到这里了。

他大喊道：“祝鸡翁……”

“老儿在这儿呢！”话没说完，就见群鸡散开，露出在地上躺着的一个老头儿。

祝鸡翁站起身来，身材竟然不到三尺，是个侏儒。他躬身施礼道：“见过司马道长。”

司马承祯伸手想要去拿符咒，却掏了个空，这些都在肉身的衣服里。

现在的自己，赤身裸体。他也顾不上难为情，当即质问道：“你将母鸡化为公鸡，意欲何为？”

祝鸡翁看着他，摆手道："道长明鉴，那都是谣言，跟我这个养鸡的老头子何干，他们却想杀了我所有的鸡，我能让他们杀了吗？"

司马承祯一愣，母鸡变公鸡这事是听县令的一面之词，自己确无证据。

祝鸡翁又道："我实在冤枉，任他们屠杀，我就夜里令公鸡们不住鸣叫，告诉他们'头如鸡，割复鸣'。"

"那你为什么杀了年有鱼？"

"哎呀呀，"这祝鸡翁赶忙道，"可不是我要杀他，是他要杀我啊。"

"他一个养鸡的波斯人怎么会杀人？"

祝鸡翁叹口气，从怀里拿出一个卷轴道："这是从年有鱼身上找到的，你自己看看吧。"

司马承祯想要去看，奈何身体飘在空中，无法下坠，自己竟然完全无法掌控自己。

祝鸡翁冲他摆手道："下来，下来。"

司马承祯就觉一股力量拉着自己落到了祝鸡翁面前。这祝鸡翁竟然能操纵自己，司马承祯心底涌起一股冷意。

祝鸡翁展开那卷轴，上面写着："教令波斯人长孙一方督司马承祯偃师之行，查牝鸡司晨，剿陆四娘之魂。"下面盖着雍王府的印。

司马承祯顿时明白，这波斯人不叫年有鱼，而叫长孙一方，他是雍王派来跟着自己的。

司马承祯当然对朝堂的争斗有所耳闻，雍王派个人跟着也不足为奇，他看着那卷轴，问道："陆四娘是谁？"

祝鸡翁转头叫道："陆四娘。"

一只黄色的母鸡跑了过来，歪着头看着司马承祯。

祝鸡翁笑道："她就是陆四娘，本来是我的邻居，去年就被这长孙一方所杀，长孙一方不但要杀她肉身，还要毁她魂魄，她的魂魄逃到我的庄上，我就将她的魂魄寄在一只鸡的体内。"说着指了指那只母鸡。

祝鸡翁接着说："这长孙一方在我庄上没有找到，竟然要屠杀我庄上的鸡，我说那只鸡早跑出去了，他竟然要县令全城屠杀所有的鸡，这些鸡都是我养大的，亲如兄弟，我怎么能让他们杀害，于是就躲到了这里。”

司马承祯想了一下，疑惑道：“你说这都是因陆四娘而起？”

祝鸡翁点头。

“他们为什么要杀陆四娘？”

祝鸡翁看向那黄色的母鸡，这母鸡也低下头去，似乎很伤心。

祝鸡翁摇头：“她也不知道。她本来是一个接生婆，从来没有得罪过谁，原本跟着丈夫在咸阳居住，丈夫死后，一个人落叶归根，和皇族毫无交集啊。”想了一下，又道，“或许长孙一方知道。”他转身就喊，“长孙一方。”

一只黑色的公鸡跑了过来，正是刚才引着司马承祯跑来的公鸡。

司马承祯忽然明白为什么他庄上每一只鸡都有名字，也就是说这些鸡都是生人的魂魄寄托其内的。想想他刚才操纵自己身体的样子，司马承祯心底一凉：我会不会也变成一只鸡？

祝鸡翁对黑色公鸡道：“你为什么杀陆四娘？”

黑色公鸡喔喔喔啼鸣几声，祝鸡翁转身对司马承祯道：“他只是奉命行事。”

司马承祯早听说春秋时公冶长能与飞禽走兽对话，以为不过是个传说，想不到这祝鸡翁就有这本领，好奇道：“你有公冶长的本领？”

祝鸡翁连忙摇头：“公冶长是孔圣人弟子，能听懂一切禽言兽语，我可不行，我只能听懂鸡的话。”

那公鸡喔喔喔还在啼叫，祝鸡翁不耐烦道：“走走走，我不会放了你的。”

黑色公鸡扑棱飞起来，要啄祝鸡翁。

祝鸡翁转身喊道：“王世充。”

一只大红公鸡跑了过来，对着这只黑鸡就是一顿猛啄。

这黑公鸡还要抵抗，红公鸡一下就叨在他嗉子上，这黑公鸡登时老实了。

祝鸡翁夸奖道：“好样的。”

红公鸡引颈高鸣，扬扬得意。

司马承祯看得好奇："这真的是王世充？"

祝鸡翁道："王世充是兵败被杀，魂魄被太宗皇帝派人追得无处可去，我就收留了他。"

司马承祯想起那县令所提到的窦建德，想必也是如此了，万没想到一个人养鸡也能养到如此境界。他对祝鸡翁道："你放我出去查明真相。"

祝鸡翁笑了："你留在这里就能帮我请来查明真相的人。"

"谁？"司马承祯一愣。

"明崇俨。"祝鸡翁笑了，"他已经在来的路上了。"

"那要我做什么？"

"要你做一只喜鹊吧。"祝鸡翁嘿嘿笑了，说着用手一指，司马承祯就觉自己身体飞了起来，半空中他看见一只喜鹊冲自己飞来，他想要闪开，却完全不由自主，就这样他和喜鹊碰到一起。

司马承祯想要伸展双臂，却看到了一双翅膀，是灰色的羽毛，他想要说话，却发出喳喳的声音，他真的成了一只喜鹊。

祝鸡翁笑了："我虽然懂鸡语，却不懂喜鹊语啊。"

抬腿走出崖壁，看看司马承祯的躯壳，拉了进来，穿过整个崖壁，在另一侧走出来，他看着司马承祯道："我就给你埋在这里吧。"

说着竟然开始挖坑。

司马承祯眼睁睁地看着他埋了自己。

他想哀求，却说不出话来，只有喳喳的难听叫声。

四

这时候明崇俨还在路上。

洛阳第一通报晓鼓敲响的时候他就起来了。

他一晚上没有睡，许多事情他都想不通，或许到了偃师就能得到答案吧。

所以天蒙蒙亮他就准备出发了。

打开门，就见一群人站在府衙门口。

这些人峨冠博带，穿戴着整齐的官服，粗看之下，至少二十人。

明崇俨正要询问，却见有个人走了出来，上前先打招呼。

明崇俨愣了一下才认出他是贺知章，难得他穿着崭新的衣服，还没有喝酒。

贺知章道："明府，我们礼部接到圣旨，要跟您去偃师。"

后面的人一起躬身施礼。

贺知章低声道："那个穿五品官服的是我们那儿一个侍郎，一贯装腔作势、作威作福，他今天听你的，你替我教训一下他。"

明崇俨苦笑一声。

他自己前去的话，驭风神行之术，片刻即到，带着一群人要走一天吧。

那五品官走上前来对明崇俨施礼道："我们备下车马，请明府上车吧。"

众人让开，后面有十几辆华丽的车驾，前面高头大马，十分显赫。

明崇俨内心一凛，天后这是要做什么？索性道："那就走吧。"

快马加鞭，午饭也没有歇息，车到偃师界内，天色已黑。

礼部侍郎名叫刘仲义，对明崇俨倒是很客气，没有半点贺知章说的那样，上前请示是否在驿站安歇。

明崇俨点头称是。

他转身指挥驾车的人奔向驿站。

马匹飞奔几步，忽然一声长嘶立住。

就听驾车的说道："你是谁？要干什么？"

一个女子的声音道："我找明府申冤。"

贺知章在车内本来百无聊赖，他身上带了一壶酒喝完就没了，听得此事，大喜道："有人拦轿喊冤。"

明崇俨这两天经历一桩桩奇事，倒也不觉什么，他对贺知章道："你去告诉她，申冤找偃师县令，我此番不是办案的钦差。"

那女子似乎听见了明崇俨的话，大声道："本地县令审不了我的冤情。"

明崇俨苦笑一声，走出车来，早有礼部的一干官员举起灯笼，照得清楚，这是一个老妪，五六十岁，面色黧黑，两道眉毛却白得如雪。

明崇俨问道："你告谁？"

这老妪道："我告青云观观主司马承祯。"

司马道士，贺知章笑了，他才来首阳一天犯下什么事情了？

明崇俨问道："你告他什么？"

老妪道："我告他用法术斩断我的头颅。"

众人一起笑了。

明崇俨却没有笑，他看出来这老妪不是人，当即问道："司马道长在哪里？"

老妪道："他已经被我囚禁。"

明崇俨怒道："你把司马道长怎么样了？"

老妪嘿嘿一笑道："明崇俨，你为我申冤，我自然会放了他。"

明崇俨手中天蓬尺打了出去，老妪倏忽不见，天蓬尺打了个空。

就听那老妪哈哈笑道："明崇俨，我是李淳风派来找你的，他已经为你看好宝地，明日会派一只喜鹊过来接你们过去。只不过你要用化骨为幻的本领为我申冤啊。"

师父派她来的？那司马道长就是没事了，明崇俨内心稍安。

到了驿站，县尉和县令已经等候在这里。

明崇俨问了情况，县令将司马承祯遇到的事情给明崇俨讲了。

听得司马承祯一去不返，想必是师父留住他了。

明崇俨内心顿时对明天充满了期待。

这一夜，偃师出奇地安静，没有一声鸡鸣。

叫醒明崇俨的是一只喜鹊。

那喜鹊在明崇俨窗口喳喳叫着，似乎有什么急事要说。

明崇俨闪过一丝喜悦，那老妪说得不假啊。

早饭他也不吃，通知礼部众人跟着喜鹊为太子堪舆。

众人都已起身，唯独贺知章昨夜醉酒，不肯起来。刘仲义一脸怒气，碍于明崇俨颜面没有发作。明崇俨道："那就让他休息吧，不要误了大事。"刘仲义只好作罢。

那喜鹊在前面飞，众人在后面走，看到众人跟不上，这喜鹊还落在树上等一等。

礼部官员本来就善于联想，看到此番情景，都纷纷赞叹上天为太子选风水宝地。

然而一开始还在大道上，渐渐走入了山里。

道路越发曲折，这些官员平时养尊处优，哪里受过这苦，都是气喘吁吁。

有几个就开始低声咒骂这喜鹊不干好事。

在山路上走了一阵，前面连路也没有了。

众人荆棘丛中过，身上官服都被挂破了。

那喜鹊在前面还是喳喳地叫着，众人只觉得烦人了。

有人就说："明府，莫不是上了妖孽的当？"

明崇俨也不说话，只顾往前走。

众人只好跟着，一直走到中午时分。

转过一处山坳，众人眼前豁然开朗，这里是一片开阔的好地方。

背后群山环绕宛若一张龙床，前面一条溪水淙淙，如同一条玉带。

礼部的众官员都惊呆了，有几个懂风水的连连赞叹，真是上天赐予的好地方。

明崇俨的目光却始终没有离开那只喜鹊。

喜鹊落在一片草丛里，冲明崇俨一个劲儿地叫。

明崇俨跑过去，这野草丛中竟然藏着一块木头牌。

木头牌上写着六个字："司马承祯之墓"。字迹新鲜，显然是刚写的。

明崇俨大吃一惊，他一把拔掉牌子，徒手挖起来。

礼部众人赶忙都跑过来，一起帮忙。

很快挖出一具白骨。

明崇俨悬着的心落了下来，这不是司马承祯，这才一天时间怎么可能会化成白骨。

看看刚才的牌子，上面墨迹是新的。

明崇俨想起那老妪喊冤的话，这尸骨定然是她的，今日喜鹊引路过来就是为了让自己用化骨为幻之术为她申冤。

这难道也是师父安排的?

他举目四望，空荡荡的山谷，不见有人。

突然想起那只喜鹊，抬头看，不见踪影了。

这喜鹊正是司马承祯所化，今日一大早，祝鸡翁对他道："去吧，把明崇俨带来，他给你挖开坟墓，别让你的肉身腐烂了。"

司马承祯就喳喳叫着引着他们过来，他明明记得那老妪把自己的尸身埋在这里的，怎么这么快就成了一堆白骨？难道今生就只能做喜鹊了？

司马承祯正伤心，忽然觉得有东西用力拉了自己一把，再看自己已经到了石壁里。

祝鸡翁笑道："干得不错小道士，一会儿明崇俨为我申冤，我就还你皮囊。"

司马承祯这才看见自己的身体和那波斯人的身体摆在一起。

明崇俨已经开始作法。

他选了一段骨头，画了符咒，默念口诀。

众人眼前忽然出现一队人马。

旌旗招展，队伍齐整，队伍正中硕大华盖十分醒目。

礼部众人自然最清楚，这是天子车辇。

一个三十多岁的村妇被人引领着在队伍中穿梭。

祝鸡翁对司马承祯道："那想必就是陆四娘年轻的时候，我听说那时候她在咸阳一带是有名的接生婆。"

只见那陆四娘直进一个帐篷里。

一个大肚子的妇女正躺在床上呻吟，显然是快要生产了。

旁边一个人冷冷看着，众人立刻认出这是天后。

天后也鼓着肚子，也是要分娩的样子。

但是她展开双臂，从身上解下一个包裹，肚子立刻就恢复了常态。

天后对那进来的陆四娘道："快为她接生。"

村妇上前一阵熟练地操持。

天后在一旁看着，冷冷地道："你是我姐姐，我让你和我同富贵，你却做出这种事来，天子说了，这孩子算是我的，生下来之后你就不要进宫了，我会给你看看王皇后和萧淑妃的下场。"

这还涉及当年宫闱秘史……

众人一阵窃窃私语，有人立刻认出来那正生育的是韩国夫人，是当今天后的姐姐。

只不过……这孩子是谁？

随之就听到一阵婴儿的啼哭声，那村妇抱着一个孩子给天后道："是个男孩。"

有宫女接过来包裹，天后看了一眼，冷冷道："天子赐名李贤，希望他长大做个贤人吧。"

光影渐渐变无，众人却半天醒不过神来。

原来李贤不是天后的儿子，原来当今天子当年和天后的姐姐有染。

他们平常对宫廷的事都是捕风捉影，道听途说，想不到在这山野之间有人给自己上演了一场。

礼部侍郎刘仲义大声道："这是朝野虚幻之事，做不得真，大家不要信，更不要乱说。"

有人低声道："明崇俨的虚幻之术那日在朝堂上天后令他演示，一现当年袁天罡看相情景，怎么就不是真的？”

听得众人一片吵闹，明崇俨的心混乱到极点，这到底什么情况，师父让喜鹊引自己来，用化骨为幻为众人就展现一个这样的事吗？

祝鸡翁抱起那只黄色的母鸡，道：“看来这就是你被雍王追杀的原因了。”

那母鸡咯咯咯叫个不停，眼里居然流出泪来。

司马承祯也看得明白，当初师父拒绝皇帝邀请，不肯出山，便说朝廷繁杂如网，进入就难脱身。今日一见，果然如此。

他也不由得想回嵩山嵩阳观了。

忽听祝鸡翁道：“司马道长，你去把明府请过来吧。”

司马承祯忽然觉得自己躺在地上，他手掌一撑，赶忙坐起来。

这才看见自己魂魄复归身体。

走到崖壁就如同走出一扇门一样，一步便迈了出来。

外面官员们正议论得热闹，谁也没有注意到他。

司马承祯走到正在发愣的明崇俨身边，低声道：“明府跟我来。”

明崇俨看见他，吃了一惊，忽然又笑了：“是我师父派你来的吧？”

司马承祯也不解释，带着他走到崖壁，穿崖而入。

明崇俨抬眼就看见师父站在面前，手执拂尘，面带微笑。

明崇俨不由自主跪了下来：“师父，弟子想您。”

却听有人道：“明府，快起来。”

明崇俨蓦然抬头，才注意到这是一幅画像，画像旁边站着一个矮矮胖胖的侏儒。

司马承祯赶忙介绍，他也好好打量一番这画像，原来这就是李淳风。

明崇俨警惕地打量了一番周围，听司马承祯叙述一番，他才放下戒备。

听这祝鸡翁喜欢以鸡身贮亡人之魂，大感好奇，这跟自己化骨为幻有异曲同工之妙，顿有好感。

祝鸡翁却道：“明府不必惊奇，我也算得李神仙半个弟子，我从小喜欢养鸡，有一年在首阳山中了邪，李神仙路过，他为我化解，解除厄运，说是伯夷、叔齐二人怨念千载不散，游荡山林，被我撞了，所以才有邪气。李神仙还将这怨念为我转存到两只鸡身上，每日喂它们，告诉这不是周粟，这是唐粟，怨念才消了。”

这是师父的行事风格，明崇俨一把抓住祝鸡翁的手道：“那后来呢？”

祝鸡翁道：“后来他传了我驭魂之术，我就在这山野间，搜集那死有不甘之人的魂魄，为他们消除怨念。”

司马承祯笑道：“那你为什么不卖斗鸡，你这鸡可了不得。”

祝鸡翁看他一眼，摇摇头道：“我将他们魂魄贮入鸡身，就为化解怨念，让他们归于平和，倘若再去斗鸡场比拼胜负，那岂不是增长怨念？”

明崇俨连连点头称是，这祝鸡翁真的是出自师父教诲。

祝鸡翁又道：“不料去年以来，邻居陆四娘冤魂化作怨念在这里游荡，我便将她收了，谁知道还有人四处追查她的魂魄，为了除掉，不惜将全部的鸡杀死。”

司马承祯点头：“那定然是雍王了，陆四娘知道他的秘密，不但杀人还要灭魂。”

明崇俨对祝鸡翁道：“把我招来也是师父的主意？”

祝鸡翁点点头，明崇俨喜道：“那师父呢？”

祝鸡翁掏出一封信来：“这是窦建德从草丛里叼出来的书信。”

明崇俨打开来看，是李淳风的来信，说他已经成仙，此番接李弘登天，并为他选好坟地，并要他招明崇俨前来，用化骨为幻可解陆四娘之冤。

明崇俨流下眼泪，看来师父真的成仙了，见一面的希望完全没有了。

五

明崇俨在偃师盘桓了三天，因为礼部的人要对选定的地方进行全面堪舆。

明崇俨也就乐得不回去。

既然师父见不到了，见到当年师父传法之人，也是高兴。

况且这个法术，明崇俨不会。

他悉心向祝鸡翁学习养鸡之术，学习鸡语。

明崇俨问为什么不让鸡说人语，岂不省事。

祝鸡翁说他会此术，但鸡说人语会被当作妖孽，一个母鸡变公鸡的谣言就惹来一顿杀戮，若再作人言，那岂不是灭顶之灾。

想来也是，不过明崇俨也要学，他想自己会化骨为幻师姐都要派上用场，若是知道自己会让鸡说人语，还不知会让自己做什么。

明崇俨学了鸡语，每日找有趣的鸡对话。

只可惜伯夷、叔齐那两只鸡已经老去，怨念也散，明崇俨无法对话。

他问问窦建德和王世充当年怎样和太宗打仗，两个人还是不可一世，语言粗鄙，令人生厌。

只可惜他这鸡里没有一个文人雅士，都是粗鲁武将。

祝鸡翁说文人雅士心情散漫，死后有怨念的不多，所以不易找到。

想想说得有理，明崇俨当即浮一大白。

一直到正月十二，他们才回去。

司马承祯提醒明崇俨和祝鸡翁天后要带一只鸡回去的。

祝鸡翁就将那只长孙一方给了司马承祯，笑道："他既然是雍王的人，就让雍王看看吧。"

他们正月十二下午才到洛阳城。

走到城门，就有太监候在那里，传旨他们进宫为群臣展示神鸡。

明崇俨本不想去，却听那太监低声道："督少府归来，带回尊师李淳风的一本书，请你去看看。"

明崇俨顿时记起太子仙去的时候说的话，师父有本书要交给自己，居然让督无咎给带了回来，急忙赶到皇城，直接进了朝堂，诸位大臣都在这里等着。

那雄鸡一声长啼，响彻大殿。

天后道："雍王，比你的鸡如何？"

李贤颤颤巍巍，再无几天前的傲气，看来这传言已经到了皇城，低声道："儿臣家的斗鸡一见便拜下风。"

天后哈哈大笑，传令礼部将此鸡好好饲养，征天下有敢斗者。又道："督少府近日在龙门深山里得俗骨两根，仙书一卷，是李淳风当年留下的。请大家共赏仙书。"

督无咎从朝臣中走出，他捧着一个托盘，上面放着两根骨头和一卷书。

明崇俨看那书，取名为《推背图》，内心一惊，真的是师父写的吗？

他拿起翻看，第一页画着一棵李子树和一棵杨树，李子上结满了果子，杨树上的花纷纷落下。

旁边还有一句诗：河南杨花谢，河北李花荣。杨柳飞落何处去，李花结果自然成。

这是一句谶语，显然说的是今朝李天子代前朝杨皇帝的事。

再往后翻，画了一个女子，拿着一柄刀在挥舞。

旁边还配着一句诗：参遍空王色相空，一朝重入帝王宫。度尽劫波自周全，喔喔晨鸡孰是雄。

这说的不是天后吗？

这哪里是师父说的推拿之术，这书里全是谶言。

他恍然明白了，这一切都是师姐布置的，她早想好了用师父为她登基造势，只不过书名没有想好，自己那天随口一句推背图，她便记了下来，让人伪造此书。

他抬头看向天后，不知说什么。

却听天后道："明府，督少府带回此书，举朝之士无人能解读。"说着专门指了一下郝处俊，道，"高才如郝丞相也说不上来这《推背图》是什么意思。"

郝处俊叹息一声道："天后，这是妖书……"

"什么妖书？"天后大声呵斥道，"本朝仙人李淳风在你眼里是妖人吗？"

郝处俊不再言语，李淳风在太宗时就任职钦天监，做过许多神奇的事，太宗皇帝称他是神仙，怎么可能是妖人。

郝处俊不再说话。

天后又道："明爱卿，你来为他们解读吧。"

明崇俨犹豫了一下，大声道："天后，我有事情单独奏对。"

天后一愣，道："准奏，到殿后来。"

有太监带着明崇俨步入殿后一处小阁，屏退左右。

明崇俨问道："师姐，你怎能如此消遣师父？"

天后还是一脸威严："我将师父说成神仙，人人敬仰，不出几年，遍地立庙，怎么是消遣？"

"师父不想成仙。"明崇俨着急道，"他说……"

"他说什么不重要。"天后打断他，道，"当年李泰他们用金蚕蛊害我，师父为我解金蚕蛊，赠我不化骨，让我永葆青春，不啻再造，我要为他老人家传美名……"

"你是为了你自己的权势吧。"明崇俨忍不住打断她。

"大胆……"天后狠拍桌子，"你越来越迂腐了，我不为自己权势，早就被王皇后折磨死在冷宫了，我不为自己的权势，你明崇俨能坐到洛阳令的位置？我为了自己权势，也是为了师父美名，两全其美有什么不好？"

明崇俨竟然被她这威势震慑，半天说不上话。

天后又道："我让你找吕后不化骨，你找来了吗？"

明崇俨看她一眼："吕后至死也是个太后，你已经做到了她的份儿上，她纵有不化骨又有何用？"

"不愿找，就不用你找了。"天后不屑地哼了一声，竟然完全不听明崇俨的，"万回大师已经为我找到，就不劳烦你了。"

"万回和尚？"明崇俨吃了一惊。

天后点头："他此番来洛阳为太子超度亡魂，已经为我带来不化骨。"

"师姐，你当心他为你种下蛊毒啊。"明崇俨对万回和尚十分厌恶。

"我自有分寸。"天后说着就往外走，走到门口，又道，"明府如果累了，就回去休息吧，朝堂上自有人施展化骨为幻的本领来解读《推背图》。”说着走了出去。

听她这话，明崇俨自然不肯走，他要看看万回和尚怎么作恶。

他也跟着走上朝堂。

就听天后道：“明府此番为太子堪舆归来，身体劳累，不能施展法术……”

话音未落，就听有人道：“臣能解此书。”

明崇俨吃了一惊，抬头看去，一个和尚从殿外走了进来。

这和尚五十岁上下，身材微胖，光光的脑袋上五官都比寻常人大一号，眼神中精光闪烁，步伐也大，几步就走到殿内。

正是万回和尚。

他面带微笑对天后施礼：“在下西明寺主持，法号万回，虽是佛门中人，但也和李神仙有交往。学得他化骨为幻的本领。”

明崇俨刚要说“你胡说”，不等明崇俨说话，万回和尚手指挥出，先师身影就在眼前。师父面容清瘦，精神矍铄，他在案前似乎写着什么，旁边一个人看着，正是袁天罡。这时传来一声鸡鸣，袁天罡一推李淳风后背道：“你不要再算了，你把一切都算尽了，后人如我辈要怎样吃饭？”

李淳风哈哈一笑，搁笔道：“也罢。”

袁天罡道：“你这书取什么名字啊。”

李淳风道：“方才你一推我背让我搁笔，就叫《推背图》吧。”

两人相视大笑。

李淳风展开那书看了一眼，笑道：“我们推算五千年，谁曾想从一个女子开始。”

袁天罡好奇道：“这个女子是谁啊？”

李淳风道：“你自来看。”

袁天罡展开看了一眼读道：“参遍菩提色相空，一朝重入帝王宫。度尽劫波自周全，喔喔晨鸡孰是雄。这参遍空王这女子名字必有‘菩提空’三个字。”

众大臣“哦”了一声，前几天就在这朝堂之上，他们听天后说自己小名菩提空。

只听李淳风又道："重入帝王宫，看来她是要两入帝王宫啊。度尽劫波自周全，看来她无论经过多少艰难都会成功，那这喔喔晨鸡，只要能报晓，管他雌雄。"

两人哈哈大笑，笑声之中，音容慢慢变淡。

明崇俨内心涌出恐惧，这幻象绝非骨头上生出，定是这万回和尚布置好的。因为这只是师父的相貌，绝非师父在世时的言语。如此说来，自己上次在宫殿内幻化出的袁天罡相面的场景也定然是这和尚布置好的，太子临死前对话看到的也是假的，偃师的祝鸡翁收到师父的信也是假的，都是这万回和尚布下的局，那所谓的接生婆的幻象也未必是真，不过是用来打击雍王的。

明崇俨悄悄走进关押长孙一方的鸡笼，用鸡语问道："让你杀陆四娘的是哪个人？"

长孙一方的魂魄被困在鸡的身体里，一直惊恐万状，听明崇俨跟他说话，先是哀求放了他。

明崇俨道："你好生回答我，我自会放你。"

长孙一方看了一遍，兴奋道："就是天后身边那个人派我去的。"

明崇俨看过去，竟然是天后的贴身太监王福来，当即明白了这一切。

李贤压根儿就不知道什么陆四娘，他也不会去派人刺杀，这都是万回和尚和天后共同布下的局，自己、督无咎、司马承祯、祝鸡翁包括去世的师父都是他们的棋子。

李贤未必不是天后亲生，但是他让礼部官员见证那个幻象，李贤的身份就很可疑了，如果他是个私生子，继承皇位的可能性自然就小多了。

这事李贤无从求证，所以他听得这个流言只能惶恐。

明崇俨对长孙一方道："一会儿我让你说话，你只要说这万回和尚是骗子，我自会给你自由。"

长孙一方连连点头。

只听天后道："喔喔晨鸡孰是雄，说得好，你们都喜欢说牝鸡司晨，又说这母鸡化雄，朕今日捉来一只母鸡所化公鸡，我倒要让你看看与公鸡有何不同。”

“自有不同啊，陛下。”一个尖锐的声音说道。

众人循声看去，说话的竟然是笼子里那只公鸡。

朝堂之上顿时哗然，众人一起散开，围住那个笼子。

万回和尚与天后对视一眼，这不是他们计划之中的。

只听那公鸡说道：“这万回是个骗子，他骗我去杀了一个无辜的人，害得我成了一只公鸡，又编造谣言说雍王不是天后嫡出，大家不要信他。天皇、天后英明不要上了他的当，更不要用他送来的任何东西……”

话没说完，突然一声尖叫，这公鸡周身腾出一团火来，火苗瞬间就吞噬了它。

万回和尚拇指和中指还捏了个法决，显然是他发出火镝。

明崇俨看着那腾起的火，冷冷一笑，他也早备好一道符咒，暗暗发出。

就见那火光之中幻出两个人来，一个是万回和尚，另一个是长孙一方。

万回和尚道：“你去偃师杀一个人，明崇俨到时候就会幻化出太子不是天后亲生的证据。”

长孙一方道：“天后不会生气吗？”

万回和尚冷冷一笑：“用了我为她找的不化骨，天后也会任我摆布。”

长孙一方疑惑道：“真能如此吗？”

“当然。”万回和尚得意道，“世人愚昧，偏要信这虚幻之物，我能奈何？其实以天后之智早超吕后百倍，她身上自有不化骨，偏偏要舍金而求土，我就让她入我彀中了。”

火光暗下去，人影也变淡了。

这自然是明崇俨临时用符咒幻化出来的，最后这两句是他有意说给天后的，一切都是假的，但群臣不管，因为他们看到对他们有利的东西。

朝堂之上顿时乱了，一片私语声。

郝处俊第一个道：“天皇、天后，看到了吗，果然这幻术不可信，都是这妖僧幻化出来骗人的。”

李贤也跪下泣不成声："母后，这和尚离间我们母子，罪不容诛啊……"

群臣都一起跪下。

朝堂上只有明崇俨、万回站着，两人都看着天后。

天后一脸怒气，不知如何说，半天猛然一拍桌子道："我饶不了你们，退朝！"

六

上元二年六月，戊寅，立雍王贤为皇太子，赦天下。

——《资治通鉴》

○玉京出缺

帝作黄金阙，仙开白玉京。

一

句芒才是最大的幻术师。

明崇俨说这句话的时候，他站在县衙后院，半亩田地里的花儿开得正艳。

督无咎问：“句芒是哪位法师？”

“法师？”明崇俨被他逗笑了，跟督少府聊这些无异于对牛弹琴。他搅拌了一下炉子上的茶汤，据说这个在南方很流行，别人给他带了一些，明崇俨学着煮，请督无咎过来品尝品尝。

本来也要请司马承祯的，奈何这个小道士前几天号称自己创制了一道安乐符，烧成灰让病痛之人吃下，就能消除痛苦，安乐归西。明崇俨却说他这符咒让人假死，服用之后，只是鼻不吸、口不言、身不动、心不跳，却能感受到一切，倘若如此下葬，无异于活埋，且人五个时辰之后就能复活，只能在棺材里活活憋死、饿死。

司马承祯不服，将符咒卖给一个得了重疾寻死的老人，家人以为他已经死了，各方宾客吊唁，就要下葬，明崇俨拦阻说老人将要醒转，老人果然在坟墓边醒转，家人愤怒，围堵青云观，司马承祯多方筹措，赔钱了事。从此闭关研符，不再见人。

停了一下，明崇俨还是说道：“句芒是春天的花神。它长得人面鸟身，乘两条龙，主管天下草木的繁茂，还能为人增寿，当年就给秦穆公增寿十九年……”

督无咎撇撇嘴：“这神仙长得跟妖怪一样啊。”

明崇俨没理他，继续说：“你能想到这么漂亮的花儿是从泥土中钻出来的吗？这大地下竟然藏着这么多绚丽，可是你什么也挖不出来。这难道不是幻术大师？”

督无咎却摇头：“这花儿又不是假的。”

明崇俨也摇头：“你觉得它是真的，可是也就几天的时间，东风一起，便摇落成泥，这繁华美丽便成了影……”

他还要说下去，有个衙兵匆忙跑进来说：“会仁坊有人暴毙。”

督无咎看看明崇俨，对那衙兵说：“那不过是个幻觉，你说是一具尸体，但是过几个月，便腐烂成泥。”

明崇俨被他逗笑了，刚才的心情全没了，道：“快去吧，明天上巳节，坏了天后的心情，罚你俸禄半年，就不是幻觉了。”

督无咎一愣，他刚在通远坊买了一个宅子，借了好多钱财，倘若罚俸，必将无以为继，赶忙起身道：“我这就去。”

说着看一眼炉子上的茶汤，不舍道：“我回来再尝吧。”

明崇俨点点头，他才快步离去。

明崇俨再看这花儿，想着督无咎的话，觉得也不是没有道理，自言自语道：“那尸体当真是个幻影，人这一生都是幻影……”

“明府，不如归去吧。”

忽然有人大喝一声，如洪钟大吕，明崇俨的耳朵嗡嗡作响。

抬头看，四周无人。

一只粉色的蝴蝶正追着一只白色的蝴蝶，上下翻飞。

炉子上煮的茶已经滚出了鱼眼泡。

一切都那么安静。

但明明是有声音的啊。

明崇俨索性不说话，他搅拌着茶。

那声音又道："明府，天上白玉京琅嬛阁阁主出缺，随我去吧。"

这回听得清楚，这声音洪亮，但是音调尖细，如同宫里的内侍。

明崇俨内心一动，不会是师姐又要做什么吧？

琅嬛阁是天帝藏书室，若是真能赴任，也是一桩美事。

当即笑问道："可有任状？"

"有！"那声音道，"很快你就会看到。"

明崇俨看锅里的茶汤已沸，舀了一碗，嗅上一嗅，清香扑鼻，笑道："那就现身喝上一碗茶吧。"

那声音道："仙俗不同路，等你上了琅嬛阁，我自有上等好茶奉上。明府好生准备，琅嬛阁校书和正字都已经到任，你也要五天之内到任。"

言语强硬，似乎不容商量。

明崇俨有点不耐烦了，刚才与他笑谈，因为琅嬛阁乃自己倾心所在，所以开个玩笑。此人竟然要勉强，看来正如师父所说，所谓仙界也不过是个长生的俗世，上下倾轧，尔虞我诈，一个都不少。

当即冷冷道："如果我不愿去呢？"

那声音道："天帝玉旨，岂容你拒绝？"

明崇俨不屑道："如果我偏要拒绝呢？"他听得这声音在东墙，走过去，想要看看，却一无所获。

那声音又在西边响起道："那你就只能兵解而来了。"

兵解？明崇俨一愣，这是道家称呼成仙的方法，人受兵刃所伤而死，死后成仙，就叫兵解。

明崇俨一向以为这是调侃的话，想不到这人竟然拿来威胁自己。

明崇俨端起茶汤，轻轻抿了一口，入口苦涩，含在嘴里，却有一股清香之气从舌尖传来，他喝了下去，道：“这世上许多好东西我都没见过，许多好吃的我还没尝过，告诉你们的天帝，我不去。”

“好。”那声音似乎颇为愤怒，便不再说话。

“装神弄鬼。”明崇俨撇撇嘴，又咂巴咂巴嘴，这茶汤真是好东西啊，满嘴都是清香，两三口便将一碗热茶喝下去，赶忙又盛了一碗……很快茶都喝了干净，中午时分，他也不觉饥饿。忽然想起，督无咎怎么还没回来？

督无咎跌跌撞撞跑了进来。

他手里拿着个卷轴，慌慌张张道：“明府，明府，你看……”

明崇俨接过那卷轴，竟然是赭黄色的，这是皇家才能用的，这是圣旨？

打开来看，却见上面用两个大字写着：玉旨。

下书“敕令明崇俨为白玉京琅嬛阁主，敕令王子安为琅嬛阁主簿，敕令刘希夷为琅嬛阁正字”。小篆字体，颇有古风。字呈金色，还带着芳香，下面落款是白玉京吏部，盖了一个金印。

明崇俨一愣，难道刚才那人说的是真的？问道：“这刘希夷是谁？”

督无咎道：“是那个刚死的人。”

“这王子安呢？”

督无咎摇头不知。

却听有人叫道：“明府，明府。”

就见贺知章跌跌撞撞地走了进来，他拎着酒壶，身上到处都是污渍，不知道昨天晚上睡在了哪里。

他一走三晃，半天才到近前，明崇俨这才注意到他一脸泪痕，忙问：“贺寺丞怎么了？”

贺知章将酒壶递给明崇俨：“没酒了。”

督无咎乐了：“合着哭是因为没酒了。”

哪知贺知章听了这话，更加伤心，一屁股坐在地上，双脚乱踢，哇哇地哭了起来："我哭是因为没酒，没酒是因为没法见到他了，只有喝了酒我才能见到他，和他说话。"

明崇俨和督无咎都是一愣，忙问："见到谁？"

"王子安啊。"

王子安？明崇俨和督无咎互看一眼，几乎一起问道："他是谁？"

贺知章更加伤心了，双手捶胸："就是王勃啊。"

王勃？

明崇俨疑惑道："你说是写《滕王阁序》那个？"

明崇俨前几天读过此文，心中一惊。

"他溺水死了。"贺知章哇哇大哭。

明崇俨心中一颤，看向刚才那道玉旨，天上白玉京真的出缺了？

督无咎忽然明白过来叫道："明府，你是不是也快要死了啊？"

贺知章猛地停住哭泣，看了过来。

明崇俨笑道："我没事，我找句芒续命……"

贺知章也看了那道玉旨，说道："我们坊里这几天来了一个道士，他说自己九十多岁了，但是鹤发童颜，我问问他是怎么做到的。"说着快步走了。

明崇俨没有说话，看着那玉旨，想起了王勃，他吟诵道："所赖君子见机，达人知命。老当益壮，宁移白首之心？穷且益坚，不坠青云之志。酌贪泉而觉爽，处涸辙以犹欢……"

吟罢，愤愤道："这么好的才华，你们竟然容不下他。"他将那玉旨一把扯碎，轻蔑地一笑，对督无咎道，"我要抗旨了。"

有衙兵快步走进送来一封公文，明崇俨打开，是天后要在上巳节去浐阙祓禊，明崇俨笑道："正好去水边去去这身上的邪气。"

督无咎扫了一眼公文，道："我能去吗？"

明崇俨笑道："要去便都去吧。"

督无咎内心轻轻噫了一声，因为有一件事他没告诉明崇俨。

二

督无咎赶到会仁坊的时候，已经围了一堆人。

衙兵们喝散众人，督无咎走了进来。

死者是个二十岁左右的年轻人，面色白净，头戴青巾，身穿长袍，袍上打了几个补丁，大概是个穷苦的士子。

有坊正过来禀报死者姓刘名希夷，来京科考，赁居于此。有个舅舅叫宋之问，是崇文阁的学士，时常接济他。

坊正没有说完，就听有人呵斥道："让开让开。"

人群中挤进来一个身穿红袍的人，腰间挂满了玉佩，叮叮当当响个不停。

他身材高大，面容方正，只是嘴巴微微有点歪。

他一看尸身就爬上去哭道："舅舅来晚了啊。"

哭了几声，站起来对督无咎上下打量了一番问："你是洛阳县尉？"

语气让督无咎不太舒服，点点头不作回答。

宋之问又道："查明原因了吗？可是有人加害？"

督无咎摇头："还没有查。"

宋之问呵斥道："还不赶快查，白拿朝廷俸禄了。"

督无咎强压住心头的怒火，没有理他。

宋之问道："有什么结果及时呈报我。"转身走了。

仵作开始检验，剥开这刘希夷的衣衫，就发现了那件赭黄色的卷轴。

督无咎展开一看，吓了一跳。

他让仵作继续检验，带着那卷轴一人往回赶。

走到洛水边上，坊间驶来一架车子，车饰豪华，显然是富贵人家的，督无咎避让一旁，那车从他身边经过，车窗掀开，有个少女轻声喊道："督少府。"

督无咎一愣，那车窗内是个妙龄少女，肤色如雪，面容姣好，正看着他。

督无咎认得是乐坊的花迎春。

亢玉娘不在洛阳，督无咎时常光顾，每次去必找这姑娘。

只是这姑娘有时候去就音调婉转，舞姿曼妙，晚上相陪也是百般恩爱，但有时候就声音粗糙，舞姿丑陋，夜里留宿更是随意敷衍。

督无咎却反倒更喜欢，这不确定性让他充满了新奇，每次都仿佛第一次去。

今日见她媚眼如丝，想必是个可人，笑道："小娘子叫我？"

花迎春"扑哧"一声，笑起来如同花儿一样说："我不叫你叫谁？你随我来。"

说着落下窗帘，打马向前，督无咎内心一跳，脑子里转过无数想法，跟了过去。

车子走过中桥，走上了铜驼陌，陌上垂柳依依，那车子停在垂柳下。

驾车的是个大手大脚的姑娘，对督无咎喊道："我家姑娘请你上车。"

上车？

督无咎四下看看，远处有几个人正在散步。

督无咎抬腿快步上去，掀开车帘，钻了进去。

花迎春正在车里对着他笑。

车内铺着锦缎做的被子，软软的香香的。

督无咎光想要晕倒，他定定神这才坐好。

花迎春捂着嘴看着他笑，看得督无咎心里痒痒的。

督无咎问道："小娘子找我做甚？"

那姑娘说："没什么，我就是要告诉你刘希夷是怎么死的。"

"你知道？"督无咎吓了一跳。

"我不知道。"花迎春捂着嘴嘻嘻笑了。

这调皮的样子，督无咎也忍不住笑了。他竟然有点喜欢这种被戏耍的感觉。

花迎春说："你为什么最近不来了？"

督无咎苦笑道："我买了一处宅子，没钱了，我家娘子也快过来了。"

花迎春撇撇嘴："我猜也是这样。"说着递给他一团东西道，"拿着。"

督无咎道："什么？"

花迎春呵呵笑了："送你一桩富贵。"

“富贵？”

“对。”

督无咎忙看手中，竟然是一张纸，打开上面是一首诗：洛阳城东桃李花，飞来飞去落谁家。洛阳女儿颜色好，坐见落花长叹息，今年花落颜色改，明年花开复谁在。年年岁岁花相似，岁岁年年人不同……

下面竟然还有一首诗：谁把青红两条线，和风甘雨系天腰。只因玉皇銮舆出，万里长空架彩桥。

督无咎一愣：“你这是什么意思啊？”

花迎春笑道：“明天上巳节你自会知晓。”

督无咎还要再说什么，花迎春却板起脸道：“督少府，请下车吧。”

外面赶车的粗壮姑娘已经掀开了门帘。

督无咎悻悻地下了车。

花迎春探头出来说：“如果有人问你谁给你的，你就说刘希夷托梦。”

“刘希夷？还托梦？”

花迎春莞尔一笑，放下车帘。

督无咎呆呆地望着她走远，他嗅得身上一股淡淡的香气，不禁有些沉醉。

半天要走，却见马匹没了。

好在铜驼距离县衙不远，他快步跑了回去。

听得明崇俨说起上巳节，自己也能去，内心咯噔一下，难道真的有富贵？

三

泭阙距离洛阳有三十多里路，天不亮就出发了。

督无咎揉着惺忪的眼睛问道：“平时不是在洛水边吗？怎么这次去这么远？”

明崇俨摇头，心想：师姐的性情是越来越古怪了。

回头看看，此次随从的官员有百余人，几乎是所有京官了。

忽然一个灯笼伸到两人眼前，距离两人脸不足半尺，晃得两人睁不开眼。

明崇俨正要发怒，那人将灯笼撤了回来，道："原来是洛阳令和洛阳尉。"

督无咎听出来了："宋之问？"

宋之问道："正是，我问问你，我外甥是怎么死的？查清楚了吗？"

督无咎道："还没有。"

宋之问说了一声"无能"，打马走了。

明崇俨听说过此人，他是崇文阁学士，本和自己平级，最近天后选拔北门学士，他是其中之人，据说诗词深得天后喜欢，为人也跋扈起来。

明崇俨苦笑一声，师姐大概已经不需要自己了，他好久没有进宫了，他想起昨天的那道所谓的玉旨，若真的是琅嬛阁出缺，去也不错。

行了一程，天渐渐亮了。

道路两侧垂柳依依，绿树红花间蜂蝶飞舞，明崇俨心情顿时好了。

日上三竿的时候，他们到了龙门山脚下，就见一个胖大和尚等在那里。

万回！

明崇俨一眼就认出他来，瞬间他就明白为什么天后要到这里来了。

肯定是他的主意，上次化骨为幻，天后生了自己的气，也对万回起了疑心。今日此来，看来天后又要用他了。明崇俨内心微微泛起酸意。

万回和尚引着皇帝的车辇向前，走到一处宽阔地带，这里远处桃李花开，红白相映，近处是一个大大的花园，各色花儿开得正艳，真是万紫千红。

就在这花丛之中，他们引了洴水过来，绕着花丛成了一条小河，几经曲折，又流归洴水。

天后走下车辇，身后是太监搀着的天皇，两人坐在一处小亭中，天后道："招呼大家坐下。"

万回和尚朗声道："天后赐座。"

众大臣走近，就见这水边都安排好座椅和酒水。

明崇俨心想：这万回和尚看来还用了不少心思呢。

他和督无咎挑了一个僻静处坐下。

天后站起来将一枚鸡蛋沉入面前的水流之中，道："祝我大唐国运昌隆。"

那鸡蛋在水里几经沉浮随波逐流而去，快要流归浐水的时候，突然一只五彩斑斓的公鸡跳了出来，飞在一处高石上，喔喔啼鸣。

众人一起鼓掌。

万回和尚对天皇、天后拱手道："这是天下大吉之兆啊。"

天后撩起水给天皇身上点了几下，又道："祝天皇身体康健。"

天皇这一番折腾，已经十分劳累，勉强带出笑容。

天后环视四周一阵，笑道："大好春光，诸位爱卿可有佳句？"

"有。"宋之问第一个站起来道，"我最近作了一首诗。"

"哦。"天后笑道，"读来听听。"

宋之问笑道："今日上巳节，自当有歌舞，微臣已在乐坊调教歌伎。请天后准微臣演奏。"

"有心之人。"天后夸奖道，"那还不演奏起来？"

宋之问回头道："送上来吧。"

一队红红绿绿的歌女走了进来，在花丛中站好，宛若一簇簇的花儿。

最后一个女子抱着琴走了进来，唯独她穿了一身素衣。

正是花迎春。

走上前来，对天皇、天后深施一礼，坐下来，摆弄琴弦。

音律一出，四周女子舞动，舞蹈倒也平平无奇。

明崇俨有点失望，却听女子唱道："洛阳城东桃李花，飞来飞去落谁家。洛阳女儿颜色好，坐见落花长叹息。今年花落颜色改，明年花开复谁在……年年岁岁花相似，岁岁年年人不同……"

这词听起来怎么这么熟……督无咎猛然想起来这少女昨天给自己的那张纸，他赶忙掏出来，赫然正是昨天那纸上写的内容。

这是什么意思？督无咎想不明白，抬头想跟明崇俨说，明崇俨却正看得入迷，督无咎随即将那纸收了起来。

明崇俨完全被花迎春的歌声吸引住了，她音调先是明快，后面越来越低沉，让人顿生人生短促，韶华易逝的悲凉，稍有文辞修养的官员都被带入意境之中，天后的眉头都渐渐皱了起来。

听得这女子唱到“宛转蛾眉能几时？须臾鹤发乱如丝”，天后对着河水，理了理自己的头发。

这女子唱完，一个礼部的官员大声道：“宋学士，你这词调过于悲凉，怎么能今日献给天后？”

宋之问一脸紧张地看向天后，天后勉强笑了笑：“真是好词啊，也无甚不妥，今日就当提醒大家及时行乐吧。”回头对身边的内务总管道，“赏学士锦缎三匹。”

宋之问的脸色这才放松，赶忙谢恩。

明崇俨也大为佩服，这宋之问得天后恩宠也是凭的真才实学，对他刚才的恶感完全消除了。

万回和尚上前道：“贫僧也有一点伎俩献上。”

明崇俨突然有种不好的预感，天后笑着点点头，示意他开始。

万回和尚道：“都说洢阙叫龙门，可知道这里有龙吗？”说着手向前一指，道，“天皇、天后请往河上看。”

滚滚向前的洢水突然转向，仿佛一股绳子被人拧了一样，开始在水面转成了一个大大的圈。

这圈越来越大，越来越大，激流的河水似乎被一只大手拉住了，用力往这河水中间陷，形成一个旋涡。

这旋涡越转越大，如同水底藏着一个无底深渊。

洢水似乎也不甘，哗哗的流水声，变成低低的呜咽。

许多靠在前面的官员都开始往后撤，后面的官员也一脸紧张。

明崇俨看一眼万回，万回也正看着明崇俨，露出微微一笑，明崇俨却没有理他，转头看向水面。

旋涡已经越来越深了，“嘭”的一声，这旋涡中一股水柱蹿出，直冲天际。

众人都发出一声惊叹，声音未落，却见这水柱半空中拐了弯，发出一声怒吼。

这水柱中竟然藏着一条龙。

一条青色的龙。

这龙在半空中扭动身体，水滴四溅，众人的身上、脸上都是水。

这龙似乎很为这个恶作剧得意，它在空中咆哮一声，龙尾一摆，滑到众人近前。

万回和尚道：“明府，看看这是不是一条真龙。”

那龙猛然冲到明崇俨近前，与明崇俨和督无咎一臂的距离，伸手就可触到。这龙的嘴角动了动，一团腥臭的热气扑面而来。

督无咎吓得连退几步，明崇俨一把拉住了他。

明崇俨知道万回是恨他上次坏了他徒弟利用锁骨菩萨养龙的事，所以拿这龙来证明自己。

明崇俨往前近了一步，与龙对视，这龙没想到明崇俨不怕它，倒是有点意外，转头看万回，万回瞪了它一眼，它又转头盯着明崇俨。

这龙的犄角跟御花园的大鹿差不多，眼睛大得像皇宫上的门环，嘴巴两边的胡须最为特别，竟然是红色的，根根如小指粗细，还特别长，伸到了脑后。

这胡须做成琴弦不知怎样?

明崇俨突然笑了，他突然伸出手臂，两只手各抓住一把龙须，用力一拉，拔下一把胡须。

这龙万万没有想到明崇俨会这样，当即吃痛，张口向明崇俨扑了过来。

明崇俨早料它如此，将两手的胡须放在一起，双手拉开，听得“啪”的一声，这胡须俨然在他手里成了一股皮鞭。

明崇俨将这鞭子往前一递，恰好卡在这龙的嘴里，这龙更愤怒，身上用力向前拱去，明崇俨自然不如他力气大，侧身闪过，顺手抓住了龙角，纵身一跃，跳上龙背，那龙口里的龙须还没有吐出来，明崇俨又一把抓住这龙须，从后勒了过来，使劲儿系在龙角上，完全成了一根嚼子。

这龙万万想不到今日竟有浅海之运，愤怒之中笔直地往天上冲去，直上云霄。

明崇俨听得风声从耳边呼啸而过，白云瞬间就触手可及了，低头看去，就见群山起伏、郁郁葱葱，浉阙狭窄如门，浉水如一条碧带，从浉阙中间穿过，兴奋得接连大叫。

地上众人都完全惊呆了，天后却拍着桌子笑道："好一个明崇俨！"

万回和尚本要给明崇俨闹难堪，万没想到却让他出如此风头。

忽见那龙从天上笔直落下，"砰"的一声钻入浉水，水花溅在众官员身上。

明崇俨紧闭嘴巴、眼睛，任这龙往水里钻去。

这龙却在水里越钻越深，明崇俨明白它是要淹死自己，当即从靴子里掏出一把匕首，在龙项间刺了过去。这一刀下去，扎了个窟窿，不见血流，水反倒往窟窿里咕咚咕咚灌进去。

明崇俨吃了一惊，将刀子在这龙项间又划了一下，将那窟窿剫大，却见更多的水灌了进去，一团飞虫从这窟窿里钻了出来，立刻在这水中给冲走了。

这龙是假的！

明崇俨细看手里龙须，在水里渲染开来，分明是细细的丝线搓成的。

看着那些在水里飘散出来的飞虫，长着长长的透明翅膀，仿佛是蚊虫，比蚊虫要大好多。

他猛然想起一个词：饕蚊。

用毒蛇喂养大的蚊虫，不但吸人血，还会吃人骨肉，据说流放南方潮湿之地的人见过这种蚊虫，当地有土人能操纵训练，攻击敌人，所过之处，血骨全无。

看来这是万回和尚训练的蚊虫，他将这些放在蛇囊之内，伪装成龙的模样，在这里哗众取宠，偏偏遇见自己这个不信邪的。

明崇俨看见这蚊虫淹死这么多。又拿刀划去，岸上众人已经看见水面上漂了一层虫子。

万回知道发生了什么，急忙发令要众饕蚊奋力往上爬。

明崇俨就觉这龙尾猛摆往上游去，里面饕蚊千万，一起发力，明崇俨自是拗不过。

这龙猛地冲出水面，掀起一阵水花，往天上飞去。

明崇俨识破它的伎俩，忽然想这万回和尚费了这么大力一定有所图。他细看龙耳里，藏着一根红色卷轴，一把抽出，打开来看，竟然写着“天命所归，圣人李贤”。明崇俨冷笑一声，这李贤当了太子也不消停。

他将卷轴放回，喊道：“放我下去。”虽是对龙所言，实则是说与万回。

万回唯恐他放跑了所有饕蚊，赶忙指令往下飞来。

这龙咆哮一声，冲破云霄，向下飞来，稳稳落在岸边。

众人正紧张地观望，看那龙驮着明崇俨从云霄冲下，不由得一起鼓掌。

明崇俨翻身下来，他故意拍拍龙角，说道：“你这长虫。”

暗暗告诉万回，他已经知道了一切。

这龙咆哮一声，冲天而去，往山间飞去。

明崇俨正要坐回去，忽听李贤喊道：“明崇俨，今日上巳节，万回大师招龙庆贺，你却卖弄伎俩，坏了天皇、天后兴致。”

明崇俨长舒一口气，今天自己也算表演了降龙，这龙都被他降服了，自然他那卷轴也无法呈现了，太子本来就和明崇俨颇有嫌隙，这下更以为他是故意破坏。

明崇俨躬身施礼：“失礼失礼。”

李贤转身对天皇、天后道：“儿臣新从突厥学了一种刀法，想和洛阳令对舞一番。”

说着举起一把十分古怪的刀，整个刀身弯曲几如圆月，刀刃向外，白如霜雪，阳光之下，寒光闪闪，仿佛月光。

天后点点头。

李贤提着刀就走了过来，明崇俨看着那刀，不由得赞叹道：“真是好刀啊。”

李贤走近他低声道：“这是我专门为你准备的。”

明崇俨内心一凛，想起昨天花园那神秘声音让自己兵解，莫非是太子这把刀？他冲天皇、天后道：“臣不通刀法，无法与太子对舞。”

天后倒是很爽快，道："也罢。"

早有几个武将站起来喊道："我来与太子对舞。"

走下场来，李贤有些无奈，随意点了一个人，挥舞兵刃，跳了起来。

太子的刀舞倒真是猎猎生风，看来颇下了一些功夫，明崇俨内心却是有些不舒服，看来太子这刀法是为自己所练了。

太子舞毕。万回站在水边喊道："孽畜，出来。"

水里完全没有动静。

万回怒喝一声："这么快就忘了本，现形出来。"

这青龙在水里探出半个头来，不敢出来，万回道："还不出来？"

这龙低吟一声，突出一片水来，钻进河里，再也不出来了。

众人哈哈大笑。

明崇俨也笑了，刚才那龙飞往山间了，水里恐怕只有一只龙头，这一切都是万回自己表演出来的，原来他还是个百戏高手。

那水汽弥散在半空中，阳光照射之下，显出一条彩虹来。

宋之问突然喜道："我得了几句诗，献给天后。"

天后高兴道："如此美景，自当有佳句。"

宋之问指着彩虹，吟诵道："谁把青红两条线，和风甘雨系天腰……"吟诵一半，又作苦思冥想状。

督无咎猛然记起来，这也是昨天那女子写上的诗啊。刚才看天后赐宋之问绢帛就非常后悔没读，这一次再也不能错过了，当即看了一眼，大声道："只因天后銮舆出，万里长空架彩桥。"

宋之问顿时愣住，这正是他要读的句子啊，沉吟一下就是为了表现出是现场所作，万万没想到，被一个县尉先给读了出来。

天后拍手道："好诗，好诗。末尾两句最好。"

这两句其实也未必好，只是恰恰应上当下场景，又说是天后銮舆出，正好讨得天后欢心而已。

天后当即令道："赏督少府百匹绫罗。"督无咎大喜，赶忙磕头谢恩，这百匹绫罗足够他偿还所借的钱了。

宋之问狠狠地盯着督无咎，仿佛督无咎偷了他的钱财。

回去的路上，宋之问的马匹靠近督无咎愤愤道："你那两句诗是怎么从我这里偷去的？"

明崇俨也好奇，只是没机会问，也好奇地看着督无咎。

督无咎想起那少女的话，笑道："是刘希夷托梦告诉我的。"

宋之问脸色大变，愣了一下，打马而去。

待他走远了，督无咎将那少女的事一一说了。

明崇俨也陷入了沉思："琅嬛阁出缺的事情没有搞清楚，怎么又出来个少女？"

快到洛阳城的时候，天已经黑了。

对面一匹马快步跑来，到天后车辇旁禀告道："中书令郝处俊去世。"

群臣一阵骚动，郝处俊是朝堂上公开反对天后的人，大家都想看看天后的反应。

天后传旨道："赠开府仪同三司，荆州大都督，厚葬。"

又有一匹马飞奔而来，禀报道："其家墙凸显金字，敕令郝处俊为白玉京仆射。"

明崇俨吓了一跳，这郝处俊也是白玉京的人选？

大后的声音道："着洛阳令明崇俨，青云观主司马承祯查验清楚。"

明崇俨心想：没有您的旨意，我也要查验清楚。

四

明崇俨赶到郝处俊家的时候，司马承祯已经到了。

明崇俨笑道："司马道长出关了，安乐符研制出来了？"

司马承祯不理他，眼睛盯着墙上看。

明崇俨看过去，墙上是一排金灿灿的字：敕令郝处俊为白玉京仆射。

跟自己那道玉旨上的字完全一样，他当时生气撕了粉碎，没有细看。他正要上前去看，司马承祯说：“不用看了，是花粉。”

明崇俨嗅了嗅，这金字还带着芳香，果真是花粉。

“这是什么花粉？”

司马承祯说：“我请花匠看了看，是好几种花混合而成的。”

明崇俨笑了：“这说明不是神仙啊。”

司马承祯摇头：“我问遍众人，这花粉字是在大庭广众之下，一笔笔显现出来的，仿佛有人执笔而写。”

“莫非是隐身术？”明崇俨道，“有个千年狐妖告诉我，用千年狐妖的血画出来的隐身符就有这功效。”

司马承祯看他一眼，没有说话。

两个人去看了一眼郝处俊的灵柩，死态安详，脸上还带着一抹笑容。

明崇俨看看司马承祯问道：“道长以为这真的是成仙了吗？”

司马承祯道：“我道家讲究白日飞升，郝相国这番死去，怎么能是身登白玉京了呢？”他口中喃喃道，“再说了，身登白玉京，那也得我们这样修道的，一个儒家的人，怎么可能呢？”

显然是心里不服气。

明崇俨倒被这小道士逗笑了，他四处看看，一无所获，正要走，忽然有人跑过来道：“不好了，吏部的侍郎刘弘毅也故去了，墙上显出金字‘敕令刘弘毅为白玉京秘书郎’。”

明崇俨和督无咎对视一眼，施展驭风神行之术，瞬间到了刘弘毅家里，尚未查验清楚，左千牛卫大将军高镇北又死去了……

一晚上连死六个高级官员，墙上无不浮现出金字，死者都是面带笑容，笑得很诡异。

司马承祯看到最后都呆了："白玉京难道真的出缺？白玉京到底发生了什么？"言语焦虑，又带着嫉妒，恨不得白日飞升上去看看。

此时已近三更，明崇俨困意涌上来，连打几个哈欠，对司马承祯道："道长，我要回去歇息了。"司马承祯却还沉浸此事当中，又要回去查看尸体。

明崇俨也不管他，自顾自地回去了。

走过一个坊门，就见一群人骑着马匹，马匹上横放着一个姑娘。

这姑娘嘴里一直喊着："让我下来，让我下来。"

是强盗？明崇俨上前喝问道："你们干什么的？"

马上的人认识他是洛阳令，赶忙下马作揖道："明府，我们宋学士府上的，奉宋学士之命将乐坊的这个人带回去问话。"

说着还将火把照过去，果然是今天中午在河边演奏的那个女子。

明崇俨侧身让过，继续往回走。

走到府衙，督无咎正在等着他，旁边还站着个姑娘。

第一眼这姑娘面熟，再看，大吃一惊问道："你怎么到这里来了？"

这姑娘正是刚才宋之问家奴马上抓走的那乐坊女子。

话一问出，他就觉不对，这姑娘再快也没这么快啊。

这里面一定有问题，明崇俨的脸色恢复了平静。

督无咎赶忙道："这是乐坊的花迎春姑娘，就是她赠我的诗句。"

明崇俨故意上下打量一番，笑道："逢春之花，最艳之时。"

这女子却吓得立刻跪倒在地，浑身哆嗦道："不知儿犯了何罪？"

明崇俨看向督无咎问道："督少府，你吓了姑娘？"

督无咎赶忙摆手："没有，没有。我是叫她来说说，她为什么给我那两首诗。"

花迎春更害怕了，声音都颤抖了："少府说的这些我完全不知道啊，宋学士说了，倘若泄露出去，要打死的。"

明崇俨将她搀扶起来："此事与你无关，你且回去吧。"

这姑娘接连磕了三个头，起身匆忙走了。

督无咎皱眉道："怎么又这样，忽冷忽热的。"

明崇俨笑道："送诗那个人根本不是她。"

"那是谁？"

明崇俨道："我们去问问宋之问不就知道了？"

到了宋之问府邸门口，上次李目送给他的妖血还留着，明崇俨画了个隐身的符咒，两个人直接进了府门，登堂入室。

正堂上灯火通明，宋之问坐在胡床上，他面前站着一个女子，正是花迎春。

督无咎差点儿叫出声来。

明崇俨摆手，指指那个女子，让他细看。

督无咎这才发现两个人虽然相貌一样，但神情完全不一样。

刚才那个花迎春一脸麻木，只是唯唯诺诺。

这个花迎春，眼睛滴溜溜转，像是一个孩子，一脸好奇。

督无咎恍然明白自己经常感觉这人变化大，原来是两个人。

宋之问皱着眉头问道："你为什么将我的诗句送给督无咎？"

"我喜欢他啊。"花迎春嘻嘻笑着，还吐了吐舌头，做了个鬼脸，又说，"好喜欢他身上的味道啊，好想跟他睡在一起啊……"

明崇俨笑着看督无咎一眼，督无咎一脸惊喜，他也没想到有这魅力，见明崇俨看他，倒有点不好意思了。

一个姑娘公然说这样的话，宋之问斥责道："不要说这样无耻的话。"

"喜欢一个人就无耻？"花迎春露出一脸不屑，"你天天在天后面前写那种肉麻的诗，难道就不无耻……"

这歌女竟然什么都知道。

宋之问的家丁怒道："宋学士面前不得无礼！"

姑娘竟然白了那家丁一眼，那家丁当即怒了，举起手里的鞭子在花迎春身上打了一下。

这花迎春“啊”的一声痛叫，喊道：“好！你竟然敢打我？”

“一个乐坊女竟然敢说这样的话？”宋之问冷笑一声，“他打你怎么了？一个乐坊女，打你怎么了？”

花迎春看着他，脸上涨得通红，“呸”了一声，道：“打我，我让你死。”

宋之问忍不住哈哈大笑。

花迎春噘起了嘴，双手在墙上挥舞了几下。

明崇俨立刻惊得张大了嘴巴。

那墙上竟然显出一行字来：“敕令宋之问任白玉京淘粪奴。”

字呈金粉色，还带着一股淡淡的香味。

这不就是郝处俊等六个今天死去官员墙上的字吗?

竟然是这个女子所为!

明崇俨内心一阵狂喜：看来就要真相大白了。

他对这姑娘倒充满了喜爱之心，竟然要让宋之问去当淘粪的奴才。

宋之问看见这字，脸色大变，他不是去怕当淘粪的奴才，他也知道今天死去的人家里墙上都有这几个字。

他站起来一把抓住花迎春：“你是谁？”

“她是谁不重要，重要的是你快要死了。”

万回和尚竟然大步走了进来，花迎春看见他，大叫一声“师父”，钻到他怀里，哇哇地哭了起来，像个小孩子一样。

万回和尚轻轻拍着她的头说道：“别怕，别怕，没事了。”

明崇俨和督无咎互看一眼，万回和尚竟然有这么一个女弟子？明崇俨顿时明白了，所谓的白玉京招募官员不过是万回和尚做出来的噱头，其真实的目的就是杀人。

宋之问也是一脸好奇地问道：“大师，这是……”

万回和尚道：“这是白玉京的仙使，为白玉京招募仙人。”

他看一眼墙上的字，也忍不住笑了，但立刻表情又严肃了，说道：“既然上天征召了你，赶快收拾一下，明天就上路吧。”

宋之问差点儿跪下来，赶忙求饶：“大师，看在我在天后面前让你重拾信任的分儿上，您饶了我吧。”

“不是我不饶你，”万回和尚冷笑一声，“这是天命，我有什么办法？”

言语中，已经走到大门口，宋之问的家丁还要拦阻，万回看也不看他们，家丁手里的鞭子触碰到他，就像甩在钢刃上，立刻断裂成几截。

万回抱着花迎春走出宋府，消失在夜色中。

宋之问看着墙上的金字，呆呆发愣，自言自语道：“难道我要死了吗，难道我要死了吗？”

忽然有人拍了拍他肩膀，他不由得吓了一跳，回头看去，竟然是洛阳令明崇俨和洛阳尉督无咎。

五

明崇俨听他和万回和尚对话，明白了七八分两者之间的关系。

但是他还没有弄明白刚才这少女花迎春是谁，怎么是万回的弟子。

他决定现身出来，对宋之问道：“跟我说实话，或许可以不死。”

宋之问今日在龙门见过明崇俨的手段，连连点头，道：“这万回和尚让我替他在天后面前多多美言，还让我今天在龙门作伤春的诗句。”

原来读“年年岁岁花相似，岁岁年年人不同”是万回和尚指定的，命题所作竟然也写得这么好，明崇俨对他又多了一层好感。又问道：“花迎春你原来知道吗？”

宋之问愤愤地说：“我当然知道，她歌喉最好，所以我将新作的两首诗都给她看了，教她唱歌，谁知道她恋上了督少府……”说着看了督无咎一眼。

督无咎不由得整整头上的冠，有点得意地点点头。

明崇俨却很失望，宋之问知道的比自己多不了多少，起身要走。

宋之问一把拉住他，声音都带着哭腔：“明府，少府，您今晚就留宿在寒舍吧，我怕万回和尚杀我啊。”他双膝一屈，跪了下来，再也没有今日的跋扈。

明崇俨看看天色，已经快要三更了，他看一眼督无咎，督无咎道：“我们还没吃饭。”

宋之问转身就吩咐下人备下酒席，督无咎这才笑道：“明府要不就吃了饭吧。”

明崇俨点头道：“也好。”

宋之问大喜，吩咐厨房按照最好的规格来给贵客准备。

稍时饭菜备好，果然十分丰盛，许多饭菜督无咎闻所未闻。

宋之问拿起酒壶要亲自为明崇俨和督无咎斟酒，大门忽然被推开了，一群兵丁冲了进来。

为首一人是大理寺少卿狄仁杰。

狄少卿看见明崇俨和督无咎在此，微微吃了一惊，随即看向宋之问，大声道：“宋之问，有人告你谋杀士子刘希夷，跟我们去大理寺。”

刘希夷？明崇俨和督无咎手里的酒水差点儿洒掉了，看向宋之问。

宋之问面如土灰，浑身战栗，哆哆嗦嗦道：“万回这秃驴竟然告我……”

言下之意，这人似乎是他杀的。

明崇俨走过去问狄仁杰道：“少卿，怎么回事？”

狄仁杰躬身施礼道：“我大理寺接到密报，说宋之问喜欢士子刘希夷的一首诗，要刘希夷让了给他，刘希夷不答应，他竟将刘希夷压死了。”说着拿出一张纸，递给明崇俨，“就是这首。”

明崇俨接过来看，上面竟然是：“洛阳城东桃李花，飞来飞去落谁家。洛阳女儿颜色好，坐见落花长叹息……”

明崇俨一直好奇，宋之问这人品怎么能写出这么好的诗句来？原来竟然杀人夺来的。他愤愤看向宋之问。

宋之问怒吼道：“这是万回诬告我，他说让我给天后读伤春的诗，他还说让我回头再送给天后一粒丹药，永葆青春，今天他去告我，他是要自己独占这份功劳……”

他刚才竟然没有对明崇俨说实话。

狄仁杰打断他，呵斥道：“你只要说这人是不是你杀的……”

宋之问歇斯底里喊道：“不是，不是……”

狄仁杰又道：“是不是，大理寺自有公论，跟我们走吧……”有两个公差上前押住宋之问。

狄仁杰对督无咎道：“督少府，此案本该洛阳尉管辖，但此案告到大理寺，大理寺就要询问。听闻少府之前正在调查刘希夷的死因，不知可有发现？”

督无咎想了想道：“我看了死者，从外表看不像压死的。”

狄仁杰皱眉道：“那明天我们就开棺验尸吧。”

宋之问喊道：“不用验尸，不用验尸，真不是我杀的。”

狄仁杰也不理他，对明崇俨和督无咎作揖行礼，就要告辞。

宋之问大叫：“我要见天后，我要见天后，你们没有资格审问我……”

“住嘴！”明崇俨打断他，盯着宋之问道，“是不是你杀了刘希夷，正不知道该怎么办，这时候万回和尚出现了，他说能帮你将尸体伪装，只要你帮他在天后面前美言几句，然后你们两个在上巳节约定做一场戏出来，你吟诵这‘代悲白头翁’，他为天后献上驻颜之药；他为你造雨雾做彩虹，你再吟诵出那‘万里长空架彩桥’的诗句来，是不是？”

这番话明崇俨完全根据宋之问的只言片语推出来，在后花园里传声让自己去琅嬛阁也必然是这万回捣鬼，不过没有必要给宋之问说这些。

就见宋之问一脸吃惊，愣了一下又喊道：“不是我，不是我……”

狄仁杰对明崇俨这番推论也十分信服，拱手道：“明天卯时开棺验尸，请明府少府一起来看。”

说完便带着人走了。

督无咎转身指着一桌子饭菜问道：“明府，这还吃吗？”

“当然吃了。”明崇俨已经坐下来，拿起了筷子。

六

第二天一早明崇俨和督无咎就赶往刘希夷家。

一进会仁坊明崇俨就觉不对。

坊里站满了道士。

督无咎悄悄叫来坊正，询问怎么回事。

坊正也不知道，说："今天一开坊门就进来了一群道士，询问刘希夷家在哪里。我还以为刘家请来做法事的道士，这些道士口音还不一样，我还说刘家这是怎么请来天南海北的道士。"

明崇俨细看这些道士，果然他们的道袍式样不一，新旧不同，颜色深浅也不一样，相貌大是迥异，不像是来自同一个地方。

狄仁杰快步跑过来，对明崇俨施礼道："见过明府。"

所有的道士一起看了过来，仿佛被同一根绳子所牵一样。

明崇俨吓了一跳，环顾一圈，果然自己是众道士的目光所在。

狄仁杰也注意到了，小声道："明府，我问了两个道士，他们说来见证一件大事。"

大事？明崇俨皱了皱眉，自言自语道："难道我是那件大事？"

狄仁杰拉住他道："休要管他们，咱们进去开棺验尸。"

拉着他进了刘希夷家。

这些道士竟然也都跟了过来，狄仁杰手下有衙兵头领喊道："大理寺办案，无关人员退下。"

有衙兵就要推这些道士，一个身材高大的道士喊道："凭什么司马承祯能进去，我们就不能？"竟然是四川口音。

司马道长来了？明崇俨快步走进去。

司马承祯正站在院子里，面色沉重地看着刘希夷的棺木。

明崇俨上前招呼，他抬头冷冷看一眼，嘴角动了动，想说什么，最终还是忍住了。

这时外面的道士都嚷起来了："我们要进去看……"

司马承祯纵身跃上房顶，道："好了，我跟你们一起远远观看。"

立刻有十几个道士纵身落在他身边，和司马承祯站成一排，道："好。"

有法术不好的，竟然搬了梯子爬上来。

司马承祯对身边的道士说："这小小屋脊受不了这么多人，把他们打下去吧。"

这十几个道士说道："好。"

一人身形飞起，在梯子边轻轻一踹，梯子便掀翻过去，正在爬的道士纷纷跌落。

这道士的身体像鸟儿一样，在空中盘旋了圈又落回屋顶。

看来都是高手了。

明崇俨更加好奇，他们到底要干什么？见证什么大事？

狄仁杰却丝毫没有被打扰，对仵作摆手道："开棺吧。"

士卒上前将棺盖打开，屋顶上的道士们一起探头观望，都露出喜色，纷纷道："果然尸解蝉蜕了。"

明崇俨和狄仁杰围看过去，这棺材里只有一件衣服，衣服呈人形摆放在那里，纽扣都系得严严实实的。

明崇俨不禁也咦了一声，这难道真的是道家法术上的尸解蝉蜕？

忽听身后司马承祯喊道："明府小心。"

他回头看去，就见一片兵刃向自己飞来，明崇俨身形就地滚倒，那些暗器砰砰打在棺木上。

这些道士见自己落空，一起拔出兵刃，就要飞扑过来。

司马承祯挥剑砍翻身边一个，喊道："明府，快走，他们要杀你。"

有几个道士已经飞到明崇俨身边，明崇俨一时还没有明白过来怎么回事，问道："为什么杀我？"

那四川口音的道士喊道："杀了明崇俨，玉京做神仙。"手上的刀没有停，向明崇俨身上招呼过来。

明崇俨祭出天蓬尺，在身前画了个金刚咒，兵刃砍在这无形之墙上当当作响。

一根长枪却穿透这金刚壁刺了过来，却是刚才那个身形矮小踢翻梯子的道士。

明崇俨挥起天蓬尺格挡开，这道士的长枪瞬间化作一条白蛇缠在天蓬尺上，吐着长长的芯子直冲明崇俨头上而来。

这人法术真是高强，明崇俨急运法力，手中天蓬尺立时化作利刃，向外拓宽，这蛇立刻断成几截掉在地上。

道士手挥之处，几截断蛇化作遍地的蜈蚣向明崇俨脚上爬来。

另外几个道士也都绕过金刚壁，一起进攻过来。

司马承祯飞身过来，一把抓住明崇俨道："我们快跑。"又回首对狄仁杰和督无咎道，"放箭。拦住他们。"

就听得外面的道士喊道："这刘希夷果然白日飞升了，看来杀了明崇俨，真的能成神仙啊。"一群道士也冲了进来。

督无咎和狄仁杰这才醒过神来，狄仁杰迅速调集弓箭手，站成两排，轮番射箭，箭矢如雨，将这些人阻拦在外。

明崇俨和司马承祯从后门纵身跃出刘希夷家，没想到这里也有一群道士。明崇俨天蓬尺挥出，做了个画地为牢的法术，瞬间困住这些人。

司马承祯拉着明崇俨快步跑走，穿街过巷，很快走到了青云观。

走进观内，竟然径直走到司马承祯卧室门前。

司马承祯打开门锁，明崇俨笑了："出家人不蓄钱财，你上什么锁啊？"

"你还有心思说笑。"司马承祯白他一眼，一把推开房门，说，"你自己看吧。"

明崇俨看过去，一眼就见墙上赫然一行金字："明崇俨不遵天帝旨意，能令其兵解而来者，敕令其任白玉京中郎将。倘若不信，明日到会仁坊看刘希夷尸解蝉蜕。"

原来如此，万回和尚是要对自己下杀手了啊。

会仁坊内这么多道士，看来都是万回和尚昨夜四处通知来的，这些道士苦心修炼就为了白日飞升，有此机会怎能放过——自己以后岂不是成了众矢之的。

司马承祯看他面色不好道："你违抗天帝玉旨，现在知道怕了吧？"

这小道士笃信白日飞升，却不肯对自己下手，真是义气，明崇俨心中颇为感动，他对司马承祯笑道："我故意不接天帝玉旨啊，这样你就有了差事，也可以白日飞升啊。"

司马承祯着急道："我怎么能杀你？杀害友人，即便身登天庭也是背负罪业的。因为我本不是天选之人，靠作恶换来的，会被神仙们看不起的。"

这番荒唐的道理，他说得却是一本正经。明崇俨又感动又好笑："你真的以为这是白玉京出缺？"

司马承祯看他一眼，面带犹豫道："我只是觉得天帝为什么不选我……"

明崇俨苦笑一声："对啊，他为什么选择了这么多的大官，又为什么选择了我这么一个从来不修道的人？难道你不觉得有阴谋吗？"

"什么阴谋？"司马承祯好奇心顿起。

明崇俨低声道："死的这些人从郝处俊以下都是曾经反对天后的人。"

司马承祯不参与朝政，这些事他都没有想过，摇摇头道："你不是啊。"

"我不是，刘希夷也不是，刘希夷是被宋之问为了夺一句诗所杀，王勃只是凑巧淹死，这两个是用来扰乱视线的。"

"你呢？"

明崇俨摇头，昨夜他分析过，如果杀死那些大臣是天后的主意，自己难道也是？天后难道要对自己动杀手了？自己虽然不支持她，但也不反对她。

明崇俨半天才道："我是个谜。"顿了一顿又道，"有许多谜我已经知道了，比如刘希夷所谓的蝉蜕是饕蚊所食，而这金字是万回一个女弟子所写。"他将昨天在龙门见到的饕蚊为龙的事说了，又将昨天那女子的事情也一一说了。

司马承祯这才相信白日飞升不过是个骗局，赶忙问道："下面你打算怎么办？"

明崇俨想了想道："我没了退路，你不是有安乐符吗？"

司马承祯脸上一红："那个符咒我还没有做好……"

“这正是我要的。”明崇俨道，“身体如死却能感受一切，我看看万回要做什么。”

这时候听得外面一片人声嘈杂，有人大喊：“明崇俨跑哪里去了？”

是那群道士追了过来。

明崇俨道：“快，我们只有这个办法了。”

司马承祯面色凝重地画下这道符，一挥而燃，扔到瓷杯里化为灰烬，明崇俨端起来一饮而尽。

明崇俨的身体慢慢软下去，躺在地上。

“砰”的一声，那群道士破门而入。

司马承祯拔出剑来，怒道：“你们已经逼死他了，还要干什么？！”

这些人愣住，有人不信，上前探视明崇俨鼻端，果然没了呼吸，大叫：“真是死了。”

这些人顿时乱了套，有人哭泣，有人咒骂，有人转身就走，犹如群魔乱舞。

司马承祯看着这些人，大为厌恶，心想：如果成仙的都是这些东西，那这仙不成也罢。

明崇俨听得这一阵喧闹，内心更坚定师父的教诲，所谓成仙不过世俗最大的欲望。

督无咎和狄仁杰带着衙兵追了过来，看到明崇俨尸身，督无咎立了半天，大哭一声，从地上捡起一把佩刀，一刀砍在门框上，顿时飞起木屑，正是督家箭术中的横刀飞箭，木屑犹如利箭刺中几个道士的眼睛，霎时间哭喊一片。

狄仁杰下令将在场的道士全部抓捕，有几个法力强大的，还要动手，却听有人呵斥道：“还不束手就擒！”

宛如金刚吼，这几个道士的手中兵刃一时拿捏不住，掉在地上。兵士趁机上前捆绑，这些人待要反抗，身体却丝毫不听使唤，只能乖乖被捆。

督无咎却还不依不饶，举刀要砍杀他们。

司马承祯拉住他，低声说了“安乐”二字，督无咎霎时明白过来，他刚要笑，司马承祯一脚把他踹倒，督无咎爬到明崇俨身上哇哇地哭了起来，震得明崇俨的耳朵嗡嗡直响。

明崇俨听出来刚才那声“还不束手就擒”是万回和尚的声音，心中一喜，他终于出来了。

果然房顶之上，有个青袍僧人飘然而下，正是万回。

万回看了一眼众道士：“为了成仙你们竟然如此大动干戈，真是玷污‘修行’二字。”

他说得甚是有理，司马承祯听明崇俨多次骂万回，对他向来没有好感，但听这句话骂得的确在理，他也低头不语。

忽听外面有人道：“宣明崇俨入宫。”内侍王福来带着人走了进来。

万回上前低声道：“明府被道士们给杀了。”

王福来大吃一惊，上前看了明崇俨的尸身，这才信以为真，道：“将他抬入宫城，天后要见他一面。”

七

明崇俨出门就感觉自己被放到了一辆车上，随即一路颠簸，那马似乎跑得飞快，一会儿就听得宫城的守卫询问的声音，他们出示了旨意，进了宫城。

行了一阵，车停住不走。

忽听一个声音道：“他真的死了？”

明崇俨内心狂跳，这是师姐的声音啊，看来师姐完全不知自己死了。

就听万回的声音道：“是道士们杀了他，大理寺已经将他们全部抓了起来。”

天后不语，明崇俨感觉得到天后在仔细端详自己，他能嗅到她身上的脂粉香。

他能感觉到她的目光。

忽然明崇俨感觉到脸上一阵温暖，一只柔软光滑的手在触摸自己——师姐的手。

明崇俨内心一阵狂喜，师姐在摸自己的脸。

忽然一滴水滴落在自己脸上，明崇俨瞬间明白，这是泪，眼泪，师姐的眼泪，自己竟然让师姐流泪了。

明崇俨只恨自己不能说话，他恨不得要坐起来告诉师姐自己没死，自己好好的。

他有点后悔为什么要用这符咒啊。

就听万回和尚道："天后不必伤心，明府……"

"不要说这种废话了。"师姐的声音离自己远了，显然已经起身，她狠狠道，"传洛阳尉督无咎和千牛卫将军，今日围攻明府的所有道士一律处死。万回和尚你要派人通力配合。"

明崇俨激动得心狠狠一顿，自己的死竟然要连累这么多人。

就听万回兴奋的声音道："遵旨。"他愣了愣道，"司马承祯呢？"

天后道："他又没围攻明府。"

万回有点不高兴道："天后信不过我等，还要保道家？"

天后冷冷的声音道："我是要抬举佛教为国教，又不是灭了道家。"

万回还要说什么。

天后声音立刻严厉起来，道："万回，你要永远记住，将来佛教为尊是我赐予你们的，不是你们要挟我来的。"

言语冷峻，让人不寒而栗。

明崇俨的心完全凉了，原来这一切都是天后的局，自己不过是一枚不太重要的棋子。

"是！"万回犹豫了一下，恭恭敬敬答了一声。

天后道："现在事情已了，那句芒女呢？"

万回道："带过来。"外面有人带着一个女孩走了进来，正是花迎春。

花迎春看见万回喊了声"师父"，就跑过来，依偎在万回身边。

天后打量一番，好奇道："她真的能延年益寿？"

万回点头道："那是自然，她是五百年修行的牡丹花妖，这是当年蔡文姬从匈奴回来后所种，从曹魏到今日，屡经移植，却还十分旺盛，这身上一定有句芒血脉啊，当年句芒为秦穆公续命十九年就是用一棵三百年修行芍药花妖，我们这棵五百年，句芒血脉更多，有起死回生之功效……"

天后轻轻"哼"了一声，有点不信，又道："可为什么长成一个歌伎的模样？"

万回自豪道："她修炼成人之前被移植乐坊里，就在破茧成蝶的时候，有洛阳的轻薄少年来到乐坊随意打砸，讹诈钱财，他们说要铲除了乐坊的花圃种麦子，当时无人敢言，督少府当时在花迎春房里过夜，他隔着窗户用一把弹弓，就把那些轻薄的权贵子弟打得鼻青脸肿，吓得全部跑了。句芒女感激督少府，她一心报恩，她见督少府天天来找花迎春，就以为喜欢这个模样的，于是变成花迎春，有时候督少府去，花迎春不在，她就陪他……"

听他叙述往事，句芒女脸上露出幸福的神情，连连点头。

明崇俨听得恍然大悟，原来这少女是花妖，难怪能操纵金粉显字，他也暗怪自己，督无咎也表示过疑惑，他去乐坊，同一个女子，有时候仪态万种，有时候却如枯木一具，自己若早早知道有这一段情史，早将花迎春收服，她也不会被万回所用了。

天后都扑哧笑了："这洛阳令和洛阳尉倒都是有趣得很。"她想起明崇俨已死，看一眼明崇俨，面色凝重道，"她又如何为你所用？"

万回道："花木成妖，兼具句芒血脉，多少人想要得到她延年益寿啊，许多道士追杀她，我就救下了她，收为女弟子，而且我还能让她和心上人督无咎同床共枕……"

"那你告诉她你要杀了她为我续命了吗？"天后打断他问道。

花迎春腾地站起来，看着万回，脸色惨白道："师父，你真的……"

万回没想到天后这么直白地说出，他看着花迎春，点点头说道："你既是我弟子，也算我佛门中人，就当为我佛门献身吧。我佛教无论齐梁何等风光，连皇帝都舍身在寺庙，可到了唐朝，皇帝单凭一个‘李’字就让道家凌驾于佛门之上，哪怕玄奘大师苦苦求来经书，也难改这局面。当今天后小名就是菩提空，于我佛家结缘，她若为帝，一定助我佛家翻身……”

原来师姐和这万回和尚还有这种交易，明崇俨内心一阵苦笑，那今天群道士为了成仙丑态毕露的样子也是他有意而为之了，就是让道家形象损害。

花迎春带着哭腔道：“所以师父要杀死徒儿，用我的血为她驻颜续命？”

万回点头：“是啊，当年若不是我救你，你早就被潘师正抓走炼成丹药了，这三年的命是我给你的，我给你讲过锁骨菩萨，卖身供佛，还有燃指供佛，你用五百年性命换我佛门光大，来生一定有福报。”

听他说出“潘师正”这个名字，明崇俨就知道是在胡说八道，潘师正是嵩阳观的掌门，司马承祯的师父，他要来抓这棵花妖，派司马承祯出手就是了，何必亲自动手，那所谓的道士一定是万回和尚派人假扮的，自己好将句芒女收入彀中。

句芒女还要说什么，万回和尚一掌拍在她头上，她摇摇晃晃倒下了。

天后道：“你不是说炼制是道家人的方法吗？你打算怎么为我炼丹？”

“我已经学会了。”万回道，“我之所以炼制饕蚊就为了炼制丹药啊。”

“我还以为你为了让那些人白日飞升呢。”

万回笑了：“那不过是顺手为之，我利用饕蚊主要就是吸干句芒女的血脉，然后放在蛇囊之内，抽干蛇囊内的气体，饕蚊就会死掉，放在丹炉里就能炼成仙药。”

他做了如此功课，天后也不由得点点头赞许道：“不错，只不过我还想让明崇俨的尸身也这么消失，让人以为他也白日飞升。”

万回抽出一把弯曲如圆的刀来，对天后道：“我把太子的刀偷了来，明崇俨的尸身有更大的用处啊。”

天后一眼就认出这刀是李贤昨天在浐水所用的刀，她顿时明白，看一眼明崇俨叹息道：“可惜明府了。”

万回着急道："扳倒了太子，您才有机会。将来给他上个尊号什么的，不都行了吗？当年您的小女儿……"

"闭嘴……"天后一声怒喝打断他。

明崇俨一开始不知道他们说的是什么，听他说到小女儿，明崇俨立刻明白了，心里大为恐惧。

因为他们说的小女儿是安定公主，宫里一直有传言说天后当年亲手杀死安定公主，然后嫁祸给当时的王皇后，这才有机会翻身。

刚才听得他拔刀，显然是要将这刀插在自己身上嫁祸给太子了。

他瞬间明白为什么白玉京的名单上会有自己，自己虽然不反天后，但却是扳倒太子的好题材。

忽觉胸口一阵剧痛，一把冰凉的刀刺进了自己胸膛，这疼却只能藏在躯壳里，这符咒裹挟着他的身体，他不能通过狰狞的表情宣泄，也不能大声喊出，这疼痛从他胸口蔓延，就像被一只老鼠一点点吃掉自己的心脏。

大概这就是兵解吧，明崇俨失去意识之前，忽然想到了这么一句。

八

恍恍惚惚中，明崇俨听见了歌声。

种瓜黄台下，瓜熟子离离。一摘使瓜好，再摘使瓜稀，三摘犹自可，摘绝抱蔓归。

悲凉的音调，伴随着哗哗的流水声，听得心里一阵凄冷，明崇俨忽然想起自己已经死了。

这是琅嬛阁的歌声？

他猛地睁开眼，翻身坐起来。

却见自己在一艘小船上，船头站着两个人，都是黑巾包头，一个在划船，一个在唱歌。

白玉京也有河？

也有人唱歌？

听说成仙之后会有神仙来接，这二位是接引神仙？

明崇俨小心问道：“敢问二位使者……”

二人一起回头，竟然是督无咎和司马承祯，两个人赤脚站立船头，全是渔民打扮。

明崇俨走出船舱，两岸巍巍高山，脚下碧水东流，前面两岸夹峙，正是龙门。

“我没死啊？”明崇俨深吸一口气。

司马承祯道：“你本来被李贤所杀，天后用句芒女的血丹救活了你。”

明崇俨没有听懂，茫然地看着司马承祯。

督无咎拿出一张白绢，递给明崇俨道：“你自己看。”

白绢外面还有蜡封，盖着一个小小的印章，似乎是一个明崇俨不认识的字。

明崇俨打开来看，上面写着：“师弟，皇宫一大蛊场，人生此间，不食人便被人食，也是无奈之举。那日大殿之上你借幻象说得好，我身上自有胜出吕后千倍的不化骨，何必舍金求土，我的成就必然前无古人。借你命一用，只为清除障碍，你我师门情愫，自不必言，幸有句芒血脉，炼得丹药，倘若醒转，便在龙门山间做个富家翁，待我登峰日，你我重逢时。”

看得出来这是师姐所写，明崇俨还是一头雾水。

他看向司马承祯，道：“我记得是万回将刀子刺进我胸。”

司马承祯点头：“对，是李贤指使万回干的，李贤收买万回除掉你。所以李贤被褫夺太子身份，发配岭南，万回和尚被杀，他的余党还是督少府和大理寺的狄少卿一起消灭光的。”

督无咎笑道：“明府，天皇、天后追封你为侍中，我来就任洛阳令了，只不过你对外已经仙游了……”

“万回和尚被谁所杀？”明崇俨对督无咎的官运不感兴趣，打断他问司马承祯，他不认为司马承祯有这个本领。

“被我师父潘师正。”司马承祯面露得意，“天皇、天后封我师父为国师，还在嵩山逍遥谷为我师父修建了一座隆唐观。”

他说得得意，好像忘了是他给明崇俨一道安乐符的事。

督无咎道：“天后说了，你若有不懂的，再看这封信即可。”

明崇俨拿起白绢，又读了一遍，他恍然明白：什么佛道之争，那不过是师姐利用万回的一个借口罢了，他用万回制造假象，除掉异己，再用潘师正除掉了万回。

师姐信里所言“借你命一用，只为清除障碍”，这个障碍必然是李贤了，李贤与自己不和，举朝皆知，自己胸口又插着李贤那把刀，凶手只能是他了。而司马承祯明明看着自己“尸身”被带入皇宫，却说是李贤杀了自己，显然也被师姐收入了彀中。

他随即不再问，看着白绢最后写了一个“曌”字，并不认识，想起刚才蜡封也是这个字，一定有什么含义，问督无咎道：“这是什么字？”

督无咎一脸严肃道：“这是天后的名讳，天后说她小名菩提空，她和天皇临朝，便如日月当空，于是造出此字，读为‘照’。”

“日月当空。”明崇俨端详着那个字，心想：这不就是个“明”字吗？师姐取这个名字就是告诉自己，从来没有忘记过，正如白绢上所写：你我师门情愫自不必言。看她不再醉心于吕后不化骨，自己说的话她已经听取。

明崇俨心情大好，仰天一声长啸，问道：“我们去哪里？”

督无咎一指前面：“就在前面。”

船行一阵靠岸，抬眼看，万丈绝壁上，不时可见佛窟。

督无咎忽然正色道：“明崇俨接旨。”

明崇俨一愣，督无咎表情严肃道：“天后密旨，令你在这里修建佛窟，为大唐祈福。所需钱财，可由督明府送来。”

司马承祯也吃了一惊：“天后对我师父说大力遵道的，怎么又要建佛窟？”

督无咎也不应他，看着明崇俨。

明崇俨往前几步，走到一座佛龛前，这佛龛估计是北朝时所刻，佛像已经被藤蔓所蔽，明崇俨伸手拨去藤蔓，拔掉杂草，露出一尊神态庄严的佛像来，下面还有一行字：“愿来生舍贱从良，莲花供奉。”

这是一个妓女所供，想来此生太难，拿出积蓄做此佛龛，换取下一世微漠的希望。

他忽然想起花迎春，那个句芒女，自己这条命是她的丹药所救，她修行数百年只为来看一眼这世间的繁华，却只看了一眼便被卷入这权力场中。

明崇俨忽然明白了，无论佛、道，创始者之心，都是为了给此生无望者以希望，给黑暗里的众生扒开一条光明的缝隙。做不做国教，当不当天师根本不重要，妄求白日飞升是堕入魔道，万回和尚一心将佛凌驾他教之上何尝不是魔道。所以梁武帝将自己舍身到寺庙，达摩祖师也看不起他。

明崇俨登时内心一片澄明。

督无咎道：“明大夫，你奉旨不奉呢？”

明崇俨道：“我在这里为花迎春，那个句芒女做个佛龛吧。感谢她为我续命。”

却听山道上走来一个人，走路歪歪扭扭，显是喝醉了，嘴里还不住吟唱：碧玉妆成一树高，万条垂下绿丝绦，碧玉妆成一树高……反反复复就这两句。

走到近前，竟然是贺知章，他身边还有一个童子，伸手搀扶，他却不要，一直嘟嘟囔囔这两句，还说：“这两句这么好，这两句这么好，后面我怎么接不上来了？”

司马承祯和督无咎赶忙推明崇俨，要他躲起来，明崇俨反而喊道：“贺季真。”

贺知章看见明崇俨，愣了一下，突然拍掌笑道：“我就说，我就说，我喝醉了一定会看见你。”

那童子本来就不认识明崇俨，自然也不知所云。

明崇俨笑问：“你怎么到这里来了？”

贺知章道：“前几天我家坊门口看见一个老道，我送他一颗宝珠，向他问道，他却拿着我的宝珠换了几个胡饼，请我吃。他说悟道当在深山之中，清风明月不费一钱可买，这市井之间，连城宝珠也不过换来几张胡饼……”

司马承祯低声道：“那是我潘师……”

贺知章不理他，继续说：“看来老道所言不虚，我在这里转了三天，果然看见明府您了，看这山间垂柳，我还得了两句诗——碧玉妆成一树高，万条垂下绿丝绦……”

督无咎和司马承祯好笑却又不敢笑，怕惊醒了他这酒劲。

“好诗啊。”明崇俨笑道，“来到这山间你才知道造物神奇，句芒才是最大的幻术师，张口一嘘，便是春风，原本的泥土里挤出五颜六色，石头上也长出郁郁葱葱，柳叶如眉，都是他巧手修饰啊……”

“哈哈哈哈……”贺知章突然一阵狂笑，打断了明崇俨，也不理会他，快步在山道上跑走了，跑出好远，自我吟唱道，“不知细叶谁裁出，二月春风似剪刀。童儿，看我这两句诗怎样？”

那童子的声音道：“可现在是三月啊。”

“哦，那就三月春风似剪刀。不好听，不好听，二月春风才像剪刀，三月春风像铁锤，就二月吧，回头谁要问你，你就说我是二月写的，那时候明崇俨还没有死，省得他的鬼魂说我抄，好像我是宋之问一样。”

明崇俨和督无咎、司马承祯互看一眼，再也忍不住，哈哈大笑起来。

○含沙记

其名曰蜮，一曰短狐，能含沙射人，所中者则身体筋急、头痛、发热，剧者至死。

——《搜神记》

一

明崇俨在浐水北岸建了一座茅草屋，用篱笆扎起来一个小院。

小院左边种松，右边栽竹。

他在院子里亲自挖地，亲自浇水，种了一院子菊花。

正是秋季，菊花开得正盛，满院金黄。

花丛之中，留了三条路。

“三径就荒，松菊犹存。”

他要做陶渊明——还想起来一句自我介绍：“我叫明崇俨，明是陶渊明的明。”

不对，不对，明崇俨死了，不能再提明崇俨，应该改个名字，就叫——明渊陶。

这个名字好，明崇俨自己想起来都想笑。

他好想遇见一个人问他姓名，他得意地说在下明渊陶，然后看着对方一脸吃惊，但在这山林里，他连个樵夫也没遇见。

这天早上，听着鸟儿叫，不禁有点寂寞。

他拎着水桶到洢水边上打水，竟然遇见了一个人。

一个漂在洢水河里的人。

这个人在水里起起伏伏，从上游冲了下来。

明崇俨伸出扁担，把人钩了过来。

拉到岸上，才发现头是光的，身上穿着灰色的僧袍，是个和尚。

年纪四十岁上下，身材清瘦，牙关紧咬，面容扭曲。

明崇俨探他鼻端，竟然还有呼吸。

对他肚子一阵按压，那人一阵咳嗽，吐出好多水，当天中午，就能坐起来和明崇俨说话。

他一个劲儿地问："为什么我会掉河里？我是谁？"想不起来他就口诵观自在菩萨，无奈观自在菩萨也帮不了他，他还是想不起来。

他想不起来自己的，也不问明崇俨的。

明崇俨最后迫不及待，自我介绍："我叫明渊陶。"

和尚双手合十说"谢谢明施主"，明崇俨大失所望。

第二天早起，这和尚已经能起身了，明崇俨没有起来，这僧人就为明崇俨把水挑了，把花浇了，还把饭做好了。

一连三天皆是如此。

明崇俨有点感动，猜想这一定是个有德高僧，对这和尚说："这洢水的上游是嵩山，那里有座很有名的寺庙少林寺，你莫非是从那里跌入水中的？"

这和尚面露喜色说："我明天就去看看。"

明崇俨道："我和你一起去，听说玄奘法师的佛骨在少林寺供人瞻仰，我也想去看看。"

"玄奘？"这和尚似乎有印象，自言自语道，"这名字很熟悉。"

明崇俨喜道："你一定是少林寺的，我听说此番是由玄奘大师的弟子玄机和尚护送法师舍利子过来，天皇、天后本是要求送到白马寺的，但是玄机和尚执意要将佛骨先送到少林停留，只因为玄奘法师生前多次想过去少林，未能如愿。”

“玄机。”这和尚高兴得拍手，“这个名字也熟悉。”

明崇俨哈哈大笑：“那你一定是少林……”

话没说完，就听有人问道：“这屋里有人吗？”

明崇俨开门看去，十几个士兵推开篱笆门踩着满院子的菊花走了进来。

“站住！”明崇俨大喝一声，纵身而起，双臂挥出，两条绳子挥出，“啪”的一声，就像鞭子一样甩在这群官兵身上。

十几个官兵被他生生甩到外面。

这群官兵爬起来，他们挥舞着手里的兵刃，却不敢过来，只是怒声道：“千牛卫卒奉旨抓人，你竟敢阻拦？！”

明崇俨看他们衣服，真的是千牛卫士兵，不禁好奇道：“你们抓谁？我吗？”

“我们抓这个人。”一个士卒掏出一张纸，递给明崇俨。

明崇俨接过来，这是一个海捕文书，上面画了人像，是个和尚，初看面善，再看，竟然是自己救起来的那和尚。

通缉上写着：该犯灵绝和尚，率人在嵩山试图抢玄奘法师佛骨，被玄机法师击败，该犯跳水逃亡，有见到者立报官府，知情不报，与其同罪。

原来他法号灵绝，明崇俨心下盘算，看他言行，不像这种恶僧啊。

偏在这时灵绝和尚走了出来。

官兵们一看，大喜道：“玄机法师说得没错，你就在这一带。”就要往里闯。

明崇俨刚才用符咒化成的绳子还在他们身上，用力一拉，这些人就倒下了。

“阿弥陀佛。”身后有人宣了一声佛号，一个和尚从松树后绕了出来，双手合十道，“这位郎君法术高强，不该如此对待俗人。”

这几个士卒，立刻站起来躬身行礼：“见过玄机大师。”

玄机！玄奘法师的弟子！

明崇俨不由得多打量一眼，他身材高大，比明崇俨都高出一头来，五官却很清秀，眉眼如画，生得十分好看。

明崇俨心想：都说玄奘法师貌比潘安，想不到他弟子也如此英俊。

灵绝和尚走了出来，明崇俨高兴道：“他便是玄机大师，你认识他吗？”

灵绝茫然摇头。

玄机露出慈祥的微笑：“听说玄奘法师的佛骨可以用来修炼法术，你是听了这样的谣言才来抢的吗？”

灵绝完全不知所云，行礼道：“法师您说的是什么？”

玄机身体微微前倾，显得更加和善：“你不用怕，佛讲渡人，我一定会渡你到善良的彼岸。”

“阿弥陀佛。”灵绝被他看得有些不舒服，低头道，“法师，我不知道您说什么。”

明崇俨道：“他已经完全失去了记忆，连自己是谁都不知道了。”

“哦，是吗？”玄机和尚脸上一副遗憾的表情，他转身在泄水里沾湿右手，回头对明崇俨道，“我能借你的花用吗？”

他的语气让明崇俨完全无法拒绝，点头道：“当然可以。”转身就要去摘。

“不用。”玄机手掌挥出，落在地上的花瓣像是被一阵旋风卷起来，飘飘而起。

玄机手掌挥动，这些花儿都飘落在灵绝四周。

在这花瓣之间，玄机右手弹动，滴滴水珠落在他身上。

灵绝显得痛苦而茫然，显然他要努力回忆什么，却什么也想不起来。

片刻花瓣落尽，玄机对那几个官兵道：“我们走吧。”

“可这犯人就在面前。”那士卒少了一件请功的事，自然不满意。

玄机微笑摆了摆手道：“我们找到他就是为了帮助他，现在他连自己是谁都忘了，咱们怎么帮助他，不如让他在这位郎君这里歇息，等他想起来自己是谁，自然会来找我。”

转身又对明崇俨道：“您多费心，他应该在这三日之内会记起来什么，我在少林寺等你。”

他的声音中自带威严，明崇俨当即点头：“请大师放心。”

玄机这才转身飘然走了，走到洴水边上，他折了一根芦苇，往水里一放，站在芦苇之上，人在大江之中，逆流而上，竟然如同顺江而下的船一样，飘然而去。

“一苇渡江！”那几个千牛卫士卒，惊得赶忙跪下磕头，“玄机和尚是真佛临世啊。”

明崇俨也不由得大吃一惊，这是达摩祖师的本领啊，玄奘法师弟子果然非比寻常。

再看灵绝呆呆地看着，若有所思，半天才醒过神来。

二

第二天明崇俨还在睡觉，门被一把推开了。

有人呵斥道：“明崇俨接圣旨。”

明崇俨惺忪着睁开眼，却见是督无咎。

他一身崭新的官服，手里捧着明黄的卷轴。

明崇俨慢悠悠地站起来，问道：“你来干什么？”

“传旨啊。”说着他展开卷轴，大声读道，“临水县滏山下水潭出现了一尊佛像，端坐水底，衣袂飘飘，宛若真佛临世，着谏议大夫明崇俨前往查探清楚。”

督无咎一本正经地读完圣旨，发现明崇俨穿着睡袍，坐在蒲团上看书，毫无接旨的意思，有点生气，问道：“我是天后的使者，如陛下亲临，你怎么不接圣旨？”

明崇俨头也不抬说：“你给谁传圣旨？”

“给你啊！”

“我是谁？”

“你是明崇俨啊！”督无咎急了。

明崇俨等的就是这一句，他抬头得意地笑道：“我不叫明崇俨，我叫明渊陶。”

督无咎哪里听得懂他这话里的机锋，他愣了一下说：“你这名字不好听，不如你叫明崇咎吧，崇拜我督无咎。”说完他自己笑了起来。

明崇俨觉得自己是对牛弹琴。

他拿起圣旨看了一番，问道：“这谏议大夫是什么？”

督无咎慕道：“是你的官职啊，陛下追封的，四品呢。我跟你说啊，天后还为你在北邙山下修建了一座坟茔，那上面写的就是‘谏议大夫明崇俨之墓’，你的墓志铭还是天后身边的女官上官婉儿所写。”

明崇俨看督无咎说得一脸羡慕，“呸”了一声道：“我又没躺在那里，与我何干？”

督无咎接着说：“你的棺材里天后给你放进去了一件鹤氅，洁白飘逸……”

这个让明崇俨大感有趣，他打断督无咎问：“天后为什么不把这鹤氅赐给我啊，放到那里面干啥？”停了一下又说，“你现在经常见到天后吗？”

“见不到。都是她的内侍王福来给我送信函。”督无咎低声说，“这道圣旨其实是天后给你的，天皇明里派了使者前去，天后就让暗里去看看。”

“哦。”明崇俨心想，师姐跟天皇还真是同床异梦啊。

督无咎接着说道：“现在太子是英王李显。”

明崇俨“哦”了一声，冷冷地说：“终于立了一个听话的孩子。”

督无咎又道：“天后对英王说要他记得明崇俨，明大夫就是因为多次推荐他，得罪了李贤，这才被杀害的。”

明崇俨苦笑一声，自己这好人当得太容易了。

“但是天皇不喜欢李显，他喜欢李贤，李显这太子的位置……”督无咎还要说下去，明崇俨忽然道：“督明府，你刚才是从哪条路来的啊？”

督无咎一愣，顺着明崇俨的手指看过去，院里花丛之中，有三条路，他想了想指着中间那条道说：“我是天子使臣，当然走中间的了。”

明崇俨拿着锄头出去，在那条道路上的土仔细铲除。

督无咎好奇地跑过去问：“你干什么？”

明崇俨白他一眼：“我院里三条路只走朋友，不走官奴，你这官奴踩脏了我的路，要铲掉啊。”

督无咎气得“呸”了一口：“我怎么就不是你朋友了啊？”

明崇俨说：“是我朋友就不要跟我提太子。”

“好好好……”督无咎挥手驱赶着蜜蜂，“明大夫是个清流，可是天后赏赐给你的一套衣衫你要不要啊？”

明崇俨将锄头立刻扔了，转身道：“哪里？”

督无咎“哼”了一声：“还清流呢！”他将拎着的布囊递过去。

这里面是一套青色的衣衫，还有一顶软脚幞头，明崇俨大喜，他小心翼翼地展开，脱去现有的衣衫，穿上新衣，戴上幞头，却见这布囊上还有一把折扇，明崇俨打了开来，白色扇子上写着“白衣卿相”四个字。

督无咎只知道有一把扇子，不承想这上面还有四个字，大吃一惊：“这是对你封赏了啊。”

明崇俨有点得意地对督无咎道：“代我谢过天后。”

督无咎一撇嘴：“你……”

他忽然停住了，眼睛直直地看着篱笆门。

灵绝和尚挑着水走了进来。

明崇俨以为他是认出了这个是通缉的和尚，赶忙道：“玄奘法师弟子玄机大师已经见过他了，既往不咎。”

督无咎点点头说：“我知道。”

灵绝挑了水走进，他放下水桶，正要舀水浇花。

督无咎几步走到近前，道：“恩公，你还记得我吗？”

恩公？明崇俨完全糊涂了。

和尚看一眼督无咎，水舀子掉在地上，道：“你是督明府？”

竟然真的认识。

督无咎跪了下来：“恩公，你怎么沦落至此啊？”

灵绝擦了一把泪水道：“我已经记不清楚了，刚才看见督明府的模样，这才记起来。”

明崇俨完全糊涂了。

督无咎站起来对明崇俨道：“这位是我恩公，当年我从督亢到黄陂去做县尉，走到途中，盘缠用完，还生了一场病，是灵绝大师救了我，那时候他就说我能做县令。”

这事从没有听他提起过，明崇俨看看灵绝和尚，也顿感好奇，从他这几日言行来看，绝对是个有德高僧，可怎么会去抢佛骨呢？

督无咎又道：“灵绝法师一定是受了他人蛊惑才会做错事的。”

明崇俨点点头，想来也只能如此。

督无咎扶住灵绝法师，指着明崇俨道：“这位是我朋友，他隐居在此，现在他有事要走，请法师跟我去洛阳城休养吧。”

明崇俨原想他会拒绝，毕竟山野之间才符合修身养性，没想到灵绝竟然点头同意了，看看灵绝的神色，忽然觉得这和尚有点像个坏人了。

当下，督无咎指指圣旨说：“我三天以后来听你复旨。”告别明崇俨，和灵绝一起乘舟而去。

明崇俨看看圣旨，书中出现佛像，这事有趣，听说临水县鼓山之上，北朝齐国的皇帝高欢在这里雕刻了许多佛像，正好一起去看看。于是施展驭风神行之术，奔临水县而来。

三

到临水县四百里，驭风本就神行，何况穿着师姐赐的衣衫，秋风拂过，衣袂飘飘，明崇俨有一分神仙的得意。

临水县名副其实，滏阳河穿城而过，县城就是滏阳河发源地：一泓深潭。

明崇俨到的时候，已是深夜。

这里只有两轮圆月，天上一轮，水里一轮。

天上月洒下银光，水中月在水里摇曳，把银光摇成粼粼波光。

岸边的芦苇丛在夜风中轻轻晃动，秋虫低吟时断时续，为这静谧的夜伴上乐。

明崇俨站在潭边往下看，却什么也看不到。

“公子好雅兴。”身后突然有个人说话，明崇俨转过身来。

一个人正站在身后，月光之下看得清楚，这似乎是个七八十岁的老人，一脸的褶皱，皮肤黝黑，唯独颌下三缕白须，十分惹目。他身躯微微佝偻，手里还拎着一个筐子，不知用来干什么。

明崇俨吓得躬身施礼，道：“在下明渊陶。”

“明渊陶，陶渊明。”老头拍手哈哈笑了，“听这名字就知道公子是高人。”

明崇俨对这老头儿好感大增，问道：“敢问老丈姓名？”

老人道：“老儿姓叶名尾，在这里采摘一些月色。”

“什么？”明崇俨没有听懂，“采摘什么？”

“月色！”叶尾指着水面上的粼粼月色道，“这月光多好啊，我来采摘一些。”他抬眼看看月亮，道，“明天是个阴天，这月色正好用得着。”

他说着用手在地上一鞠，像是鞠水一样。

明崇俨看过去，他双手空空如也，只有月光如水。

叶尾却像是捧着水一样，轻轻放在篮子里，又鞠一把，又放在篮子里。

明崇俨大感好玩，这老头儿也太有趣了。

他也伸手去鞠，假装捧了一把给他：“快，快，我这里也有。”

哪知道老头对他微微一笑说：“你这手心是空的。”

他站直身子，指着水潭的月亮道：“我想把这月亮给采了。你能帮我一下吧？”

“怎么帮？”明崇俨越发觉得好奇，他以为这老人就是在这里逗乐。

老人将拿篮子递在他手里道：“你帮我拿着，一会儿我把月亮扔出来，你记得接住。”

明崇俨接过来篮子，用力忍住笑，道：“好，好。”

老人喜道：“有劳，有劳。”纵身跳入水塘。消失不见。

他仿佛瞬间与这水融为一体，这水面连一个涟漪都没有。

明崇俨惊呆了，心想，这一定不是个一般的老人。

他看那篮子，不过是柳条编成，也没见什么奇特之处。

他仔细看那月亮，静静地等着。

那月亮静静躺在水中，不住摇曳。

明崇俨不由得怀疑，有没有那老人，那老人是不是自己的幻觉。

他不由得四下打量，刚把头转过去，就听有人道："出来了。"

转头再看水面，那月亮竟然在水面上立了起来。

不但立起来，还冉冉升起，叶尾从水里显了出来，他手中举着一个明晃晃的圆饼，对明崇俨道："接着。"

月亮在空中划出一道光弧朝明崇俨飞了过来。

明崇俨将篮子伸过去，月亮恰好落在篮子中间，瞬间光灭，不见踪影。

明崇俨将那篮子搂在怀里，左看右看，这篮子里还是空的。

正自奇怪，忽听叶尾说道："不用看了，月亮就在其中。"

抬眼看，他已经站在自己身边，水沥沥啦啦地从身上流出来。

明崇俨转头看水面，那一轮圆月还在水里。

他不禁笑了："这人演得一手好戏。"

叶尾回头看看水里的月亮，说道："这一轮圆月也不错。"

转身又跳入水里，不到片刻，又举着一个明亮亮圆饼扔了过来，但是一入篮子，便立刻不见踪影。叶尾又捞了第三次，这才走上岸，从明崇俨手里接过了篮子，仔细看看，道："这月亮太好，明天一定用得着。"他从衣服兜里掏出一块布，蒙在篮子，小心翼翼收好。

叶尾抬头看看水中的月亮，道："还是玄奘大师说得好，拨开水面月更深，这月亮是捞不完的，妄想采光最后一轮月亮，就是猴子捞月了。"

他竟然听过玄奘法师的课。

明崇俨对他更有好感，当即拦住道："大好月色，兄台可愿意和我一起到临水县城喝上一杯？”

叶尾哈哈大笑：“天色如此晚，哪里还有酒家？就在这河边，我请公子吃鱼吧。”

哪里有鱼？明崇俨好奇道。

“这里。”叶尾伸手在水潭里一捞，一条大鱼应手而出。

又一探手，又是一条。

他对这里十分熟悉，带着明崇俨走到一个背风的山洞里，很快捡拾出一堆柴火。

拿出火镰火石，一会儿就点出一堆篝火。

他将那鱼迅速地在水边收拾了，放在火上烤，手法十分熟练。

更令明崇俨吃惊的是，他竟然随手带着盐和花椒等配料，在鱼上撒了，招呼明崇俨坐下，俨然是这里的主人。

叶尾见明崇俨呆呆地看他，解释道：“我就住在附近，以雕刻佛窟为生，常在佛窟里吃饭，所以就随手带着东西。”

原来如此，明崇俨更加好奇：“猴子捞月是什么？”

听他这么问，叶尾一脸骄傲：“这是我听玄奘法师讲经的时候听的故事。猴子捞月是佛家智慧，此种真意，我最近越来越懂了……”

当晚明崇俨就听他闲聊，一直聊到天亮。

叶尾为他铺开一堆干草，要他休息片刻，他要回家一趟。

四

明崇俨这一觉睡到过午才起来。

走出洞穴，外面天色阴沉，似乎要下雨，完全让叶尾说准了。

他走到潭水边，这里已经有了很多人。

这水潭低下藏着无数泉眼，大者如井，滚滚而出，小者如绳，涓涓而涌，站在岸上往下看，宛如一口釜里面水滚了——而这座山恰好就叫釜山，泉在山之阳，流出去的河叫滏阳河。

明崇俨以为山以泉名，但抬头看山，真是犹如一口釜，看来这泉以山名了，他不禁好笑："这里难道真的是上天的一口锅，那这佛像现在水底，是要做度化釜底游鱼吗？"

明崇俨站在山下看着湖水，并没有什么佛像。待见这一群人从山下走来，听他们言语，站在山巅往下看才能见这佛像，也就跟人一起走上去。

循着人流走到一处山崖边上，这里好多人在焚香跪拜，口里一直念念不休。

明崇俨挤了好一阵才站到边缘，往下看，不禁倒吸一口凉气，这碧潭之内，真是一尊巨大的佛像。

这佛像面南盘膝而坐，双手合十，随着水波流动，衣袂飘飘，宛如真身临世。

只是佛像低着头，看不清佛的面容。

明崇俨正疑惑为什么佛像低头，山下有人喊道："都让开，都让开，刺史来了。"

十几名士兵走上前来，驱赶众人。

一个着青衣的中年人走了过来，想必便是磁州刺史了。

这刺史走到崖边看了一看，立刻跪倒在地，道："真佛临世，这是大唐之福啊。"

他身边一个穿青衣的官员，估计是本地县令，低声道："禀使君，我已经向天皇报告了。"

刺史脸立刻拉了下来，他站起身，道："你报了天皇，这才跟我说的？"

"是。"这县令微微弯腰，道："这等祥瑞，不敢不报天皇。"

"那你有没有想为什么真佛会降临滏水？"刺史一脸严肃地问道。

县令摇头。

明崇俨看得好笑，显然这刺史是为县令和自己抢功不悦了，这官场的嘴脸真是可恶。

却见一个老人快步走了过去，跪下道："禀使君，真佛显身水潭，显然是告诫我辈，鼓山之上佛像众多，但没有真佛一席之地，是告诫我辈雕刻佛像。"

明崇俨一愣，这人是叶尾。

刺史和县令都吃了一惊，刺史愣了一愣问道："你是谁？"

叶尾道："小人叶尾，世代在鼓山脚下，以雕刻佛像为生，我已经选了一处崖壁，可为雕刻佛像。"

"原来是个石匠。"那刺史点点头，想了想道，"你说得甚是有理，我们就去鼓山看看。"

那县令颇感意外，赶忙道："使君，使君，既然已报了天皇、天后，那就静候旨意吧。"

刺史瞪他一眼道："圣旨有说不让雕刻了吗？"

县令摇摇头。

刺史不再理他，一摆手，带着大家下山去了。

众人听说要雕刻佛像，也都跟着一起去了。

明崇俨正想着到鼓山去看看佛窟，也就随他们一起走。

叶尾看他走过来，冲他笑了笑。

五

从滏山到鼓山有十几里的路程。

刺史竟然是乘着一辆牛车来的，吱吱扭扭中来到鼓山脚下，太阳已经落在山尖了。

那县令上前道："使君，咱们就不要上去了吧，天色已晚。"

刺史还没有说话。

那叶尾道："不妨事，不妨事，使君只管上山。"

那刺史只管和县令赌气，也不问怎样不妨事，就跟着上山了。

行了一程，便见一处佛窟，叶尾道："这是我雕刻的。"

刺史不感兴趣，点点头，继续往山上走，他是要寻找一处好的雕刻佛窟所在。

明崇俨却看了那佛窟，雕刻的是一尊观音像，神情庄严慈祥，的确有些功夫。但是他忽然觉得不对，这佛像上苍苔斑斑，怎么看也不像是近几十年雕刻的，他走近看了一眼，佛脚下刻着"天保年制"的字样。

天保年，这可是北齐的年号，迄今二百多年了。

这个叶尾可不简单，明崇俨当即提了心神，快步追了过去。

叶尾带领众人往山上走着，山间的夜色越来越浓，鸟儿归巢，被众人一惊，又叫着飞了起来。

那刺史也有些怕了，他站住问道："这还有多远？要不我们明天再看吧。"

县令赶忙附和道："是啊是啊。"

叶尾道："不妨事，不妨事，一会儿月亮出来就好了。"

"你胡说什么？"那县令怒道，"今天是阴天，怎么会有月亮？"

"要月亮那还不容易？"叶尾袍袖一挥，登时就见半空中挂起一轮圆月，月色如银，山林中刹那间就洒满了光辉。

众人一时还没反应过来，叶尾又道："还是不太亮，再来两轮。"又挥衣袖，天上登时又现两轮圆月。

三轮圆月挂在半空，真是照得如同白昼。

鸟儿以为天已经亮了，惊叫着飞起，远远传出去，响彻了整个山谷。

明崇俨大吃一惊，叶尾昨天捞月不是做戏，这三轮月亮显然就是他昨天捞上来的。

众人这才醒悟过来，这叶尾不是凡人。

刺史吃惊道："你是仙人？"

叶尾摆手："我不是什么仙人，不过痴活了几年，懂了一些法术而已。算不得什么本领。"

这显然是承认自己是得道之人了。

刺史当即跪下："见过仙人。"其余人也都赶忙跪下。

这叶尾有些得意地看着众人，却见有一个人没有跪，正是明崇俨。

明崇俨和他四目相对，叶尾眼神闪过一丝惊骇，忙将眼神错开，将刺史和县令搀扶起来道："我这不过是小伎俩，咱们为佛祖雕刻佛像才是大道。"

刺史起身道："也是也是，请仙人带路。"

叶尾一指山上道："我寻到了一个好地方，你们来。"

这次没人再敢说什么，都跟着叶尾往山上走。

那三轮月亮也竟然也跟着一起移动，宛如被人提着的灯笼，为他们照路。

行了一阵，叶尾停住道："就是这里了。"

众人抬头看，脚下是个大平台，三面环山，一面临崖。山高百丈，抬头不见顶，只是这里两面不知何时已经有人雕刻了两尊金刚在此，身材不高，刀法拙劣。

刺史指着两个金刚说："这里已经有人用过了啊。"

叶尾摆手道："不妨，让他们走了便是。"

他手势挥动说道："真佛降临，你二位速速退让。"

就听得咔咔咔一阵声响，那两尊金刚的头点了点，身体慢慢从崖壁上走出来。

众人当即吓呆了，刺史抓住叶尾的衣袖战战兢兢道："活了？他们活了！"

叶尾安慰道："没事没事，不过是为真佛挪地方。"

两尊石像已经脱离开山崖，咔咔咔地走过来，脚步沉重，每一步都震得脚下大地发颤。

两个石人走过众人身边，胆小的都跪在地上，不敢动弹，胆大的也屏住了呼吸，走到悬崖边上，纵身跃下。

过了一会儿，听得"砰砰"几声，石人跌入水里。

明崇俨站在山崖边看过去，下面是便是滏阳河，那石人慢慢沉入，不见踪影。

"好了，现在这面山崖可以用了。"叶尾指着那面崖壁道，"就让我在这里为真佛雕刻身形吧。"

"好，好。"那刺史只剩下连连点头的份儿了。

叶尾这才道："那好，这事就这样定下了，只不过需要钱财。"

那刺史道："我出绢帛三百匹，回去我遍通告州县富人都来捐钱。"

叶尾露出笑容："如此便好。"

他送众人下山，那月亮也跟着走了。

这里只剩下一片黑暗，明崇俨拿出火镰点了一堆火，借着火光他看那墙壁，光滑整洁，并没有什么雕刻的痕迹，怎么会有两尊金刚在此？

看了半天，明崇俨正百思不得其解，忽听得身后一阵疾风掠过，急忙闪避，就见一块石头"砰"地砸在石壁上。

他回头就见火光之后一个人拎了一块石头又砸过来，明崇俨赶忙又闪，却不见石头砸过来，他正惊愕，一根长枪指在自己喉咙上。

一轮圆月又挂了起来，圆月之下，看得清楚，正是叶尾。

此时的叶尾再不是那个一脸唯唯诺诺的人，一脸怒气地看着明崇俨，道："你快放了我夫人！"

"你夫人？"明崇俨一脸茫然，"我不认识啊。"

"你少装糊涂！"他的枪尖向前递了一下，一股尖锐的凉意几乎穿透明崇俨的喉咙。

明崇俨心思急转，既然他以为夫人在我手里，肯定不会对自己下杀手。当即闭上眼睛道："你杀了我，你夫人也活不了。"

就听"当"的一声，叶尾的枪丢在了地上。

明崇俨睁开眼。

叶尾跪在自己脚下呜咽着道："我求你了，我求你了，小涂她胆小，你别让她一个人在水底。你放了她，放了她，这佛我一定给你雕好。"他越说越伤心，哇哇大哭起来，还不住磕头。

明崇俨搀扶他起来，道："我真的不是害你妻子的人。"

叶尾停住哭泣，看着明崇俨半天，他才道："看你倒不像个坏人。"一面起身一面又问，"那你说是谁把我夫人囚禁在水底？"

明崇俨摇头。

“这可怎么办啊？”叶尾起了一半，又一屁股坐地下，“昨天你一来，我就知道你是有道行的人，以为就是你，我先用捞月的法术吓唬你，又请你吃鱼讨好你，但你都不怕，你又说不是你，那是谁啊？”

明崇俨也坐下来问道：“你也是有道行的人啊，怎么会被人控制？”

这叶尾这才道：“我算什么有道行的人，我是个苦命的人，仗着佛祖的庇护才活到现在，我们想在这里开凿一尊佛窟出来，也算我们的功德，但我们没钱，小涂就依照玄奘法师送我们的善业泥在水底幻化出佛的身影来，许多人都献上供奉。可是小涂幻化到第二天，就一直在水底没有上来。我下到水底看去，就见水底淤泥上写着一行字——‘不敬佛尊，罚在水底’。”

听他东一句西一句地说着，明崇俨听得出来，他们夫妻会点法术，本想骗点钱财，结果被人封印在水底了，他好奇道：“雕刻佛像是功德啊，怎么会招人封印？”

叶尾擦了擦泪水道：“我原本是想把这佛的面容雕刻成玄奘法师，可是受那人逼迫，我只能雕刻成别人的模样了。”

明崇俨问道：“雕刻成什么样子？”

“不知道啊。”叶尾又道，“那淤泥上的字，第二天又多了几个，写着‘隐去佛像面容，最终再雕刻面容’。我妻子幻化的模样就低下头去，不见了面容。”

原来是这样，明崇俨道：“那你要最后雕刻佛容？”

“没法雕刻。”叶尾摇摇头，“佛像没有面容是没有办法雕刻的，虽有画龙点睛之说，但那也是胸中已有乾坤之后最终的点化，倘若胸中不知道模样，最终加上，只能会让佛像呆板。我在淤泥上给他写下了这番话，哪知他告诉我先造势，还说刺史会来，一下子布施够了钱财，他就告诉我面容。”

这贼人倒是虑事周全，深谙“兵马未动，粮草先行”的道理，佛像还没有雕刻，先差人把钱财备好了。明崇俨问道：“这么说他明天就要让水中佛像显出面容了？”

叶尾道："天亮应该就见了。"

明崇俨腾地站了起来，道："那他今晚应该就来了，我们去看看。"

言语之间脚下已经迈出，风驰电掣一般赶到滏水潭边。

就见一个人从水里钻了出来，竟然是今日那刺史，明崇俨一步拦在他面前，问道："使君，你在此做什么？"

刺史也不理他，转身就跑。

明崇俨伸手拉他，触手却是一空，再看那人还在奔跑。

原来是个妖人，明崇俨掌心挥出天蓬尺，朝这影子就打。

"砰"的一声，这一下倒是打得结结实实，恰好这时身后一轮圆月升起来。

明崇俨就见这人化作无数黑影分崩离析，消失在夜色之中。

"驱影之术？"身后有人惊叫了一声。

明崇俨转过头去，正是叶尾，那轮圆月想必就是他升起来的。

"你知道这是什么邪术？"

"这是驱影之术。"叶尾道，"这算不得什么邪术吧，这是玄奘大师教我的。"

又提起玄奘法师。

叶尾又道："玄奘法师当年在天竺的时候，看见好的佛像就摹画下来，但毕竟佛像多，他画得慢，恰好天竺有一门邪术，就是驱影术，可以驱动影子到纸上，构成一幅画，这门法术修行到深层可以炼化人影和躯体分离，影子为自己驱使……"

"如果影子被打散了呢？"明崇俨打断他问道。

"打散了，本主就会死。"叶尾叹息一声道，"玄奘大师一代高僧自然不屑修行这样的邪术，但法师学了驱影入画，带回来许多画像。"

明崇俨看着他好奇道："你怎么认识玄奘法师？"

叶尾道："玄奘法师回来的时候路过敦煌，我见到了他，法师为我讲解了许多佛像雕刻的方法，我在法师那本小册子上也学了很多。"

明崇俨看看头顶的月亮，道："这也是玄奘法师教你的？"

叶尾挠挠头道："这是我自己感悟出来的。玄奘法师给我讲了猴子捞月亮的故事，我从中得到启发，我就想既然可以驱动影子，那这月光不就是月亮的影子吗？月光也可以收集起来啊，我就改良这门法术，果然能收集月光。"

听他说得直率，明崇俨对他放松了警惕，心中暗道刚才那两尊金刚想必也是影子了。

叶尾手指月光，月亮向前，照耀刚刚那人走过路，地上有水渍，显然那人是从水里钻出来的，他道："难怪他说刺史要来布施，原来刺史已经中了他的影蛊。"

"影蛊？"明崇俨还要问。

叶尾道："去舍下，我让你看看我准备雕刻的佛像。"

他带着明崇俨回到刚才那绝壁上，这里有块巨石，巨石底下有个洞口，叶尾抓了一把月光洒进来，立刻明亮起来，沿着台阶走下来，竟然是一间巨大的石室，内有桌椅床褥，生活用具一应俱全，还颇有点豪奢。

一面墙上雕了一个小小的佛窟，里面摆着一个泥塑。

明崇俨好奇地凑过去看，这泥塑和水潭里佛影轮廓十分相似。

叶尾走过去，拿出泥塑笑道："玄奘法师当年路过敦煌，我将他的佛影都做成泥塑，法师十分高兴，都带了回去，我留下了一个卢舍那佛。"

明崇俨细看那泥塑的脸庞，深目高鼻，的确是个天竺人。

叶尾打开箱子拿出另一个泥塑说："这原本是我要雕刻的卢舍那佛。"

明崇俨拿过来，这尊佛像和刚才那个轮廓相似，但面相已经是个唐人，面容清瘦，五官精致，十分英俊，最引人的是它目光坚毅，让人肃然起敬。

叶尾说："这是我记忆中的玄奘法师。"

明崇俨笑道："你该将玄奘法师驱影入画。"

叶尾摆手："玄奘大师当年再三告诫我，不要驱生人影入画。"

"为什么？！"

"驱生人之影，无非如这神秘之人，夺人钱财，就如这刺史一样，奉上钱财。这还不算什么，最可怕的是影子独立，就可炼影为妖。"

明崇俨却笑了："这多好啊，炼影为妖，比如你，炼化影子就可以两个人一起开凿佛窟，又如玄奘法师，玄奘法师此生遗憾就是没有把佛经翻译完，若是能炼影为妖，这妖怪也是一代高僧，他的经书不就翻译完了吗？"

叶尾冷笑一声："若是如此简单倒好了，亲生的孩子长大都不会事事听从父母的，若影子成妖，他怎么能完全听从你的？而且那影妖要不断吞食人的魂魄来续命的，本尊修为越大，影子本领就越高，而且最可怕的是……"

他忽然停住不说了。

明崇俨正听得入迷，赶忙追问："最可怕的是什么？"

叶尾一脸严肃地说："你听说过含沙射影吗？"

"听说过。"明崇俨点头，干宝在《搜神记》里说有一种叫蜮的虫子，能够用沙子射人影，一旦被射中，轻则生病，重则死。

叶尾接着说："影子成妖，天然具有一种本领，能用这种虫子炼制成蛊，一旦射中人影，人就会完全听从本人。"

明崇俨听得脊背一阵发凉，难怪玄奘法师不让驱生人之影，这是大慈悲之心。

一阵沉默之后，明崇俨问叶尾道："玄奘法师是个什么样的人？"

叶尾站起身来说："我自修炼以来，见过无数所谓的得道之人，也见过无数所谓的高德大僧，有人想食我肉，夺我修行，有人想杀我以扬己名，有人还劝我跟随以彰自己威风，还有人试图雇我来保护他……不管怎么样，他们都没有把我当妖，没人把我当人。只有玄奘法师把我当人……"

他果然是妖，明崇俨心里顿时释然了，这在自己意料之中，看他说得如此坦然，倒有点意外，内心对他多了一分喜欢，不由得微微笑了笑。

那叶尾在暗暗观察他，见他不惧不惊，反倒笑了，便继续说："我作为一个乌龟，千年修行，终成人形，成人我就停止修炼，不求飞升，不求成仙，所为的不就是好好看一眼这个世界，走一走这山河。"

"难怪你叫叶尾。"明崇俨恍然大悟他这个名字的意思，"庄子说'宁其生而曳尾于涂中'，那你妻子小涂，就是叫涂中了。"

叶尾笑了，点点头：“所以我选择了开凿佛窟为生，从榆林到敦煌，从云冈到龙门，仗着佛和菩萨的庇佑，我们躲过了替天行道者的追杀，避开了雷劫。但在榆林，有个和尚发现了我们，说我们玷污了佛像，要杀了我。恰好玄奘法师西天取经归来，他借宿在榆林，挺身挡在我们面前，问那个和尚佛祖慈悲，众生平等，怎么就容不下他。那和尚说这个人是妖，玄奘法师说一只乌龟你知道爱护它，修成妖，就如同一个胎儿变成童子，童子变成老人，不过是生命换个方式存在，你怎么就要诛杀呢？这和尚不能回答。玄奘法师说，他成人五百年，雕凿佛窟，都是弘扬佛法，你比他又如何呢？这和尚当即离去。”

“都说玄奘法师善辩，果然如此。”明崇俨赞叹了一句。

六

次日天亮，明崇俨走出石室，快步走到滏潭边上，跑上山。

侧面一轮朝阳初起，将潭水都染得红彤彤的。

那尊佛像身上镀了彩霞，更显得靓丽，他的头慢慢抬起，额头、眉毛、眼睛和鼻子一点点显露出来。

这人额头宽广，眉毛粗而短，眼睛和眉毛之间基本上没有空隙……

“万回和尚。”明崇俨自己惊叫起来。

“你认识他？”叶尾气喘吁吁地爬上来。

明崇俨没有回答，万回和尚被嵩阳观的潘师正诛灭了，他的尸骨还葬在少林寺。那这一定是万回弟子为他们的师父树碑立传了。

忽然远方一队人马奔驰而来，马上人大声喊道：“天皇使臣驾临，无关人员一律退散。”

天皇使臣到了，看到此番景象，将此事传回洛阳，民众不知，岂不是把万回奉为神僧。明崇俨看着佛像，心想：万回，你可真是九足之虫，死而不僵啊。

他咬破食指在胸口画了一个避水咒，纵身跃下。

叶尾“哎”了一声，也紧跟着跳了下来。

明崇俨有避水咒护体，身体所到之处，潭水两边奔流，为他闪出一条道来，让他如履平地。但挡得住水，挡不住凉意，他还是忍不住打了几个寒战。

转眼看叶尾也落了下来，对他道：“带我去。”

叶尾没想到他有如此法力，喜道：“小涂有救了。”快速往下潜去。

明崇俨紧跟其后。

两个身影，在水波翻腾中，一个如龙归大海，一个踏水如云，往潭底走去，可惜游人都被赶来的卫士驱散了，这番景象无人得见。

走到水底，更能感觉到这佛像之大，明崇俨还没有这佛的脚掌高。

明崇俨伸手去摸，手从佛的身躯里穿过，所触摸到的都是水，整个佛也就是个投在水里的影子。

明崇俨正要细细观察。

一枝羽箭从佛像背后射来，近在咫尺之间，躲无可躲。

一股水流斜地里飞来，将那羽箭撞飞。

回头看去，叶尾两腮鼓鼓的，张口一股水喷出，他不愧是水中修炼成妖，口如劲弩，水做飞箭，向前喷去。佛像身后蹿出一个人来，水流正好打在他身上。

佛像头顶、背后又跳出十几个人来。

这些人穿着千牛卫的官服，手里拿着障刀。

明崇俨一愣，这难道是天后派来的人?

叶尾喊道：“明君，他们是影子。”

明崇俨低头看刚才被打倒那个人，叶尾又接连两口水喷在他身上，那人的身躯慢慢裂开，消散在水里。

千牛卫的士兵都被控制了，明崇俨心下一惊。

那十几个千牛卫士卒已经挥舞障刀杀了过来。

明崇俨效法叶尾，天蓬尺挥动，带动水流化作一道白练，迅疾挥去，穿千牛卫士卒的身躯而过。如刀过脆冰，十几个身影涣然而逝，身影消失在水中。

明崇俨没想到他们如此不堪一击，他这水流化作的白练劲道却是不减，穿这大佛身影而过，巍巍一尊佛像竟然如风吹蒲公英，四散而去。

叶尾大叫一声，飞身而起，张开双臂，想要拉住，但水从他身上流过去，什么也留不住。

叶尾拦了几下，抓了几把，终于失望了。

他忽然面目狰狞朝明崇俨冲过来："你为什么下毒手？"

明崇俨后退几步，也不知道怎么和他解释。

叶尾却看着地上淤泥愣住了，明崇俨循着他目光看去，只见这淤泥上显出一行字："佛像雕成之日，涂中还家之时"。

明崇俨长舒一口气，看来不是自己误伤，是被对方收走了。

叶尾跪在地上，连连磕头，哭喊着道："大慈大悲的佛祖和菩萨，我虽然是个妖，但一心行善，雕刻了五百年佛窟啊，怎么要这么对我？！"

看他哭得过于伤心，真是个至情之人，明崇俨上前要劝他，叶尾看他一眼，对明崇俨磕头道："明君，你那么大本领，一定是佛祖和菩萨来救我的吧。"

"我师父李淳风是个道教徒，我今天成了佛祖派来的使者。"明崇俨苦笑一声，又暗自思忖，不管怎样，此事和万回有关，千牛卫都被牵扯进来，不能不管。他伸手搀扶叶尾，道："我们一起想办法，一定会找到涂中的。"

两个人走出水潭，岸上十几匹马在饮水。十几个士卒躺在地上，一动不动，伸手触摸鼻端，已经没了呼吸。

叶尾叹息一声："刚才围攻我们那几个身影就是他们的。"

明崇俨细看面容，果然是刚才那几个身影。

"驱影之术。"明崇俨想起叶尾昨天的话，问道，"那他为什么不控制了你的身影？你的影子会具有你的本领，他不就可以雕刻了吗？何必大费周章？"

叶尾"哼"了一声："我既然深谙驱影之道，他怎么能控制得了我的影子呢？"

忽然芦苇丛里一阵声响，明崇俨和叶尾一起跑过去。

芦苇丛里站出一个白面无须锦绣衣冠的人来，是个宫里的内侍——显然他就是天皇的使者了。

这内侍年纪不大，明崇俨不认识，他却认识明崇俨，脸色都变了：“你……你不是死了吗？天后还挂着你画像，说你是忠臣。”

“天后挂着我画像？”明崇俨大喜，心中暗道：师姐师姐，你果然记着我。收住心神，发现那内侍已经跑了，料想他这番回去一定会对别人说自己还活着，但想必没人信吧。他心中高兴，对叶尾道：“玄奘法师的佛骨在少林寺，我们去那里看看，是不是能找到什么线索。”

叶尾点头，两个人刚要走，一阵风拂面而过，顺着潭水吹过去，水面起了一片波纹。

一行红色字在水面上显现出来：“想不到明崇俨没死，那李贤就是被冤枉的了。叶尾你若敢和他一起走，小涂立刻魂飞魄散。”

叶尾一个激灵，赶忙跪倒在水边道：“不敢不敢，我不和他一起走，我就在这里雕刻佛窟。”

明崇俨拿着天蓬尺，四下查看，哪里有人？

水面上的字慢慢消失在波纹里。

叶尾对明崇俨道：“明君，一切就都拜托您了，我就不去了。”

看他一脸恐惧，明崇俨倒对他这份痴情越发敬佩了，只好随他，停了一下，又低声道：“对方法力之高，出我意料，你能不能将驱影入画之术教我？”

“好，好。”叶尾毫不犹豫道，“那你跟我来。”

明崇俨跟着他回了石室，他将咒语说了，都是梵语，佶屈聱牙，明崇俨不辨含义，只能死记。

一直到天黑他才记下来，叶尾挂起一轮他的月亮，宛如燃起千根蜡烛。

明崇俨就要告辞，叶尾突然跪下道：“明君若帮我找回小涂，我愿意为您雕刻佛窟。”

明崇俨点头：“到时候我真的要找你开凿一尊佛窟，不过那面容可不是玄奘大师……”他想起师姐要他在龙门雕刻佛窟的事，他看着玄奘大师面容的佛像，心想若是把这佛换作师姐的容颜，她一定会很高兴，明崇俨不由笑了。

叶尾见他表情已然明白他的心意，拿起一块泥来，笑道："明府将心中容颜告诉我，我片刻便为你捏一尊出来，看看效果。"

"好……"明崇俨一脸神往，说道，"她面容如月，明亮光洁，双眉若虹，二目若珠，灿烂有神……"

明崇俨说完，叶尾举着一尊雕塑道："是这样的吗？"

明崇俨看了一眼，脱口叫出师姐，那佛像完全是师姐的容貌，她盘膝而坐，双手结印，目光收敛，更多了一份宝相庄严。

叶尾恭恭敬敬地将佛像放在佛龛里，对明崇俨道："我知道了，此尊佛窟我便雕作这番模样……"

明崇俨道："那……"

叶尾骄傲道："放心，我最后再雕刻容颜，那恶人不懂，不会知道的。"

明崇俨看看佛像，他好想带走。

叶尾看透他的心思，道："明君，既然学了驱影入画之术，何不小试牛刀？"

说着将那佛像放在那轮明月前，立刻在室内映出一个身影。

叶尾让明崇俨背对窗户而立，那身影就投在他衣衫之上。

明崇俨默念一遍咒语，叶尾叫道："好。"

他让明崇俨脱下衣衫，那佛像的影子就印染在他衣衫上，而且鼻眼清晰，最好的工匠也染不出来，绣不成。

明崇俨心中大喜："佛祖的身影被印在师姐送我的衣衫上，回去我再送她，她一定高兴。"

当即起身告辞，叶尾送他到户外，外面天色依旧发阴。

叶尾递给明崇俨一个葫芦道："这里是我收集的最明亮的月亮，明君路上照明用。"

明崇俨有驭风神行之术，本用不着，但见他诚恳，也就接过，悬在腰间，告辞而去。

七

明崇俨路上盘算，对手强大，刚才自己又扬言要去嵩山，对方对自己了如指掌，不如先去找司马承祯商量。

风驰电掣之中，他直奔洛阳城。

到洛阳城已经是四更天，城门尚未开启，明崇俨翻墙而入。

原以为青云观也会大门紧闭，自己要翻墙而入。

却见青云观大门洞开。

司马承祯正从道观走出来，他看到明崇俨大吃一惊，说："你真的回来了？"

明崇俨奇怪道："怎么了？"

司马承祯说："刚才督明府派人过来请我和明崇俨过去一趟，我还说明崇俨没回来怎么去？"

明崇俨一愣："我没跟督无咎说。"

司马承祯点头说："那一定是那灵绝和尚算出来的。"

"这和尚会算卦？"明崇俨奇起那天督无咎说算出他能做县令，以为那不过是恭维之词，想不到他真的会算卦。

司马承祯点头道："算得可准了，县衙的衙兵们都被他算了个遍。"

明崇俨皱眉："他怎么算卦？"

司马承祯疑惑地说："他擅长相人影子，根据影子厚薄，推测一个人的富贵。"

"影子？"明崇俨大吃一惊，这和尚也是万回的人？

他拉住司马承祯道："我们快去看看。"

县衙门口两侧悬挂起两盏灯笼，大街上寂静无人，两个人站在门口，影子被拖得老长。

明崇俨看了一眼影子，对司马承祯道："你在这里等着，我进去看看。"

明崇俨生怕县衙的人认出他来，纵身从墙上翻入，直奔后堂。

后堂内静悄悄，堂内漆黑一片，只有门口挂着的灯笼发着幽幽的光明，细听堂内，传来沉重的鼾声。

这是督无咎的鼾声，他竟然在睡觉？

不是他叫两人过来的吗？

明崇俨忽然觉得不对，灵绝和尚知道自己回来，故意设下了圈套。

这里后堂一般晚上不挂灯笼的。

他猛然看见一条黑影正从黑暗里往自己影子上爬。

明崇俨手中天蓬尺打出，就听得“哎呀”一声，一个人倒在地上。

转眼看见又是几个黑影爬了过来。

这些人是要控制自己的影子！

抬头看，又有几个人拿着弹弓往自己影子上射来，这大概就是那种“蜮”，自己显然是躲无可躲。

情急之下，明崇俨摸到怀里的葫芦，这是叶尾送给自己的月光。

他顿时有了主意，将那葫芦口的塞子一把拔掉，挥手洒出，月光四散，正在自己头顶，明崇俨的影子立刻不见。

那些弹丸全部落空。

再看地上、楼上站着的人，竟然全是衙兵。

明崇俨心里一凉，这些人肯定是被灵绝和尚相看身影，身上被种上了影蛊。

他头顶光环照耀，宛若神仙驾临。

这些衙兵倒是被唬住了，呆呆看着，不知所措。

明崇俨喝问道：“灵绝和尚呢？”

衙兵面面相觑，无人回答。

督无咎裹着个单子跑了出来，看见明崇俨大吃一惊：“明大夫，你白日飞升了吗？”

明崇俨问道：“灵绝和尚呢？”

“走了啊！”督无咎回答得很干脆，“他本要在这里见天后内侍王福来，说要为他算卦，今天他突然想起来自己曾经偷过佛骨，罪孽深重，去嵩山少林寺忏悔去了。”

“等内侍王福来！”明崇俨倒抽一口冷气，他是想要通过王福来控制天皇、天后啊，想必这几日没有等来，又得知自己回来，这才匆匆走了。听说他去了少林寺，明崇俨心下稍安，玄机大师法力高深，希望能将他擒获。

明崇俨就要去嵩山，想起门口的司马承祯，忙喊：“司马道长，司马道长……”但喊了半天，不见有人答应。

有衙兵出去查看，抬着司马承祯走了进来，道：“他晕倒了。”

督无咎让人把他抬到屋里，吩咐众人退去。

明崇俨上前去看，司马承祯面色苍白，双目紧闭，还皱着眉头，似乎遇见了极为恐怖的事情。

明崇俨试摸他脉搏，还好，没有性命之忧。

督无咎端了一碗水，在他脸上洒了。

司马承祯“啊”地大叫一声，坐起来喊道：“妖贼，你要做什么？”双手乱舞，把督无咎手里的碗都打翻了。

“啪”的一声，碗碎了，也惊醒了他自己，司马承祯看见明崇俨和督无咎，愣了一下。

明崇俨问道：“刚才门口发生了什么？”

司马承祯摇头叹息道：“我本来就在衙门口堵截这贼人。谁知道明兄刚进去，我就看见有人提着我潘师父的脑袋说，他是替万回和尚报仇来了，我愤怒之下，就和他厮打起来……却竟然睡着了，连什么时候睡的我都不知道。”

替万回和尚报仇，明崇俨长舒一口气，对方终于亮出了底牌。

督无咎和司马承祯看看明崇俨头上的光，都大感好奇。

明崇俨将刚才衙役伤人的事情说了，自己利用这光环躲过一劫。

他又道：“这灵绝和尚应该是精通这种法术的人，他给你们相影子是假，为你们种上影蛊才是真，估计你们都被种上了影蛊。所以他随时可以用影子来控制你们。”

督无咎下意识地去看自己脚下的影子，疑惑道："不会吧？"

他瞥一眼明崇俨脚下："明大夫，你没有影子。"

明崇俨将头上光亮去了，立刻灯下一条影子拖得长长的。

督无咎又看向司马承祯，奇怪道："司马道长你怎么也没有影子？"

明崇俨大吃一惊，急忙举起蜡烛查看，司马承祯果然没有影子。

"你的影子被他收割了……"明崇俨话说了一半，记起他刚才说的那个梦，大叫一声，"不好，我们快上嵩山。"

司马承祯也当即醒悟，两个人快步出门。

外面天色已亮，城门已开，两个人快步跑了过去。

八

两人施展神行之术，不到一个时辰，便到嵩阳观门口。

上次潘师正出手剿灭万回和尚，天后派人重修了观门。

观门巍峨高大，"嵩阳观"三个大字据说还是天皇手书。

但雄伟的观门大开，一个值守的道士也没有。

司马承祯站在门口喊道："今日何人值守？"

没有人回应。

大院内空荡荡的，一个人也没有，只有两边的菊花开得正艳。

明崇俨内心一凛，有种不祥的预感。

一个小道士急匆匆从一边厢房走出来，看了一眼司马承祯，仿佛看见鬼一样，面色大变，转身就往回跑，一面跑一面喊："他又回来了。"

司马承祯和明崇俨互看一眼，还没来得及说话。

他话音刚落，就见一群道士拿着刀枪围了过来。

为首一个道士面如金纸，咳咳声不断，对司马承祯道："师弟，昨晚真的是你吗？"

司马承祯大吃一惊："师父怎样了？"

众道士七嘴八舌地喊道："你以为我们都是傻子吗？我们亲眼看见你打死师父……"

"啊！"司马承祯一声惊叫，差点儿晕倒。

明崇俨已然明白了，对方已然得手。

众道士就要冲上前来。

那咳咳不停的道士怒喝一声："退下！"然后又是一阵咳嗽。

司马承祯这才回过神来，哭着道："龙师兄，不是我，真不是我，我要去见师父……"

他已经有点语无伦次了。

明崇俨知道潘师正手下杰出弟子有龙、马、驴、狼四人。

听他叫龙师兄，想必就是龙潜了，他这大师兄身体不好，所以就一直守在师父身边。

龙潜点点头："怎么证明不是你……"

"那是谁？"有道士大声呵斥，"我们亲眼所见，还有假吗？龙师兄不要偏袒他。"

"是有妖人盗了他的影子杀人。"明崇俨抬头看，太阳已经升在屋顶。他拉着司马承祯往外走到阳光底下，指着自己的脚下道，"你们看，他没有……"

话说了一半，他自己就愣住了。

两人脚下赫然拖出两条长长的影子。

司马承祯方寸大乱，起身就往里跑："我要见师父……我要见师父。"

早有众道士拦住他，有几个人上前狠狠扇他耳光道："你这欺师灭祖的东西，不配见师父。"

司马承祯完全不反抗，呆呆地看着众人道："我要见师父。"

众人还要打，龙潜咳咳几声说道："不要打，事情还没有搞清楚……"

"怎么没有搞清楚，他们刚才编的瞎话都编不圆。"一个胖道士大声喊道。

明崇俨看着影子，苦笑一声："看来对方事事抢在自己前头，已经布下一张大网要自己去投了。"

龙潜大声呵斥道："亲眼所见就是真的吗？"他看着那胖道士，这胖道士挥拳朝自己身边一个年长的道士身上打了一拳。

那年长者道："你干什么？"

那胖道士如梦方醒，他看着自己的手，奇怪道："怎么回事？"

郎潜一阵猛烈的咳嗽，这才道："你们看是不是他打人？"

众人点头。

龙潜冷笑一声，上前从这胖道士身上扯下一张红纸剪成的小人，道："实际是我打的，我用裂魂术，控制了他。"

说完又是一阵咳嗽。

明崇俨听司马承祯说过他大师兄郎潜修行裂魂术，可以将魂魄分成几缕，控制他人，今日一见果然名不虚传。

众人安静下来。

郎潜拉过来明崇俨低声道："你说的这门邪术我知道，还望你继续查下去，我师弟就先让他留在嵩阳观。"他说完，捂着嘴一阵咳嗽。

这位龙师兄身体虽然不好，但头脑清晰，明崇俨对他颇有好感。

他躬身施礼："龙师兄保重身体。"起身要走。

他走到门口，龙潜忽然道："阁下留步。"

明崇俨转过身来，龙潜走过来递给他一张纸道："送你一张本门的平安符。"

明崇俨接过，是一张红纸剪成的小人，刚才他就用这个控制了胖道士，莫不是还想控制我。

明崇俨还要犹豫，龙潜说："这不过是个平安符，没有任何法力。"明崇俨这才接了过来，拱手离去。

九

少林寺的香火可比嵩阳观旺多了。

门前香客如云，排队瞻仰玄奘大师的佛骨。

走进山门，大门正殿之上金黄的绸缎上摆着一个琉璃罩，里面放着两粒骨殖，想必就是玄奘大师的舍利子，一群善男信女排队磕头。

明崇俨敬仰玄奘为人，遥遥地拜了一下。

转身却看见这些人拜完舍利都涌现偏殿，这里排了更长的队，排队的人焦急等待，里面出来的人脸上或喜或忧，等待的人问："怎样，准吗？"喜的人高兴道："真是一个神奇的瓶子。"悲伤的人哭丧着脸："一个瓶子，蠢然一物，知道个什么？"

瓶子？明崇俨大为好奇，他绕过排队的人，走到最前面。

偏殿门口被和尚把守着，进去的人先交一吊钱。

有和尚将问询人的姓名和八字誊写在一张纸上，交了钱的人拿着这张纸进去，走到一个雪白的花瓶面前。

将那纸扔到花瓶里去，拜上一拜。

花瓶的一个声音问："你叫刘万两啊？"

这人恭恭敬敬答："回瓶君，是。"

"你问姻缘？"

"是，望瓶君指点。"

"回去好好挣钱，有钱姻缘自然就来。"

"瓶君，我良田千亩，有的是钱啊。"算卦的是个瘦小书生模样的人。

"嗯……"瓶子犹豫了一下，又道，"非让我说实话嘛，你太丑了。还有你这人也太笨了，和尚自己都娶不上媳妇，你来这里问姻缘。"

引起周围一群哂笑。

"这……"这人怒了，起身要去推这瓶子，早有一个和尚拉住了他，把他拽了出去。

明崇俨看了几个，这瓶子里想必封印着一个魂魄，他都是胡说八道，根本谈不上算命，只是这些善男信女没有见过会说话的瓶子，就都来围观了。

他慢慢踱步到了后面的塔林里，这里耸立着大大小小的塔，都是历代高僧埋身之处。

这万回虽然为人不择手段，潘师正也敬仰他是一代高僧，将他的骨殖送给少林，神秀和尚把安葬在这里。听说白马寺此番为迎接玄奘佛骨，天皇、天后专门修建了一座二十丈高的塔。

明崇俨一番寻找，终于找到了写着“万回”名字的塔。

这塔跟别的塔倒没有什么不同，明崇俨仔细看过去，却见这塔基下最后封塔的砖石竟然是新的。

万回埋葬在这里已经快一年了，怎么会是新砖？

明崇俨正自疑惑，忽然身后一个人跑过来，自言自语道：“不对，不对，玄奘大师应该就在这附近。”

明崇俨回头看去，一个僧人快步跑了过来，竟然是灵绝和尚。

两天不见，他仿佛换了一个人，满面愁容，目光涣散。走路也拖拖拉拉，一面走一面四下查看，搜寻什么，时而停下脚步，四下探视，时而侧耳细听，想要发现什么。

他从明崇俨身边走过，竟浑然不觉，自顾自地走过去。

明崇俨大感好奇，真无法把他和那恶僧万回联系起来。

但灵绝和尚走走停停，竟然直接走到了万回的塔前。

他自言自语道：“就在这里了，就在这里了。”

他说着蹲下身子查看，将耳朵贴在塔前仔细聆听。

“他在这里，他在这里。”一群壮实的和尚跑了过来。

一把拉住灵绝和尚：“你这个偷佛骨的败类，又在这里装疯卖傻。”

灵绝和尚看着他们，嘴里喃喃道：“我没有偷，我没有偷。”

两个和尚把他胳膊反扭过来。

灵绝还说：“我听见了玄奘法师说话，我听见了师弟叫我。”

这些人狠狠道：“你还有同伙，快去给玄机大师交代吧，千牛卫还要找他们呢。”

明崇俨听得蹊跷，上前问道："灵绝和尚，你还认识我吗？"

灵绝抬头看他，茫然摇头。

竟然不认识！

那群和尚打量他一番，叫道："你怎么跑到塔林来了，莫不是他同伙吧……"

"不得无礼。"身后有人打断了他的话，众人看一眼，神情立刻恭敬。

明崇俨回头看去，一个僧人走了过来，身材高大，相貌俊朗，正是玄机和尚，他穿了一件洗得发白的百衲衣，举止之间自有一股威严。

众和尚躬身行礼，玄机看一眼灵绝，微微皱眉，摆手让众人下去。

众和尚带着灵绝离开，灵绝突然看着玄机和尚叫道："你……你……"他似乎想起了什么，却说不上来。

玄机随手一弹，一片片花瓣从天而降，落在灵绝头顶。

灵绝立刻不说话了。

玄机摆摆手，众人带着灵绝下去。

看得众人走远，玄机伸出来手来拉住明崇俨道："跟我来。"

他言语中有一股威慑力，明崇俨不由自主地跟着他走了。

他带着明崇俨往里走，竟然走到堂头那屋子里，明崇俨疑惑，道："大师是少林首座了吗？"

"不。"玄机面带微笑道，"神秀法师有事去了南方，我只是暂住在此。"言语间，玄机和尚推开门，在一个蒲团上坐定，说道，"我认识你。你是明崇俨。"

明崇俨当即愣住。

玄机和尚笑着说："我曾经在金陵栖霞寺修行过，那座寺庙是你先人舍家为寺的。"

明崇俨点头，那都是南朝时候的事了，他小时略有耳闻。

"那里有你家先人画像，你们十分相像，所以我一见就觉亲切。"玄机和尚道，"你心中一定有很多困惑。"

明崇俨点头，便从滏阳水潭边的万回神像说起来，说到司马承祯被人偷取身影，潘师正被杀。

他一口气说完，玄机和尚始终面带微笑，时而颔首。

听明崇俨说完，他才道："一切皆有因，那叶尾得蒙玄奘法师点化，有今日成就，他不该用幻影欺骗众生敛财。至于他所谓的妻子……"

玄机呵呵一笑。

明崇俨问道："他妻子也是一只乌龟？"

"不是。"玄机又笑了，"他妻子是他的影子。"

"啊！"明崇俨大吃一惊，"他是炼影为妖，他口口声声说玄奘法师……"

玄机沉重地点点头，打断他说："妖物狡猾，自然专挑对自己有利的说。"

"原来如此。"明崇俨恨恨地说。

玄机像是在说一个孩子的错误："他以影为妻，这也没什么不对，但是他不该纵容自己的影子来盗窃玄奘大师佛骨，用大师佛骨提升自己的修行。"

小涂盗窃佛骨？明崇俨吃了一惊："那他偷走玄奘大师佛骨了吗？"

玄机和尚又露出神一样的笑容，道："当然没有。"

原来如此，明崇俨长舒一口气，又问道："灵绝和尚呢？"

玄机叹了口气，带着遗憾说道："他和那涂中联合试图抢佛骨，涂中被我擒获，他就跳河而去了，不料被你救起来。"

"原来那水里影子消失是因为这个。"明崇俨怒道，"他精通影蛊之术，是他害了潘师正？"

玄机吃惊道："他害了潘师正？什么时候？"

明崇俨道："就是昨天晚上，他盗窃司马承祯身影杀害了潘师正。"

玄机一脸痛心的表情，连连摇头道："我以为他昨天来投奔我是改邪归正了。哪里知道，昨晚做下这番罪孽。"

明崇俨疑惑道："他为什么要杀害潘师正？"

玄机摇头："他不是我的对手，要夺潘师正的修行为自己所用，好来抢我的佛骨吧。"

明崇俨起身道："我要带他去嵩阳观，跟大家说个明白。"

这时门被推开了，有个小沙弥送进来一个食盒。

玄机拍了拍小沙弥的头，小沙弥感激得眼泪都要流下来，慢慢退了出去。

玄机打开食盒，都是十分精致的饭菜，对明崇俨笑道："莫着急，朝廷派了三百千牛卫士卒来接佛骨，我们把他交给朝廷来审讯吧。"说着递给明崇俨一双筷子，招呼他吃饭。

明崇俨顿觉他说得有理，也的确饿了，接过筷子就吃起来。

玄机却不吃，像是看一个孩子一样看着他，又问："听说你和万回和尚不睦。"

明崇俨点头。

玄机露出痛苦的表情，又道："你真是不该，玄奘法师当年在天竺就见到一根寺庙柱子上写着'菩萨万回，贬谪到唐地受教化'。玄奘法师取经回来，专门打听过万回，还送了他禅杖。"

万回竟然是被贬的菩萨，明崇俨大吃一惊。

玄机继续说："我虽然是玄奘法师弟子，但对万回就一直很尊敬。你不该这么对他。"

他言语淡淡地说出来，但自有一股威严，让明崇俨顿时信服，他躬身起来道："大师教诲得对。"

玄机叹息一声："现在万回已回归西天，但现实对他不公，此番为天皇献上佛骨，我一定为他争取个公平。"

明崇俨也顿觉万回冤屈，他也是为了弘扬佛法，和玄奘法师西行取经异曲同工，何罪之有？

玄机道："我后天到白马寺献上佛骨，你随我一同去，到时候，我对天后解释清楚，你也不要躲藏，还为朝廷效力，守在你师姐身边。"

明崇俨犹豫了一下，抬头看见玄机诚恳的脸色，点头道："好，那就谢过法师了。"

玄机伸手摸了摸他的头，微笑着说："错而能改，善莫大焉。"

吃过饭，有小沙弥进来禀报，说："现在山门聚集了许多信徒，他们瞻仰了佛骨，又想见见您。"

玄机点点头，对明崇俨道："和我一同去吧。"

也不等明崇俨答应，他就快步走了出来，明崇俨不由自主地就跟着走了出去。

走到前殿，院子里已经站满了人，山门外也都站着人，玄机纵身跃上屋脊，轻轻咳了一声，道："诸位施主。"

众人看见他，乱嚷嚷的声音立刻沉寂下来，一起跪下道："玄机大师。"

玄机张开双臂道："诸位请起。"

这一百多个人竟然齐齐站起来，仿佛被人搀扶起来，这些人大吃一惊，喊道："玄机大师神通，玄机大师神通，是真佛临世。"又再次跪下行五体投地的大礼。

看到众人这份敬仰，明崇俨也不由得内心敬佩，不由自主就要跪下。

"不要跪。"一个声音说道。

明崇俨回头看，却见身后都是跪倒的人，不知谁在说话。

倒是一个一脸凶相和尚走过来，低声呵斥道："你怎么不跪拜？"

跪拜还要强迫，明崇俨内心一阵反感，转身离开人群，内心一阵清明。

忽听那声音又道："你被人种了影蛊。"

明崇俨环顾四周，除了一个和尚远远看着自己，却没有人，内心一凛抬高声音问道："谁？"

"我。"远处一个声音回答。

这次声音怎么距离得这么远？循声看去，是那放瓶子算卦的偏殿，难道那会说话的瓶子提醒自己？可是刚才的声音就在自己旁边啊。

明崇俨快步走过去。

现在所有人都在大殿、山门朝拜，这里只有一个和尚漫不经心地坐在那里。

他以为明崇俨是来算卦的，伸手道："一吊钱。"

明崇俨身上没带钱，他这衣服是天后所赐，身上还挂了一块玉佩，明崇俨伸手扯下来，递给和尚道："怎样？"

那和尚显然懂行，看看成色，四下瞧瞧无人，将那玉佩装进衣兜，对明崇俨摆手道："快去吧。"

明崇俨走到那瓶子面前，问道："你说我被种了影蛊？"

那瓶子道："我没说，我没说，我没说……"像个耍赖的孩子。

一个声音问道："你到底是个什么东西？"

明崇俨四下查看，那门口的和尚正在偷偷看那玉佩，殿内没有人啊。

那瓶子却以为他说的："我是什么东西？我是释迦牟尼，我是观自在菩萨，我是文殊菩萨，我还可以是弥勒佛，你算什么东西？"

那声音道："我是什么东西，也没有藏在瓶子里，有本事你出来。"

明崇俨听出来了，这声音是从自己身上发出来的，他把手伸进口袋，掏出一张红纸剪成的小人，这是龙潜送给他的。

那瓶子怒道："我这就出来，这就出来。"

说了半天，不见出来。

那小人哈哈大笑起来："你就是个乌龟，只能藏在自己瓶子壳里。"

那瓶子发出砰砰砰的声音，显然很生气："我最讨厌别人说我是乌龟了，我这一辈子守着一只乌龟，还让我当乌龟，等我完成任务，那和尚赏我一粒玄奘的佛骨，我就脱离那只乌龟。"

明崇俨越听越熟悉，好奇道："你是叶尾的妻子？"

这瓶子不出声了。

那小人也愣住了，对明崇俨道："你认识瓶子里的家伙？"

明崇俨道："我不认识，但我刚才听说他和灵绝和尚联合起来偷玄奘法师佛骨。"

"我没偷。是那和尚自己偷的。"这瓶子里蹦出来一句话。

"我也没偷。"身后一个人走了出来。

"灵绝和尚！"蹲在门口的僧人立刻认出了他，伸手拦阻。

灵绝和尚就站在门口道："我不是灵绝，我是玄机，"他一指那个高高在上的玄机道，“他才是灵绝。他抢了玄奘大师佛骨，杀了我的随行人员，我跳入水中这才得以逃脱，幸亏得人救起，他找到我，又用影蛊来控制我，让我到洛阳城里为他作伥，散播影蛊，盗窃司马承祯身影去刺杀潘师正。”

灵绝是玄机，玄机是灵绝，他们互相指认对方偷了佛骨。明崇俨晃了晃脑袋，有点晕。

“你胡说八道什么？”那个看门的僧人伸手就要去抓灵绝和尚。

灵绝和尚反手一推，那守门的僧人像是风吹落叶一样飘了出去，“砰”的一声撞在一棵树上，晕了过去。

他快步走过来，指着那瓶子对明崇俨道：“他就是个影妖，勾结那灵绝和尚，为他散播蛊毒。”

那瓶子颤颤巍巍地道：“你的蛊毒呢？”

和尚道：“我吞了玄奘大师的舍利子，你那点蛊毒还想控制我？”

玄奘大师的舍利子？明崇俨吃了一惊，外面还在万众朝拜，他怎么取到的……

这瓶子怒了：“你作为玄奘法师弟子，为他护送佛骨，你怎么能自己吃呢……”

“灵绝”和尚看向明崇俨：“你信了吧？”

明崇俨内心一阵澎湃，他顿时如醍醐灌顶，难怪刚才在禅房这玄机和尚为万回和尚编神话，他才是万回的弟子灵绝和尚，而面前的“灵绝”才是真正的玄机。

自己刚才在“玄机”的禅房内对他言听计从，差点儿下跪，显然是中了蛊毒，若不是那小纸人，定然被他牵着鼻子走。

他伸手去摸身上那个红色小人，却不见踪影。

“明大夫，你是在找这个吧？”“玄机”像个幽灵一样，突然从“灵绝”和尚身后冒了出来，他手上拿着两个红色小人，而“灵绝”和尚立刻站立不动了。

“玄机”和尚拿着那两个小人笑道：“这是分魄符，这是潘老道让明府带进来的吧？”

明崇俨一见他的笑容，便顿觉亲切无比，点头道：“是。”

那瓶子怒道：“灵绝，他是不是吃了玄奘的佛骨？”

“你叫我什么……”“玄机”身形如电，手掌扣在瓶子口，嘴上念念有词。

立刻这瓶子里一声惨叫。

“玄机”举起来那两个小红纸人，道：“可笑潘老道看少林香火旺盛，竟然出此下策。用这分魄符来搅乱。”

明崇俨点头，他没了那红纸人提醒，蛊毒全然控制他的思绪，他看这“玄机”不啻佛祖、老君。

这时那惨叫声停了。

“玄机”这才对那瓶子道：“你也不想想，他吃佛骨何用？”

转过身来问“灵绝”：“你这红纸人从哪儿来的？”

“灵绝”一脸木然道：“从万回师尊的塔缝里得来的。”

“玄机”脸色大变，转身对身边的众僧人道：“我们快去看看。”

带着众僧人就往后面跑。

有个人正在用手去扒万回塔，塔基下面封堵的砖已经被扒开了。

他一面扒一面咳个不停。

“玄机”大怒，从身边一个弟子手里拿过一把禅杖就打了过去。

这人不避不闪，双手扶住塔身，弓起后背，“玄机”这一禅杖就结结实实地打在他后背上。

这人的后背就像一张弓一样塌了下去，他整个身体都爬到了这塔上。

“坏了！”玄机顿时醒悟过来，这人用的是移花接木之术，自己这一击，被他全部转移到了塔身之上。

他话音刚落，那塔就“哗啦”一下全部倒掉了，一阵烟雾腾起。

这人从砖石之中爬起来，他灰头土脸，嘴角还挂着鲜血，咳个不停，明崇俨一眼认了出来，这是龙潜。

龙潜挥动袍袖，一阵风刮过来。

将砖石倒掉的烟雾吹尽，露出这塔的下半截，这里面躺着五具尸体，都是身着僧袍。

龙潜停住咳嗽，指着那些尸体道：“这就是跟随玄机和尚前来送佛骨的人吧？”

“玄机”脸色一变，随即镇定下来，他对身边的和尚使了个眼色。

一个和尚拎起弓箭就向龙潜影子射来。

龙潜冷笑一声：“你这影蛊之术对我没用，我是修行裂魂术的人。”他伸手扳过来地上一具尸体，声音哽咽道，“他叫明觉，也是修行裂魂术的人，我们两个虽然一僧一道，但相见恨晚，原本想此番他来洛阳切磋一番的，却没想到他死在你手里。”

“玄机”这才明白何以“灵绝”自从进了少林寺，便常到万回塔身前，原来是这个小红纸人在此作祟。“玄机”冷笑一声：“既然影蛊不管用，那你就到地府去和他切磋吧。”举起禅杖便打向这龙潜。

龙潜侧身避过，一把拉住“灵绝”，走到明崇俨身边，拿出两个小红纸人一人贴一个，他对明崇俨道：“你快带着玄机大师跑。”

明崇俨心智立刻拨云见日，心头火起，拿出天蓬尺，就要和龙潜一起教训这徒有好皮囊的贼和尚。

龙潜道：“你快走，你身上有他的蛊毒，只是靠着我的裂魄符才神志清明，你没有什么法力，你快带着玄机和尚走。”

他生怕明崇俨搞错了，指了指旁边看着尸体发呆的“灵绝”。

明崇俨试了试，果然身上毫无力气。这才知道是刚才那个纸片的功劳，急忙拉着“灵绝”就走。

“玄机”和尚要拦截，龙潜挺剑和他斗在一起。

明崇俨拉着“灵绝”两个人往寺庙门口奔来，

“玄机”和尚喊道：“拦住他们。”

一群和尚追了过来。

明崇俨有意使用驭风神行的本领，但毫无力气，只能徒步狂奔。

转过一处山坳，两人已经是气喘吁吁。

“灵绝”和尚道：“看来是那蛊毒负重，不让你我快跑。”

明崇俨也觉得蹊跷，即便自己没有法术，也不至于跑起来如此困难。

两人勉强跑了一阵，竟然双腿都像绑了巨石一样，根本走不动。

“灵绝”忽然道：“那里有个洞穴。”

明崇俨看过去，果然杂草之中有个隐蔽的洞穴。

当即拨开杂草钻了进去。

“灵绝”却站在洞开道：“明大夫，我听神秀说过你，你有大智慧，今日为我佛门除恶就拜托你了。”

明崇俨一愣：“大师，快进来，你要干什么？”

“灵绝”摇摇头：“你在这里设法除掉蛊毒，我来引开他们。”

说着奋力往回跑去，一面跑一面高声吟：“唵缚日罗驮傻。”

声音洪亮，底气十足。

果然听得那群追赶的人道：“他在这里，快追。”

一群人的脚步，渐渐远了。

那诵经的声音也渐行渐远。

明崇俨叩头道：“大师放心，我一定查清此事。”

但是怎么除掉身上的蛊毒呢？明崇俨心思一转，我应该去找“玄机”大师。走到门口，内心一个激灵：“我怎么又往回走？”恍然明白那蛊毒作祟。赶忙走到洞内。心神稍为宁静，心想：那纸人怎么不管用了。明崇俨伸手去掏，竟掏出一堆纸屑。

明崇俨内心大痛，看来龙潜已经被他打败，魂魄散掉了。

他忽然心念一转：“看来‘玄机’大师本领高超，我还是去投奔他……”

此念一起，明崇俨伸手扶着墙壁就要站起来。

刚站了一半，立刻头脑中一阵清醒。但刚坐定，立刻又想还是去投奔“玄机”大师。

又要起身，手一摸墙壁，立刻内心一片澄明。

明崇俨明白了，这墙壁上有一股魔力，让自己内心清净，摆脱蛊毒。

他一只手扶着墙壁，另一只手拿出叶尾给他的葫芦，随手一洒，一道月光照亮洞府。

明崇俨细看自己手扶的地方，这里有个人影的轮廓。

旁边隐隐刻着几个字，仔细辨认，仿佛是“达摩祖师修行处”。

明崇俨神情一震，这里是达摩祖师面壁的地方，达摩祖师来到少林面壁九年，身影都印在了石壁上。他赶忙仔细查看，果然看见自己手扶之处，隐隐有个身影。难怪自己扶着墙壁，那蛊毒就无法控制自己，原来是达摩祖师的力量。

明崇俨心里一动，达摩祖师一代高僧，佛法无边，如果我能驱动他的身影，蛊毒何愁不去？

明崇俨跪下来先叩头：“达摩法师，在下无奈，要借您身影一用。”

他以身为载体，对着达摩祖师念出驱影入画的咒语。

明崇俨顿觉内心一片澄明，盘膝而坐。

恍然觉得自己站在高山之巅，俯瞰这世上一切，众生都在负重前行，步履蹒跚。人群之中，他恍然看见了自己。猛然睁开眼，他还在这个洞穴里。

忽觉手心有个东西在蠕动，他伸开手掌，是个奇怪的小虫子，身体像是一把小弓，身躯蠕动之间，那弓弦便张满。

看来这就是《搜神记》上说的“蜮”，也就是叶尾说的蛊毒了。这一只小小的虫子，竟然有这么大威力。

他本想捏死这虫子，但心头一个声音提示自己，它本无罪，不过是被歹人利用了而已。

明崇俨便将这虫子用树叶裹了，放在贴身口袋。

有达摩祖师护体，什么蜮虫都伤害不了自己。

他站起身来，拿出天蓬尺来，身上不但恢复如初，而且有着说不尽的力量。

再看墙壁上达摩祖师的身影已经不见了。

明崇俨跪下恭恭敬敬磕头：“达摩祖师，求您身影暂栖我身，助我除魔卫道。”

他出得洞来，才发现天色已黑，仰观星辰，竟然是三更天了。

十

明崇俨惦记龙潜道长和玄机和尚，快步赶回少林寺。

山门紧闭，一个人也不见了。

明崇俨正要翻墙而入，墙上忽然亮起一道火光。

一排火把高高举起来，将明崇俨的身影拖出去老长。

一个人拿着弓箭站了出来。

明崇俨当即愣住，这人竟然是叶尾。

叶尾拿弓箭对着明崇俨道：“看来你是刚驱除影蛊啊，再给你种一个吧。”

那利箭立刻射了过来，“砰”的一声钉在明崇俨影子上。

众和尚哈哈大笑。

明崇俨立刻认出了那个声音，这是那个瓶子里的声音，他是涂中，两个人长得一模一样，果然是影子。

看来那“玄机”和尚这点没有骗自己，叶尾的确是炼影为妖。

涂中看他发呆，还以为自己控制了他，笑道：“明大夫跟我一起去洛阳面圣吧，玄机大师已经去了，现在还能赶上明天朝拜天皇。”

看来他要对天皇、天后下手了，明崇俨当即问道：“龙潜道长呢？那位真正的玄机法师呢？”

涂中见他完全不受自己控制，又是一箭射在明崇俨的影子上，道：“那道士和那和尚被挫骨扬灰。”

明崇俨大怒，天蓬尺拿出，冲着那两支箭挥去，钉在影子上的箭随手飞出，向涂中反射过来。

涂中大叫一声：“我是个影子，那蛊毒不管用的。”起身躲闪，那两支箭不依不饶跟着他的摆动追了过去。

涂中吓得连连大叫：“怎么回事？怎么回事？你这箭怎么带拐弯？”然后又冲众和尚喊道，“还不放箭？！”

这些和尚一起弯弓搭箭冲明崇俨射来，霎时间，群箭如蝗直奔明崇俨而来。

明崇俨天蓬尺一挥，群箭立刻掉头，一起奔涂中飞来。

涂中正为了那两支箭疲于奔命，没想到又飞来几十枝，他不怕影蛊，但这羽箭射在身上也疼，断然不能被射到的。

明崇俨也为自己的法力而吃惊，随手一挥便能随心所欲指挥这么多飞箭，看来是达摩祖师的力量，他信心大增。

看见众和尚挥舞武器向自己进攻而来，他们也是中了影蛊的人，他朗声道："我来为你们清洗一下影子吧。"

他手中葫芦挥洒，一轮圆月升起，照在这些人身上。

银光闪耀，便如流水滋润过他们的身影。

这些人立刻站住，恍然看看左右，如梦方醒。

明崇俨顾不上和他们说什么，纵身去追涂中。

明崇俨追到寺内，转了几处，却不见涂中身影。

正自生愁，他的手不由捏了个法诀，一支羽箭飞了过来。

他正要躲闪，却见那羽箭停留在自己面前。

他恍然明白，这是呼箭之术。

刚才飞出去的羽箭，贯注了他的法力，召唤一支回来，指引自己过去。

明崇俨大喜，暗道："多谢达摩法师，我算是开了眼。"

他跟着那羽箭走过去，走到众人算卦的偏殿，羽箭散落一地。

所有箭镞都指向那个瓶子。

明崇俨明白了，涂中躲回瓶子了。

他拎起一支羽箭顺着瓶子戳进去，就听里面一声："哎哟哎哟，你怎么这么厉害？"他就要往外钻。

明崇俨虚空画了个符咒，将他压了下去。

但这虚空中的符咒片刻就消散，他又要出来。

明崇俨看看四周没有纸张，情急之下，将外面长衫脱下，盖在瓶口，咬破食指写了个符咒。

涂中在瓶子里哇哇大叫："你是叶尾派来的？这佛像是他给你印上去的吧？"

明崇俨看那瓶口，正好将印着佛像那一面盖在这里，他居然一眼就认了出来，问道："你跟我说实话，玄机——不——灵绝和尚和万回什么关系？"

"是，是。"涂中说道，"这灵绝就是万回的师弟，他在临水县看见叶尾和我，他就和我商量，说只要吞食了玄奘法师的舍利子就能成为上仙，不再是妖，也不用再依附叶尾，就骗我和他跑了。走的时候还带走了叶尾所有的蜮虫，他从我这里学了影蛊之术，一起劫杀了护送玄奘舍利的玄机和尚，玄机和尚掉进河里，他扮作玄机和尚，遇见来接应他的千牛卫，他就谎称自己被人抢劫。然后他发现是你救了玄机和尚，他还认识你，说你当年杀了他师兄万回，他要报仇，所以他先利用司马承祯杀了潘师正，然后再把你带到天皇面前，证明你还活着，为太子李贤正名。"

他前面说的这些明崇俨都猜到了，可是没想到这里面还扯进了太子李贤。

他又问道："龙潜和玄机法师真的被他……"

"是啊……"这涂中哇哇大哭起来，"我劝灵绝和尚做人不能太绝，他说上次就因为没有对那些和尚挫骨扬灰，所以今天才被龙潜推倒塔露馅，所以就把他俩和那些和尚一起烧了，然后他运起法力，挫骨扬灰。"

他一面说，一面痛哭不止，好像他也看不惯这等残忍的手段。

"他们的魂魄呢？"明崇俨打断他的哭泣。

涂中停了一下，立刻又哇哇大哭起来："那和尚非要把魂魄塞给我……"

明崇俨想起叶尾的话，影妖想要独立于肉身，只有不断吞噬魂魄才行，显然两人魂魄是被他吃掉了。

明崇俨扬起手掌，一记烈火符就要投入，涂中吓得大叫："不要，不要，我愿意跟随你，戴罪立功……"

明崇俨抓起那瓶子，道："那就跟我走吧。"

十一

白马寺在洛阳城东。

明崇俨赶到的时候，天色已亮。

白马寺周围岗哨遍布，这些卫士铠明甲亮，身材高大，都是天皇、天后的贴身千牛卫。

明崇俨记起天皇、天后派过去迎接玄奘佛骨的就是千牛卫的士卒，他内心一凛，恐怕那蛊毒已经渗透到这些卫士当中去，今日必生大乱。

明崇俨拉低帽檐，四周转了几转，正寻思着怎么进去，就见远处小道上赶过来一辆马车，车上一个人正打着瞌睡。

明崇俨正自好奇，这四周戒备森严，这马车来干什么？

走到近前，那车夫竟是督无咎。

明崇俨一把拉住马匹。

督无咎看见明崇俨，眼神中居然闪过一阵慌乱。

明崇俨坐上车来，问道："你这拉的是什么？"

督无咎一把抓住他的手，说道："明大夫，朝廷待你我不薄，你怎么能害前太子李贤呢？李贤因杀你而被定罪，但你好好的啊。"

明崇俨一愣，才明白原来他也早已中了蛊毒，明崇俨冷笑一声："灵绝在这里还下了一个棋子。"

督无咎又继续说："司马承祯欺师灭祖已经被抓下到大理寺狱中，他也要带到这里来，我昨晚挖了你的坟墓，今日抬了你的棺材给天皇、天后看看，你根本就没死，既然你来了，就跟我一起……"

"我的棺材？"明崇俨笑了，他掀开车厢帷幕，这里面果然是一口漆黑的棺材。

明崇俨想起督无咎说天后在自己棺材里还埋了一件羽衣，他顿觉好奇，还想推开棺材盖。

"你干什么？"督无咎伸手阻拦。

明崇俨本要推开他，忽然有了主意，这棺材是我混进去的最好工具啊。

他一把拉住督无咎的手，学着“玄机”和尚的样子，露出一脸伪善的笑容：“督明府，你说得甚对，不如让我进了这棺材，你把我拉进去，到时候打开棺材，你就会发现我还活着，我向天皇、天后认错，岂不是更好？”

他手上法力灌输，已将督无咎身上蛊毒控制，蛊毒反被明崇俨所用。

督无咎果然露出笑容，连连道：“好主意，好主意。”

明崇俨走到车上，推开棺盖，这里面细黄缎子铺就，棺材底放着一层洁白的羽衣，拎起来看，果然是一件大氅，明崇俨暗喜：“我就做一次神仙中人。”

他小心地躺了进去，督无咎将棺材盖盖上。

明崇俨法力收回，督无咎他愣了一下，全然忘了自己为什么停留在这里，抬头看天，自言自语道：“怎么在这里，玄机大师还等着我呢。”赶忙赶车向前。

这棺材里软软的，暖暖的，明崇俨忍不住就想睡觉，他狠狠掐了自己，提醒自己不要睡了，否则就是真的配合那灵绝和尚了。

路上经过几处盘问，督无咎道：“洛阳令，奉玄机和尚之名运送东西。”

盘问的人就放他过去。

明崇俨心想：这灵绝不知道在这玄机营里撒下了多少蛊毒。今日在天后面前揭露自己恐怕还不是最终目的，他是要用蛊毒控制天皇和天后。

心念至此，他内心涌出一股恐惧，再也不困了。

突然有个声音道：“我们是在车里吗？”

明崇俨吓了一跳，才想起是那涂中在瓶子里的声音。

他轻轻一掌拍在瓶子上，封了个噤声咒，这才没有了声息。

明崇俨忽然有了应对的主意，对那瓶子道：“你好生听我的，我自还你自由……”

车子最终停住，一个和蔼亲善的声音问：“督明府辛苦，可拉过来了？”

是那假冒玄机的灵绝和尚！

督无咎毕恭毕敬躬身施礼：“拉了过来。”

灵绝和尚道：“好，我会禀明陛下，给你加官晋爵。”

督无咎赶忙致谢。

灵绝和尚道："你好生在这里等着，一会儿我自会召唤你。"

督无咎恭恭敬敬地称是。

明崇俨趁机默默盘算下面自己怎么做。嘈杂之中有人在各种指挥，一群人匆匆忙忙地奔跑，明崇俨暗道："看来天皇、天后来了。"果然，过了一会儿，有个尖细的声音道："天皇、天后驾到。"

立刻安静了下来。

随即鼓乐声起，由远及近越来越响。

一会儿鼓乐声停，有人道："白马寺众僧恭迎天皇、天后到来。"

一个雄浑女子声音道："诸位大和尚请起。"

这是师姐的声音啊，好久没听到师姐说话了，品味这声音，明崇俨内心一阵激动。

师姐又道："这位想必就是玄机大师了吧？"

就听灵绝和尚声音："小僧玄机何幸，今日得见天颜。"明崇俨内心闪过一阵鄙夷，看来玄机的名号他想要一直冒充下去了。

一旁有个苍老虚弱的声音道："玄奘法师，佛骨在少林寺停留了多长时间？"

这是天皇的声音，他声音明显气力不足，身体看来并不见好。

玄机回答道："十天，万民瞻仰，都来感受我佛的力量。这次陛下迎来法师舍利，一定保佑陛下身体康健。"

天皇又道："我听说法师佛骨前来，引来无数小贼窥伺。可是真的？连嵩阳观都坐不住了。"

明崇俨一惊："看来天皇似乎知道了什么。"

玄机又道："是，嵩阳观的龙潜妄图盗窃佛骨，赖玄奘法师在天之灵，贫僧将他打为齑粉。"

他说得慷慨激昂，一副大义凛然的口气，明崇俨心里一阵愤怒。

天皇"哼"了一声，又道："我听说明崇俨也没有死？是不是真的？"

“是真的。”灵绝趁机道，“当年不过是有人污蔑前太子，利用他的死嫁祸……”

“陛下……”只听师姐说道，“陛下你听说了什么吗？”

天皇也不回答她，紧接着有个太监回答：“天后殿下，我在临水县看见了明崇俨，他杀死了所有卫士。”

“你……”师姐有点慌乱了，“你……怕是眼花了吧？”

“那嵩阳观的司马承祯眼睛不花吧？”天皇冷笑一声。

就听司马承祯的声音道：“明崇俨没死，他还和我一起刺杀了师父潘师正……”

明崇俨这才明白那日在嵩阳观，司马承祯的身影失而复得，是灵绝加了影蛊再送回的，就是要为了控制他，没想到这杀师的脏水也泼到了自己身上。

“那洛阳令督无咎你是不是也有话讲？”天皇淡淡地说。

督无咎的声音道：“回禀天皇、天后，明大夫的确没有死，他生活在洛阳龙门山里。”

“洛阳令……”天后愤怒地喊了一声，却无话可说。

灵绝的声音道：“他还试图抢劫佛骨，只是我没能抓住他，不过，我已经让督无咎挖了他棺材，打开看看便知真假。”

明崇俨心中一喜，终于说到这里了，便觉得棺材被抬了起来，走了几步被放在地上。

眼看得头顶棺材盖被推开，一丝亮光照入，明崇俨解开涂中的咒语，涂中隐藏身形，托着他轻轻飞起。

明崇俨飞了起来，他的葫芦里还有一轮圆月，明崇俨正好顶在头上。

日光之下，这圆月自然暗淡下来，但这一轮光圈，跟图像里的神佛一模一样，加上身后鹤氅飘飘，从棺材里缓缓升起来。

现场立刻安静下来。

外面的光线太强，明崇俨本是闭着眼睛的，他停了一下才慢慢睁开。

这是在白马寺的正殿，四周撑满华盖，僧人云集，天皇、天后坐在大殿中间，面前摆着琉璃罩，内中盛放着佛骨。

明崇俨环顾四周，见众人都一脸吃惊地看着自己。

不禁有点得意，他把双手合十道：“微臣本已身登白玉京，听得群小聒噪，无奈返回参见天皇、天后。”

天皇吃惊，天后也是吃惊，她怎么也没想到自己这个师弟会这样出现，不由得怀疑他是不是真的成仙了。

明崇俨冲她微微眨眼。

天后随即明白，立刻大声道：“明崇俨已经身登白玉京。玄机和督无咎你们如此诋毁他……”

灵绝已经看得明白，笑道：“天后不要为他所骗……”

他袍袖挥出，一根绳索直冲明崇俨飞来。

明崇俨以为他这绳索是捆绑自己来的，待要闪躲，却见那绳索在自己身下虚空之中一阵缠绕。

明崇俨恍然明白，他这是要捆绑涂中。

涂中被他捆绑了个结实，玄机默念法咒，用力拉去，涂中大叫一声，眼看就要被他收了过去。

明崇俨虚空中的身形一阵摇晃。

情急之下，明崇俨耳边响起个声音，他还没听清，就顿觉自己身体猛然飞高，像是被人抛了出去，虚空之中越飞越高，低头看，下面的人越来越小。

这是涂中将自己抛了出去，为的就是挣脱控制，可是飞得如此之高，怎么再去进攻……他刚想到这里，那上升的力道尽了，身形往下掉去，明崇俨急忙凝聚法力，忽觉身体不似刚才那般强悍有力了，他恍然明白达摩老祖的身影已经脱离了自己。

明崇俨身形下坠，向下一瞥，看见一座宝塔，明崇俨凝聚心神一把抓住塔的外檐，落在了塔顶。

这塔数十丈之高，向远处看去，洛阳城都尽收眼底。这大概是白马寺为玄奘法师修筑的佛塔吧。

往下看，一尊佛像正从下面慢慢升起，就像是从地面上长出来的，像一棵树越来越高，渐渐和这塔顶齐肩。

这佛像面容如月，正是印在明崇俨衣服上那尊玄奘法师的佛像。

众人在下面，看不清容貌，但这一尊巨大佛像显身，使他们不由跪了下来。

灵绝和尚知道这大佛是明崇俨的变化伎俩。他纵身跃起，一记霹雳雷往这大佛身上拍来。

但这一掌打在身上，就像水滴落在河里，立刻消失得无影无踪。

天皇、天后一起怒道："玄机，你胆敢如此！"

灵绝和尚看他们一眼，冷笑一声，千牛卫一群士卒举起了弓箭，对准了众人。

此时恰好日上三竿，众人的身影都拖在地上。

明崇俨暗叫一声不好，这些人弓箭肯定是影蛊。

他叫道："小心他的影蛊……"

但他的声音立刻就被风吹散了。

那佛像身体骤然飞起，超过了那座宝塔，正好挡住太阳，身影投在整个庭院。

众人影子立刻消失了，弓箭射出，就射在佛像的影子上。

那佛像距离得远了，众人看清楚容颜，不禁大为惊骇，纷纷将目光投向天后，那佛像正是天后的面容。

天后愣了一下便想明白这是明崇俨有意为之，心中暗喜。

司马承祯觉得手臂一阵发痒，低头看，就见一个大如蚂蚁的小虫子从指间往外爬。他恍然明白，这是一种蛊，他手中剑挥出，一张烈火符点燃，将这些小虫子全部烧死在三昧真火之中。

司马承祯挺剑到灵绝近前，狠狠道："你杀了我龙潜师兄！我师父闭关修炼，我龙潜师兄代行观主之事……"

原来是这样，明崇俨悄悄从塔上下来，听他这番话，才明白为什么龙潜那天如此淡定，送明崇俨出去，还为他送上一张符咒……原来除了和玄奘弟子有约，自己已经以命领略过对方的伎俩。

众人忽然觉得身上一阵暖意，原来阳光重新回到身上，抬头看，那大佛已经不见踪影。

“有人偷玄奘佛骨……”猛听一个沙弥惊叫起来。

就见天皇面前的琉璃罩掀开，涂中猛然现身，抓住那佛骨就吞了下去。

涂中哈哈大笑：“我终于自由了，再也不用依附那只臭乌龟了……”

“万回师兄……”灵绝和尚大叫一声，冲涂中扑了过去，手中掌心雷连发，砰砰几声，打在涂中的身上。

涂中得意之中，猝不及防，身体结结实实被打了几掌。

明崇俨飞身过去，挡在天后面前，道：“二圣快快退下。”

有千牛卫的兵士过来，护住二人往殿内撤去。

涂中站起身来，竟然毫无妨碍。

灵绝大喝一声，拿起禅杖又打了过去。

明崇俨大为奇怪，他怎么如此拼命。

却见涂中大喝一声，脸形扭曲，显出万回的脸。

明崇俨突然明白，那不是玄奘的佛骨，那是万回的，灵绝是想要把万回的骨殖放到这塔内，代替玄奘享受这富贵，没想到却被涂中给吃了，怎能不愤怒。

灵绝看见万回的脸，立刻愣住了，喃喃道：“师兄……”

这“万回”可不认他，一把抓住禅杖夺了过来，反手一击，打在灵绝头上，灵绝当即脑浆迸裂。

可怜他机关算尽，落了如此下场。

众人完全看呆。

有几个卫士引弓向涂中射了过去，弓箭射在他身上，他伸手便拔了出来，挥手打出，箭如劲弩发出，噗噗几声，打入射箭卫士喉咙，几声闷哼，卫士便倒在地上。

明崇俨心里暗叫不好，这涂中吸收了龙潜和玄机两个人的魂魄，又吞下万回的佛骨，法力不可估量。

司马承祯除魔卫道，挺剑刺了过去，万回直接伸手捏住，随手一挥，司马承祯就像一片树叶一样被扔了出去，撞在墙上，势必身成齑粉。

明崇俨飞身过去，伸手拦住司马承祯，对那涂中喊道："你不就是个影子吗？"

涂中愣了一下，但看看四周，他冷笑一声："你吓唬我。"大步就冲明崇俨走过来。

明崇俨知道自己不是他的对手，却见日光之下涂中的身影，他既然已经不是影妖了，影蛊对他没有用处，他身上驱除出来的蜮虫还在，拿了出来，念了句咒语，那影蛊飞出，正好打在涂中的影子上。

涂中顿时站住脚步。

明崇俨露出伪善的笑容："来吧大师，回家吧。"

说着举起那个瓶子，涂中本来就栖身于此，不由自主地飞了进去。

明崇俨急忙捡起那件印着佛像的衣衫盖上，再写了一道法咒，重重封印，切不可掉以轻心。

十二

一切平静下来，天皇、天后召见了明崇俨。

天皇问道："明大夫在白玉京所供何职？"

明崇俨躬身道："在下无职，无权，西王母封我为白衣卿相。"

天后听这话，会心地笑了，她直接问道："今日那尊是何佛？"

明崇俨不通佛理，正不知如何回答，身边一个僧人回答道："当为卢舍那佛。"

天皇看一眼天后道："只是这佛面容何以与媚娘如此相似？"

天后故意摇头。

那僧人道："大概因为天后与卢舍那佛前世有缘，来佑我大唐千秋万代。"

天皇面上露出喜色，爱怜地看了一眼天后，道："传旨，在龙门为卢舍那佛开凿佛窟，感念大佛显灵。”

天后看一眼刚才回话的僧人，奇怪道：“你是白马寺的僧人吗？如此面生。”

一旁的白马寺主持赶忙上前回答：“他今天早晨来的，自称玉华寺来的，法号玄机。”

明崇俨大吃一惊，怎么又一个玄机？

天皇也疑惑道：“玄机不是被灵绝……”

刚才那老僧躬身回答：“皇上见谅，贫僧法号玄机，或许那人与我同一个法号。”

“那你们谁是玄奘大师弟子？”天后也疑惑了。

这僧人答：“小僧是玄奘法师弟子，但未听法师提起他还有弟子法号玄机。”

天皇已经不耐烦了，摆手道：“那玄奘法师的佛骨呢？”

这僧人答：“贫僧正为此事而来，陛下圣旨到玉华寺，着送法师佛骨前来，蒙天皇厚爱，实在是法师荣幸……”

天皇皱眉道：“说关键的。”

这僧人答：“只因法师临终前遗命他的骨殖不许放在寺庙和殿堂之内，要安葬在山涧僻静之处。我们决定抗命，不送佛骨前来。但不知为何听说少林寺有玄奘法师佛骨供人瞻仰，我们想或许有哪位高僧和玄奘法师同名也未可知，但也要提醒一下白马寺，于是贫僧到此。”

他这话说得滴水不漏，众人却都是大吃一惊，他们今天这排场、这风波全因法师佛骨而起，哪里知道法师佛骨就没有来……

明崇俨更是吃惊，这么说来，他从洢水里救出来的和尚，他既不是灵绝也不是玄机，他和他那同行的五人全是冒牌的，他们估计是想把自己师门长者的佛骨送入庙堂……不料想却遭来一次劫杀。

天皇、天后大怒，不但要全国通缉万回弟子，还要彻查是什么僧人冒名前来。

明崇俨想起有个僧人和龙潜和尚有约，他却不敢再说，唯恐把嵩阳观再给扯进来。趁他们不在意，从殿上悄然离去，反正他们把自己当神仙了——来无影去无踪才是白玉京仙使的风格。

明崇俨带着瓶子想到临水县找叶尾，他心下无事，也不用驭风神行之术，就背了包裹，慢慢走去。

经过北邙山，他看了看自己墓地，督无咎正带着人为他修缮，还为他建了一个升仙碑。

明崇俨没有和他打招呼，继续往北走。

来到黄河边上，他等船只过来，就在岸边的商家吃饭，忽然觉得腹中不适，到后面茅厕更衣，将那包裹就留在桌上。待他回来，一群人已经围住了他的那张桌子。

就听中间有个人说："我是万回，当年玄奘西天取经，就在一个寺庙柱子上看见写着'菩萨万回，贬谪到唐地受教化'。玄奘法师取经回来，专门打听过我，还送了我禅杖，今日你们谁敢帮我揭开瓶子上的封印，我就答应他三个愿望……"

"好，我来，我来……"还真有人伸手去拿包裹。

明崇俨大吃一惊，呵斥一声："住手！"上前将包裹抢了过来。

那些都是当地的粗人，他们以为明崇俨夺了他们富贵的机会，勃然大怒，要和明崇俨拼命。

明崇俨自然不屑于和他们动手，快步离去，瞬间不见踪影。

他来到黄河边上，望着浊浪滚滚的黄河水，明崇俨对瓶子道："本来我还想将你交回叶尾，但你如此迷惑人，叶尾本来就视你为妻子，我怕你迷惑他……"

"我才不会迷惑他。"涂中在瓶子里大声喊叫，"你把我放了，否则一旦我出来就大开杀戒……"

明崇俨冷笑一声，抬手远远扔了出去，听得"嗵"的一声，这瓶子坠入水里，一个浊浪打过来，瓶子不见了踪影。